KB269019

글누림한국문학전집

신채호
신채호 작품선

안국선
안국선 작품선

책임편집 · 해설 – 양문규

강릉원주대학교 국어국문학과 교수

대표 저서로『한국근대소설사연구』,『한국근대소설과 현실인식의 역사』등이 있다.

표지 그림 – 인강 신은숙(仁江. 硯田)

철학박사(성균관대학교. 미학 전공) / 한국서가협회 초대작가 및 심사위원역임. 시인.

글누림한국문학전집 1

신채호 신채호 작품선
안국선 안국선 작품선

초판발행 2011년 6월 10일

지 은 이 신채호 · 안국선
펴 낸 이 최종숙
펴 낸 곳 글누림출판사

진　　행 이태곤
책임편집 임애정
편　　집 오수경
디 자 인 이홍주 · 안혜진
마 케 팅 문택주

주　　소 서울시 서초구 반포4동 577-25 문창빌딩 2층(137-807)
전　　화 02-3409-2055(대표), 2058(영업), 2060(편집)
팩　　스 02-3409-2059
전자메일 nurim3888@hanmail.net
홈페이지 www.geulnurim.co.kr
등록번호 제303-2005-000038호(2005.10.5)

정가 8,000원
IODN 078 80 6327-117-0 04810
ISBN 978-89-6327-116-3(세트)

출력 · 안문화사 **인쇄** · 한교원색 **제책** · 동신제책사 **용지** · 화인페이퍼

* 이 책의 판권은 저작권자와 글누림출판사에 있습니다. 서면 동의 없는 무단 전제 및 복제를 금합니다.
* 잘못된 책은 바꿔드립니다.

글누림
한국문학전집
01

신채호

꿈하늘 / 용과 용의 대격전 / 일이승

안국선

금수회의록 / 공진회 / 기생 / 인력거꾼 / 시골노인 이야기

책임편집 **양문규**

'글누림한국문학전집'을 새롭게 간행하며

세계의 유수한 고전적 저작들의 목록 절반 이상이 소설이라는 것은 놀라운 일도 이상한 일도 아니다. 잘 짜인 한 편의 이야기인 소설은 사회가 지향하는 꿈과 소망을 고스란히 담고 있다. 소설을 언어로 직조한 시대의 세밀한 풍경화라고 하는 말은 그래서 가능하다. 소설이 그 짧은 역사에도 불구하고 인류 문화의 벗으로 자리 잡을 수 있었던 것도 이러한 특성과 무관하지 않다.

시대의 격랑 속에 한치 앞도 전망할 수 없는 오늘날의 개인은 소설 속에 담긴 과거의 시공간과 만나면서 인간의 보편성을 확인하고 자신의 개별성을 확장하는 정서적 체험을 하게 된다. 소설과의 만남은 단지 즐거운 독서 체험에 그치는 것이 아니라, 가치의 기준과 삶의 저변을 확장하는 문화의 실천인 것이다.

'글누림한국문학전집'이 지향하는 기획 의도는 다음과 같다.

첫째, 이 기획은 문학교육 전문가들과 대학에서 문학을 강의하는 전공 교수들의 조언을 받아 이루어졌으며, 근대 초기로부터 한국전쟁 이전의 소설 중에서 특히 문학적 검증이 끝난, 이른바 정전(canon)에 해당하는 작품들을 중심으로 구성되었다. 정전이란 한 시대의 표준적 규범을 뜻하는 말로, 문학 정전이란 현대문학사에서 누구나 인정하는 성과와 질을 담보한 불후의 명작들을 의미한다. 이 전집을 통해서 근대 초기 이후 지금까지 삶의 이면을 관류하는 문학의 근원적 가치와 이념을 확인할 수 있을 것이다.

둘째, 이 기획은 교양과목을 수강하는 대학생과 시험을 앞둔 수험생, 풍요로운 삶을 소망하는 일반 독자들에게 작가와 작품, 작품의 배경이 된 당대 현실에 대한 이해를 돕는 교양서로 기능하도록 배려하였다. 수록 작품들은 본래의 의미를 최대한 존중하면서 다양한 이본들을 발표, 원문과 일일이 대조하면서 현대식으로 표기하였고, 박사과정 재학 이상의 국문학 전공자의 교정 및 교열 작업을 거쳐 모범적인 판본을 만들었다.

현재 우리 소설의 역사는 1백 년을 넘어서 새로운 전통을 쌓아가고 있다. 우리 소설들에는 우리 선조들이 고심했던 역사와 풍속, 삶의 내밀한 관심과 즐거움이 한데 녹아 있다. 독자들은 소설과의 만남을 통해 우리의 문화가 이룩해온 정체성을 확인하고 상상하는 즐거움을 만끽할 수 있을 것이다.

'글누림한국문학전집'이 21세기의 젊은 독자들에게 새로운 독서 체험을 제공해 주고 동시에 삶의 풍부한 자양분 역할을 하기를 희망한다.

글누림한국문학전집 간행위원회

신채호 작품선

꿈하늘

1

때는 단군 기원 4240년(서기 1907년) 몇 해 어느 달, 어느 날이던 가, 땅은 서울이던가, 시골이던가, 해외 어디던가, 도무지 기억할 수 없는데, 이 몸은 어디로 해서 왔는지 듣지도 보지도 못하던 크나큰 무궁화 몇 만 길 되는 가지 위 넓기가 큰 방만한 꽃송이에 앉았더라.

별안간 하늘 한복판이 딱 갈라지며 그 속에서 불그레한 광선이 뻗쳐 나오더니 하늘에 테를 지어 두르고 그 위에 뭉글뭉글한 고운 구름으로 갓을 쓰고 그 광선보다 더 고운 빛으로 두루마기를 지어 입은 한 천관(天官)이 앉아 오른손으로 번개칼을 휘두르며 우뢰 같은 소리로 말하여 가로되,

"인간에게는 싸움뿐이니라. 싸움에 이기면 살고 지면 죽나니 신의 명령이 이러하니라."

그 소리가 딱 그치며, 광선도 천관도 다 간 곳이 없고 햇살이 탁 퍼지며 온 바닥이 반듯하더니 이제는 사람 소리가 시작된다. 동편으로 닷 동달이 갖춘 빛에 둥근 테를 두른 오원기(五員旗)가 뜨며 그기 밑에 사람이 덮여 오는데 머리에 쓴 것과 몸에 *장속(裝束)한 것이 모두 이상하나 말소리를 들으니 분명한 우리나라 사람이요, 다만 신체의 *장건(壯健)과 위풍의 늠름함이 전에 보지 못한 이들이다.

또 서편으로 좌룡우봉(左龍右鳳) 그린 그 밑에 수백만 군사가 몰려오는데 뿔 돋친 놈, 꼬리 돋친 놈, 목 없는 놈, 팔 없는 놈, 처음 보는 괴상한 물건들이 달려들고 그 뒤에는 찬바람이 탁탁 치더라.

이때에 한놈이 송구한 마음이 없지 않으나 뜨는 호기심이 버럭 나이 몸이 곧 무궁화 가지 아래로 내려가 구경코자 했더니, 꽃송이가 빙글빙글 웃으며,

"너는 여기 앉았거라. 이곳을 떠나면 천지가 캄캄하여 아무것도 안 보이리라."

하거늘 들던 궁둥이를 다시 붙이고 앉으니, 난데없는 구름장이 어디서 떠 들이와 햇빛을 가리우며, 소나비가 놀란 듯 퍼부어 평지가 바다가 되었는데, 한편으로 으르르 꽝꽝 소리가 나며 거의 '모질'다는 두 자로만 형용하기 어려운 큰 바람이 일어, 나무를 치면 나무가 꺾어지고 돌을 치면 돌이 날고, 집이나 산이나 닥치는 대로 부수는 그

기세로 바다를 건드리니, 바람도 크지만 바다도 큰 물이라. 서로 지지 않으려고 바람이 물을 치면 물도 바람을 쳐 바람과 물이 반 공중에서 접견할 새 용이 우는 듯 고래가 뛰는 듯 천병만마(千兵萬馬)가 달리는 듯, 바람이 클수록 물결이 높아 온 지구가 들먹들먹하더라.

"바람이 불거나 물결이 치거나 우리는 우리대로 싸워 보자."

하는 소리가 들리더니 아까 보던 동편의 오원기와 서편의 *용봉기 밑에 있는 장졸들이 눈들을 부릅뜨고 서로 죽이려 달려드니 바다에는 바람과 물의 싸움이요, 물 위에는 두 편 장졸들의 싸움이다.

그러나 이 싸움은 동양 역사나 서양 역사에서나 보던 싸움은 아니더라. 싸우는 사람들이 손에는 아무 연장도 가지지 않고 오직 입을 딱딱 벌리며 목구멍에서 불도 나오며, 물도 나오며, 칼도 나오며, 화살도 나와 칼과 칼이 싸우며 활이 활과 싸우며 불과 불이 서로 치다가 나중에는 사람을 맞히니, 이 맞은 사람은 목이 떨어지면 팔로 싸우며 팔이 떨어지면 또 다리로 싸우다가 끝끝내 살이 다 떨어지고 뼈가 하나도 없이 부서져야 그만두는 싸움이라. 몇 시 몇 분이 못 되어 주검이 천리나 덮이고 비린내 땅에 코를 돌릴 수 없으며, 피를 하도 뿌려 하늘까지 빨갛게 물들었도다. 한놈이 이를 보고 우주가 이같이 참혹한 마당일까 하여 차마 보지 못해 눈을 감으니, 꽃송이가 다시 빙글빙글 웃으며,

"한놈아, 눈을 떠라! 네 이다지 약하냐? 이것이 우주의 진면목이니라. 네가 안 왔으면 하릴없지만 이미 온 바에는 싸움에 참가하여야

하나니 그렇지 않으면 도리어 너의 책임만 *방기함이니라. 한놈아, 눈을 빨리 떠라."

하거늘 한놈이 하릴없이 두 손으로 눈물을 닦고 눈을 들어 살피니 그 사이에 벌써 싸움이 끝났는지 천지가 괴괴하게 풍우도 또한 멀리 간지라, 해는 발끈 들어 온 바닥이 따뜻한데 깊은 구름을 헤치고 신선의 *풍류 소리가 내려오니 이제부터 참혹한 소리는 물러가고 평화의 소리가 대신함인가 보더라.

이 소리 밑에 나오는 사람들은 곧 별사람들이 아니라 아까 오원기를 받들고 동편 진에 섰던 장졸들이니, 대개 서편 진을 깨쳐 수백만 적병을 씨 없이 죽이고 전승고를 울리며 돌아옴이라.

일원대장(一員大將)이 앞장에서 인도하는데 *금화절풍건(金花折風巾)을 쓰고 어깨엔 *어린장(魚鱗章)이며 몸엔 *조의를 입었더라. 그 얼굴이 맑은 듯 위엄 있고 매운 듯 인자하여, 얼른 보면 부처 같고 일변으로는 범 같아 보기에 사랑도 스럽고 무섭기도 하더라.

그가 한놈이 앉은 무궁화나무로 향하여 오더니 문득 꽃을 보고 눈물을 흘리며,

"허허, 무궁화가 피었구나."

하더니 장렬한 유조로 노래를 한 장(章) 한다.

　이 꽃이 무슨 꽃이냐.
　희어스름한 백두산의 얼이요
　불그스름한 고운 조선의 빛이로다.

이 꽃을 북돋우려면
비도 맞고 바람도 맞고 핏물만 뿌려 주면
그 꽃이 잘 자라리.
옛날 우리 전성한 때에
이 꽃을 구경하니 꽃송이 크기도 하더라.
한 잎은 *황해 *발해를 건너 대륙을 덮고
또 한 잎은 만주를 지나 우수리에 늘어졌더니
어이해 오늘날은
이 꽃이 이다지 야위었느냐.
이 몸도 일찍 당시의 *살수 평양 모든 싸움에
팔뚝으로 빗장삼고 가슴이 방패 되어
꽃밭에 울타리 노릇 해
서방의 더러운 물이
조선의 봄빛에 물들지 못하도록
젖 먹은 힘까지 들였도다.
이 꽃이 어이해
오늘은 이 꼴이 되었느냐.

한 장 노래를 다 마치지 못한 모양이나 목이 메어 더 하지 못하고
눈물에 젖으니 무궁화 송이도 그 노래에 무슨 느낌이 있었던지 같이
눈물을 흘리며 맑은 노래로 화답하는데,

봄비슴의 고운 치마 임이 내게 주시도다.
임의 은덕 갚으려 하여
내 얼굴을 쓰다듬고 비바람과 싸우면서

조선의 아름다움 쉬임없이 자랑하려고 나도 이리 *파리하다.
영웅의 시원한 눈물
*열사의 매운 핏물
사발로 바가지로 동이로 가져오너라.
내 너무 목마르다.

그 소리 더욱 아프고 저리어 *완악한 돌이나 나무들도 모두 일어
나 슬픔으로 서로 화답하는 듯하더라. 꽃송이 위에 앉았던 한놈은 두
노래 끝에 크게 느끼어 땅에 엎드러져 울며 일어나지 못하니 꽃송이
가 또 가만히,

"한놈아."
부르며 꾸짖되,

"울음을 썩 그쳐라. 세상 일은 슬퍼한다고 잊는 것이 아니니라."
하거늘 한놈이 고개를 들어 좌우를 살피니 아까 노래하던 대장이 곧
앞에 섰더라. 그 얼굴은 자세히 뜯어보니 마치 언제 뵈온 어른 같다.
한참 서성이다가,

"아, 이제야 생각나는구나. 눈매와 이맛살과 *채수염이며, 또 단장
한 것을 두루 본즉 일찍 평안도 안주 남문 밖 비석에 새겨 있는 조각
상과 같으니 내가 꿈에라도 한번 보면 하던 *을지문덕이신저."
하고 곧 일어나 절하며 무슨 말을 물으려 하나 무엇이라고 칭호할는
지 몰라 다시 서성이니 이상하다. 을지문덕 그이는 단군 2000년(서기
전 333년)경의 어른이요, 한놈은 단군 4241년(서기 1908년)에 난 아

기라 그 어간이 이천 년이나 되는데 이천 년 전의 어른으로 이천 년 뒤의 아기를 만나 자애스런 품이 마치 친구나 집안 같다. 그이가 곧 한놈을 향하여 웃으시며,

"그대가 나의 칭호에 서성이느냐. 곧 선배라 부름이 가하니라. 대개 단군이 태백산에 내리어 삼신오제(三神五帝)를 위해 삼경오부(三京五部)를 베풀고 이를 만세 자손으로 하여금 지키게 하려 하실새 삼부오계(三部五戒)로 윤리를 세우시며 삼랑오가(三郎五加)로 교육을 맡게 하시니 이것이 우리나라 종교적 무사혼(武士魂)이 발생한 처음이니라. 이 혼이 삼국시대에 와서는 드디어 꽃 피듯 불 붙는 듯하여 사람마다 무사를 높이어 절하고 서로 아름다운 이름을 지어 자랑할새 신라는 소년의 무사를 사랑하여 도령이라 이름하니, *『삼국사기』에 적힌 *선랑(仙郎)이 그 뜻 번역이요, 백제는 장년의 무사를 사랑하여 수두라 이름하니, 삼국사기에 적힌 바 소도(蘇塗)가 그 음 번역이요, 고구려는 군자스러운 무사를 사랑하여 선배라 이름하니,『삼국사기』에 적힌 바 선인이 그 음과 뜻을 아울러 한 번역이라. 이제 나는 고구려의 사람이니 그대가 나를 선배라 부르면 가하리라."

한놈이 이에 다시 고구려의 절로 한 무릎은 세우고 한 무릎은 꿇어 공손히 절한 뒤에,

"선배님이시여, 아까 동편 서편에 갈라서서 싸우던 두 진이 다 어느 나라의 진입니까?"

물은데 선배님이 대답하되,

"동편은 우리 고구려의 진이요, 서편은 *수나라의 진이니라."

한놈이 놀라며 의심스런 빛으로 앞에 나아가 가로되,

"한놈은 듣자오니 사람이 죽으면 착한 이의 넋은 천당으로 가며 모진 이의 넋은 지옥으로 간다더니 이제 그 말이 다 거짓말입니까? 그러면 *영계(靈界)는 *육계(肉界)와 같아 항상 칼로 찌르며 총으로 쏘아 서로 죽이는 참상이 있습니까?"

선배님이 *허허탄식하여 하시는 말이,

"그러하니라. 영계는 육계의 영상이니 육계에 싸움이 그치지 않는 날에는 영계의 싸움도 그치지 않느니라. 대저 종교가의 시조인 석가나 예수가 천당이니 지옥이니 한 말은 별도로 유의한 뜻이 있거늘 어리석은 사람들이 그 말을 집어먹고 소화가 못 되어 망국 멸족 모든 병을 앓는도다. 그대는 부디 내 말을 새겨들을지어다. 소가 개를 낳지 못하고 복숭아나무에 *오얏열매가 맺지 못하니 육계의 싸움이 어찌 영계의 평화를 낳으리요? 그러므로 육계의 아이는 영계에 가서도 아이요, 육계의 어른은 영계에 가서도 어른이요, 육계의 상전은 영계에 가서도 상전이요, 육계의 종은 영계에 가서도 종이니, 영계에서 높다, 낮다, 슬프다, 즐겁다 하는 도깨비들이 모두 육계에서 받던 꼴과 한 가지다. 나로 말하더라도 일찍 *살수싸움의 승리자이므로 오늘 영계에서도 항상 승리자의 자리를 차지하고 저 수주(隨主) 양광(楊廣)은 그때에 전패자이므로 오늘도 이같이 패하여 군사를 이백만이나 죽이고 슬피 돌아감이어늘 이제 망한 나라의 종자로서 혹 부처에게 빌며 상제께 기도하며 죽은 뒤에 천당을 구하려 하니 어찌 눈을 감고 해를 보려 함과 다르리요.”

을지 선배의 이 말이 그치자마자 하늘에 붉은 구름이 일어나 스스로 글씨가 되어 씌었으되, ‘옳다, 옳다, 을지문덕의 말이 참 옳다. 육계나 영계나 모두 승리자의 판이니 천당이란 것은 오직 주먹 큰 자가 차지하는 집이요, 주먹이 약하면 지옥으로 쫓기어 가느니라’ 하였었더라.

2

1) 왼몸이 오른몸과 싸우다.
2) 살수싸움의 정형이 이러하다.
3) 을지문덕도 암살당을 조직하였더라.
4) 사법명(沙法名)이 구름을 타고 지나가다.

한놈이 일찍 내 나라 역사에 눈이 뜨자 을지문덕을 숭배하는 마음이 간절하나 그에 대한 전기를 짓고 싶은 마음이 바빠 미처 모든 글월에 *고구(考究)하지 못하고 *다만 *『동사강목(東史綱目)』에 적힌 바에 의거하여 필경 전기도 아니요, 논문도 아닌 『사천년 제일대위인 을지문덕(四千年 弟一大偉人 乙支文德)』이라 한 조그마한 책자를 지어 세상에 발표한 일이 있었더라.

한놈은 대개 처음 이 *누리에 내려올 때에 정과 한의 뭉텅이를 가지고 온 놈이라 나면 갈 곳이 없으며, 들면 잘 곳이 없고, 울면 믿을 만한 이가 없으며, 굴면 사랑할 만한 이가 없어 한놈으로 와, 한놈으로 가는 한놈이라. 사람이 고되면 근본을 생각한다더니 한놈도 그러함인지 하도 의지할 곳이 없으며 생각나는 것은 조상의 일뿐이더라. *동명성왕의 귀가 얼마나 길던가, *진흥대왕의 눈이 얼마나 크던가, *낙화암에 떨어지던 미인이 몇이던가, *수양제를 쏘던 장사가 누구던가, 동명성왕의 임유각의 높이가 백 길이 못 되던가, *진평왕의 *성제대(聖帝帶)가 열 발이 더 되던가. 동묘[東车]의 높은 산에 *대조영 내조의 자취를 조상하며, *웅진(熊津)의 가는 물에 *계백 장군의 매움을 눈물하고, 소나무를 보면 *솔거의 그림을 본 듯하며, 새 소리를 들으면 *옥보고의 노래를 듣는 듯하여 몇 치 못 되는 골이 기나긴 오천 년 시간 속으로 오락가락하여 꿈에라도 우리 조상의 큰 사람을 만나고자 그리던 마음으로 이제 크나큰 을지문덕을 만난 판이니, 묻고 싶은 말이며 하고 싶은 말이 어찌 하나 둘뿐이리요마는 이상하다. 그의 영계에 대한 이야기를 들으며 골이 펄떡펄떡하고 가슴이 어근버근하여 아무 말도 물을 경황이 없고 의심과 무서움이 오월 하늘에 구름 모이듯 하더니 드디어 심신에 이상한 작용이 인다.

오른손이 저릿저릿하더니 차차 커져 어디까지 뻗쳤는지 그 끝을 볼 수 없고 손가락 다섯이 모두 손 하나씩 되어 길길이 길어지며 그 손 끝에 다시 손가락이 나며, 그 손가락 끝에 다시 손이 되며 아들이 손자를 낳고, 손자가 증손을 낳으니 한 손이 몇 만 손이 되고, 왼손도 여봐란 듯이 오른손대로 되어 또 몇 만 손이 되더니, 오른손에 달린 손들이 낱낱이 푸른 기를 들고 왼손에 딸린 손들은 낱낱이 검은 기를 들고 두 편을 갈라 싸움을 시작하는데 푸른 기 밑에 모인 손들이 일제히 범이 되며 아가리를 딱딱 벌리며 달려드니, 붉은 기 밑에 보인 손들은 노루가 되어 달아나더라.

달아나다가 큰 물이 앞에 꽉 막히어 하릴없는 지경이 되니 노루가 일제히 고기가 되어 물속으로 들어간다. 범들이 뱀이 되어 쫓으니 고기들은 껄껄 푸드득 꿩이 되어 물 밖으로 향하여 날더라.

뱀들이 다시 매가 되어 쫓은즉 꿩들이 넓은 들에 가 내려앉아 큰 매가 되니 뱀들이 아예 불덩이가 되어 매에 대고 탁 튀어, 매는 쪼각쪼각 부서지고 온 바닥이 불빛이더라. 부서진 매조각이 하늘로 날아가며 구름이 되어 비를 퍽퍽 주니 불은 꺼지고 바람이 일어 구름을 헤치려고 천지를 뒤집는다. 이 싸움이 한놈의 손 끝에서 난 싸움이지만 한놈의 손 끝으로 말릴 도리는 아주 없다. 구경이나 하자고 눈을 비비더니 앉은 밑의 무궁화 송이가 혀를 치며 하는 말이,

"애닯다! 무슨 일이냐 쇠가 쇠를 먹고 살이 살을 먹는단 말이냐?"

한놈이 그 말씀에 소름이 몸에 꽉 끼치며 입이 벙벙하니 앉았다가,

"무슨 말씀입니까? 언제는 싸우라 하시더니 이제는 싸우지 말라 하십니까?"

하며 돌려 물으니 꽃송이가 예쁜 소리로 대답하되,

"싸우거든 내가 남하고 싸워야 싸움이지, 내가 나하고 싸우면 이

는 자살이요 싸움이 아니니라.”

한놈이 바싹 달려들며 묻되,

“내란 말은 무엇을 가르치시는 말입니까? 눈을 크게 뜨면 우주가 모두 내 몸이요, 적게 뜨면 오른팔이 왼팔더러 남이라 말하지 않습니까?”

꽃송이가 날카롭게 깨우쳐 가로되,

“나란 범위는 시대를 따라 줄고 느나니 가족주의의 시대에는 가족이 ‘나’요 국가주의의 시대에는 국가가 ‘나’라, 만일 시대를 앞서 가다가는 발이 찢어지고 시대를 뒤져 오다가는 머리가 부러지나니 네가 오늘 무슨 시대인지 아느냐? *희랍은 지방열로 강국의 자격을 잃고 인도는 부락사상으로 망국의 화를 얻으니라.”

한놈이 이 말에 크게 느끼어 감사한 눈물을 뿌리고 인해 왼손으로 오른손을 만지니 다시 전날의 오른손이요, 오른손으로 왼손을 만지니 또한 전날의 왼손이더라. 곁에는 을지문덕이 햇빛을 안고 앉아『신지비사(神誌秘詞)』의

우리나라는 저울과 같다.
부소(扶蘇) 서울은 저울 몸이요,
백아(百牙) 서울은 저울 머리요,
오덕(五德) 서울은 저울추로다.
모든 대적을 하루에 깨쳐 세 곳에
나누어 서울을 하니,
기울임 없이 나라 되리니,

셋에 하나도 잃지 말아라.

를 외우더니 한놈을 돌아보며 가로되,

"그대가 이 글을 아는가?"

한놈이,

*"정인지(鄭麟趾)가 지은 *『고려사』 속에서 보았나이다."

하니 을지문덕이 가로되,

"그러하니라. 옛적에 단군이 모든 적국을 깨치고 그 땅을 나누어 세 서울을, 세울새, 첫 서울은 태백산 동남 조선땅에 두니 가로되 '부소'요, 다음 서울은 태백산 동북 만주 밑 연해주땅에 두니 가로되 '오덕'이라. 이 세 서울을 하나만 잃으면 후세자손이 쇠약하리라고 하사 그 예언을 적어 신지에게 주신 바이어늘 오늘에 그 서울들이 어디인지 아는 이가 없을 뿐더러 이 글까지 잊었도다. 정인지가 『고려사』에 이를 쓰기는 하였으나 술사(術士)의 말로 들렸으니 그 잘못함이 하나요, 고려의 지리지를 좇아 단군의 삼경(三京)도 모두 대동강 이내로 말하였으니 그 잘못함이 둘이라."

한놈이,

"이 세 서울을 잃은 원인은 어디에 있습니까?"

물으니 을지문덕이 가로되,

"아까 권력이 천당으로 가는 사다리란 말을 잊지 안하였는가? 우리 조선 사람들은 이 뜻을 아는 이 적은 고로 중국 이십일 대사 가운데 대(代)마다 조선 열전이 있으며 조선 열전 가운데마다 조선인의

천성이 *인후하다 하였으니, 이 '仁厚' 두 자가 우리를 쇠하게 한 원
인이라. 동족에 대한 인후는 흥하는 원인도 되거니와 적국에 대한 인
후는 망하게 하는 원인이 될 뿐이니라……."

3

……(원문 탈락) 한참 재미있게 을지문덕은 이야기하매 한놈은 듣
는 판에 벌건 동편 하늘이 딱 갈라지며 그 속에서 불칼, 불활, 불돌,
불총, 불대포, 불화로, 불솥, 불범, 불사자, 불개, 불고양이떼 들이 쏟
아져 나오니 을지문덕이 깜짝 놀라며,
　"저것이 웬일이냐?"
하더니 무지개를 타고 빨리 그 속으로 향하여 가더라.

4

가는 선배님을 붙들지도 못하며 내 몸으로 쫓아가려고 해도 쫓지
못하여 먹먹하게 앉은 한놈이,
　"나는 어데로 가리요?"
한데, 주인으로 있는 꽃송이가 고운 목소리로,
　"네가 모르느냐? 신과 마(魔)의 싸움이 일어 을지 선배님이 가시는
길이다."
　한놈이 깜짝 기꺼하며,

"나도 가게 하시옵소서."

한데, 꽃송이가,

"암, 그럼 가야지, 우리나라 사람이 다 가는 싸움이다."

한놈이,

"그대로 가면 어떻게 가리까?"

물은데, 꽃송이가,

"날개를 주마."

하므로 한놈이 겨드랑이 밑을 만져 보니 문득 날개 둘이 달렸더라.
꽃송이가 또,

"친구와 함께 가거라."

하거늘, 울어도 홀로 울고 웃어도 홀로 웃어 사십 평생에 친구 하나
없이 자라난 한놈이 이 말을 들으매 스스로 눈에 눈물이 핑 돈다.

"친구가 어디 있습니까?"

한데,

"네 하늘에 향하여 한놈을 부르라."

하거늘, 한놈이 힘을 다하여 머리를 들고 한놈을 부르니 하늘에서,

"간다."

대답하고 한놈 같은 한놈이 내려오더라. 또,

"네가 땅에 향하여 한놈을 부르라."

하거늘 한놈이 또 힘을 다하여 머리를 숙이고 한놈을 부르니 땅 속
에서,

"간다."

대답하고 한놈 같은 한놈이 솟아나더라. 꽃송이 시키는 대로 동편에 불러 한놈을 얻고 서편에 불러 한놈을 얻고 남편, 북편에서도 각기 다 한놈을 얻은지라 세어 본즉 원래 있던 한놈이 와 불려 나온 여섯 놈이니 합이 일곱 한놈이더라.

낯도 같고 꼴도 같고 목적도 같지만 이름이 같으면 서로 분간할 수 없을까 하여 차례로 이름을 지어 한놈, 둣놈, 셋놈, 넷놈, 닷째놈, 엿째놈, 일곱째놈이라 하다.

"싸움터가 어데냐?"

외치니,

"이리 오너라."

하고 동편에서 소리가 나거늘,

"앞으로 갓!"

한마디에 그곳으로 향하더니 꽃송이가 '칼부림'이란 노래를 한다.

내가 나니 저도 나고
저가 나니 나의 대적이다
내가 살면 대적이 죽고
대적이 살면 내가 죽나니
그러기에 내 올 때에 칼 들고 왔다
대적아 대적아
네 칼이 세던가 내 칼이 센가 싸워를 보자
앓다 죽은 넋은 땅 속으로 들어가고

싸우다 죽은 넋은 하늘로 올라간다
하늘이 멀다 마라
이 길로 가면 한 뼘뿐이니라
하늘이 가깝다 마라
땅 길로 가면 만만 리가 된다
아가 아가 한놈 둣놈 우리 아가 우리 대적이 저기 있다
해 늦었다 눕지 말며
밤 늦었다 자지 마라
이 칼이 성공하기 전에는
우리 너희 쉴 짬이 없다

그 소리 비장강개하여 울 만도 하며 뛸 만도 하더라.

한놈은 일곱 사람의 대표로 '내 친구'란 노래로 대답하였는데 윈 머리는 다 잊어 이 책에 쓸 수 없고 오직 첫 마디의,

"내가 나자 칼이 나고 칼이 나니 내 친구다."

단 한 구절만 생각난다.

답가를 마치고 일곱 사람이 서로 손목을 잡고 동편을 바라보고 가니 날도 좋고 곳곳이 꽃 향기, 새 소리로 우리를 위로하더라.

몇 걸음 못 나아가 하늘이 캄캄하고 찬 비가 쏟아진다. 일곱 사람이 한결같이,

"찬 비가 오거나 더운 비가 오거나 우리는 간다."

하고 앞길만 찾더니 또 바람이 모질게 불어 흙과 모래가 섞이어 나니 눈을 뜰 수 없다.

“눈을 뜰 수 없어도 가자.”

하고 자꾸 가니 몇 걸음 못 나가서 가시밭이 있거늘,

“오냐, 가시밭길이라도 우리가 가면 길 된다.”

하고 눌러 걷더니 또 몇 걸음 못 나가서 땅에다 시퍼런 칼 같은 것을 모로 세워 밟는 대로 발이 찢어져 피 발이 된다.

“피 발이 되어도 간다.”

하고 서로 붙들고 가더니 무엇이 머리를 꽉 눌러 허리도 펼 수 없고 한 발씩이나 되는 주둥이가 살을 꽉꽉 물어 떼여 아프고 가려워 견딜 수 없고 머리털 타는 듯 고추 타는 듯한 냄새가 나 코를 들 수 없고 앞뒤로 불덩이가 날아와 살이 모두 데이니 일곱째놈이 딱 자빠지며,

“애고, 나는 못 가겠다.”

한놈과 및 다섯 친구들이 억지로 끌어 일으키나 아니 들으며,

“여기 누우니 아픈 데가 없다.”

하거늘 한놈이,

“싸움에 가는 놈이 편함을 구하느냐?”

꾸짖고 할 수 없이 일곱 친구에 하나를 버리니 여섯 사람뿐이다.

“우리는 적과 못 견디지 말자.”

하고 서로 *권면하야 길이 어둡고 몸이 저려 기다, 걷다, 구르다, 뛰다 온갖 짓을 다 하며 나가는데 웬 할미가 앞에 지나가거늘 일제히 소리를 쳐,

“할멈, 싸움터를 어디로 가오?”

하니 지팡이를 들어,

"이리 가라."

하고 가리키는데 지팡이 끝에 환한 광선이 비치더라.

"이곳이 어데요?"

물은데,

"고됨 벌이라."

하더라.

광선을 따라 나아가니 눈앞이 환하고 갈 길이 탁 트인다. 일변으로는 반갑기도 하지만 일변으로는 눈물이 주르르 쏟아진다.

"살거든 같이 살고 죽거든 같이 죽자고 옷고름 맺고 맹세하며 같이 오던 일곱 사람에 일곱째놈 하나만 버리고 우리 여섯은 다 오는구나. 일곱째놈아, 네 조금만 견디었으면 우리같이 이 구경을 할 걸네 너무도 참지 못하여 우리는 오고 너는 갔고나. 그러므로 마지막 씨름에 잘 하여야 한단 말도 있고 최후 오 분간을 잘 지내란 말도 있는 것이다. 그러나 쓸데 있나, 이 뒤에 우리 여섯이나 조심하자."

하고 받고 차며 이야기하며 가더니 이것이 어디기에 이다지 좋은가, 나무 그늘 가득한 곳에 금잔디는 땅에 깔리고 꽃은 피어 뒤덮였는데 새들은 제 세상인 듯이 쩍쩍이고 범이 오락가락하나 사람 보고 물지 않고 온갖 풀이 모두 향내를 피우며 길은 옥으로 깔렸는데 얼른얼른 하여 그 속에 한놈의 무리 여섯이 비치어 있고 금강산의 *만물상같이 이름 짓는 대로 보이는 것도 많으며 평양 *모란봉처럼 우뚝 솟아

그린 듯한 빼어난 뫼며, 남한산의 꽃버들이며, 북한산의 단풍이며, 경주의 삼기팔괴(三奇八怪)며, 원산의 *명사십리 해당화며, 호호 탕탕 한강물에 뛰노는 잉어며, 천안 삼거리 늘어진 버들이며, 송도 박연에 구슬 뿜듯 헤치는 *폭포며, 순창 옷과 대발이며, 온갖 풍경이 갖추어 있어 한놈의 친구 여섯 사람으로 하여금 '아픈 벌'에서 받던 고통은 씻은 듯 간 데 없다. 몸이 거뜬하고 시원함을 이기지 못하여 서로 돌아보며,

"이곳이 어데인가? 님의 나라인가? 님의 나라야 싸움터도 지나지 않았는데 어느새 왔을 수 있나?"

하며 올 것이 가는 판이러니 별안간 사람의 눈을 부시게 빛이 찬란한 산이 멀리 보이는데 그 위에 붉은 글씨로 '황금산'이라 새기었더라. 앞에 다다라 보니 순금으로 쌓은 몇 만 길 되는 산이요, 한 쌍 옥동자가 그 산이마에 앉아 노래를 한다.

난 사람이 그 누구냐
내 이 산을 내어 주리라
이 산만 가지면
옷도 있고 밥도 있고
*고대광실 높은 집에
한평생을 잘살리라
이 산만 가지면
맏아들은 황제 되고
둘째 아들은 *제후 되고

셋째 아들은 *파초선 받고
넷째 아들은 쌍가마 타고
네 앞에 절하리라
이 산을 가지려거든
단군을 버리고 나를 할아비 하며
*진단(震檀)을 던지고 내 집에서 네 살림 하여라
이 산만 차지하면
금강석으로 네 갓 하고
진주 구슬로 네 목도리 하고
*홍보석으로 네 옷 말아 주마
난 사람이 그 누구냐
너희들도 어리석다
싸움에 다다르면 네 목은 칼밥이요
네 눈은 활 과녁이요
네 몸은 탄알밥이라
인생이 얼마라고 호강을 싫다 하고
아픈 길로 드느냐?
어리석다 불쌍하다 너희들……

노래 소리 맑고 고와 듣는 사람의 귀를 콕 찌르니 엿째놈이 그 앞
에 턱 엎드러지며,

"애고, 나는 못 가겠소 형들이나 가시오."

한놈의 친구가 또 하나 없어진다. 기가 막혀 꼬이고 꾸짖으며, 때
리며 끌며 하나 엿째놈이 그 산에 딱 들어붙어 일어나지 않더라.

하릴없이 한놈이 인제 네 친구만 데리고 가더니 큰 냇물이 앞에

나서거늘 한놈이 친구들을 돌아보며,

"이 내가 무슨 내인가?"

하며 그 이름을 몰라 갑갑한 말을 한즉 냇물에서 무엇이 대답하되,

"내 이름은 새암이라."

"새암이란 무슨 말이냐?"

한데,

"새암은 재주 없는 놈이 재주 있는 놈을 미워하며, 공 없는 놈이 공 있는 놈을 싫어하여 죽이려 함이 새암이니라."

"그러면 네 이름이 새암이니 남의 집과 남의 나라도 많이 망쳤겠구나."

"암, 그럼. 단군 때에는 비록 마음이 있었으나 도덕의 아래라 감히 행세치 못하다가 *부여의 말년부터 내 이름이 비로소 나타날새, *금와(金蛙)의 아들들이 내 맛을 보고는 동명왕을 죽이려 했고, *비류(比流)란 사람이 내 맛을 보고는 *온조왕과 갈라지고, 수성왕(遂成王)이 내 맛을 보고는 국조(國祖)의 부자(父子)를 죽이며, *봉상왕(烽上王)이 내 맛을 보고는 달가(達賈) 같은 공신을 베고, 백제의 신하인 백가(苩加)가 동성왕을 죽이며 패업(覇業)을 꺾음도 나의 꾀임이며, 좌가려(左可慮)가 *고국천왕(故國川王)을 싫어하며 *연나(椽那)에 반(叛)함도 나의 홀림이라. 나의 물결이 가는 곳이면 반드시 *화환(禍患)을 내어 삼국의 강성이 더 늘지 못함이 내 솜씨에 말미암음이라고도 할지나 그러나 이때는 오히려 정도(正道)가 세고 내가 약하여 크게 횡행치

못하더니 세강속 말하여 삼국의 말엽이 되매 내가 간 곳마다 성공하며, 백제에 들매 의자왕의 군신이 서로 새암하여 *성충(成忠)이며, *흥수(興首)며, 계백(階伯)이 같은 현상맹장(賢相猛將)을 멀리하여 망함에 이르며, 고구려에 들매 *남생(男生)의 형제가 서로 새암하여 평양이며, 국내성이며, *개모성 같은 명성을 적국에 바쳐 비운에 빠지고 *복신(福信)은 만고의 명장으로 풍왕(豊王)의 새암에 장심(掌心) 꾀이는 악형을 받아 중흥의 사업이 꿈결로 돌아가고 *검모잠(劍牟岑)은 개세의 열장부로 *안승왕(安勝王)의 새암에 흉참(凶慘)한 주검이 되어 다물(多勿)의 *장지(壯志)가 이슬같이 사라지고 이 뒤부터는 더욱 내 판이라.

고려 왕씨조나 조선 이씨조는 모두 내 손에 공기 노는 듯하여 군신이 의심하며, 상하가 미워하며, 문무가 싸우며, 사색(四色)이 서로 잡아먹으며, 이백만 *홍건적을 쳐물린 *정세운(鄭世雲)도 죽이며, 수십 년 해륙전에 드날리던 *최영(崔瑩)도 베며, 팔 년 왜란에 바다를 진정하여 해왕의 웅명(雄名)을 가지던 이순신(李舜臣)도 가두며, 일개 서생으로 왜장 청정(淸正)을 부수고 함경도를 찾던 *정문부(鄭文孚)도 죽이어 드디어 금수강산이 비린내가 나도록 하였노라.”

한놈이 그 말을 듣고는 몸에 소름이 끼쳐 친구를 돌아보며,

“이 물이야 건널 수 있느냐?”

하니 넷놈 닷놈이 웃으며,

“그것이 무슨 말이요, *백이숙제(伯夷叔齊)가 탐천물을 마시면 그

마음이 흐릴까요."

하더니 벗고 들어서거늘 한놈, 둣놈, 셋놈, 세 사람도 용기를 내어 뒤에 따라 서며 도통사 최영이 지은,

> 까마귀 눈비 맞아 희난 듯 검노매라
> 야광명월(夜光明月)이 밤인들 어둘소냐
> 임 향한 일편단심 가실 줄이 있으랴

한 시조를 읊으며 건너니라.

저편 언덕에 다다라서는 서로서로 냇물을 돌아보며,

"요만 물에 어찌 장부의 마음을 변할쏘냐? 우리가 아무리 어리다 해도 혹 국사에 힘써 화랑의 교훈을 받은 이도 있으며 혹 한학에 소양이 있어 공자, 맹자의 도덕에 젖은 이도 있으며, 혹 불교를 연구하여 석가의 도를 들은 이도 있으며, 혹 예배당에 출입하여 양부자(洋夫子)의 신약도 공부한 이 있나니 어찌 접싯물에 빠져 형제가 새로 새암하리요."

하고 더욱 씩씩한 꼴을 보이며 길에 오르니라.

싸움터가 가까워 온다. 임나라가 가까워 온다. 깃발이 보인다. 북소리가 들린다. 이에 기자 제촉한새 가장 날래게 앞서 뛰는 놈은 셋놈이더라.

넷놈이 따르려 하여도 따르지 못하여 허덕허덕하며 매우 좋지 못한 낯을 갖더니,

“저기 적진이 보인다.”

하고 실탄 박은 총으로 쏜다는 것이 적진을 쏘지 않고 셋놈을 쏘았
더라.

어화 일곱 사람이 오던 길에 한 사람은 고통에 못 이기어 떨어지
고 또 한 사람은 황금에 마음이 바뀌어 떨어졌으나 오늘같이 서로
죽이기는 처음이구나!

새암의 화가 참말 독하다.

죽은 놈은 할 수 없거니와 죽인 놈도 그저 둘 수 없다 하여 곧 넷놈
을 잡아 태워 죽이고, 한놈, 둣놈, 닷놈 무릇 세 사람이 동행하니라.

인간에서 알기는 도깨비가 임에게 대하여 만나면 으레 항복하고
싸우면 으레 진다 하더니 싸움터에 와보니 이렇게 쉽게는 말할 수
없더라.

임의 키가 열 길이 되더니 도깨비의 키도 열 길이 되고, 임의 손이
다섯 발이 되더니 도깨비의 손도 다섯 발이 되고, 임의 눈에 번개가
치면 도깨비의 눈에도 번개가 치고, 임의 입에 우뢰가 울며 임이 날면
도깨비도 날며, 임이 뛰면 도깨비도 뛰며, 임의 군사가 구구는 팔십일
만 명(九九＝八十一萬名)인데 도깨비의 군사도 꼭 그 수효이더라.

『고구려사』에 보면 *동천왕이 위장(魏將) 모구검(母丘儉)을 처음에
이기고 웃어 가로되,

“이같이 썩은 대적을 치는 데 어찌 큰 군사를 쓰리요.”

하고 정병은 다 뒤에 앉아 있게 하고 다만 오천 명으로써 적의 수만

명과 결전하다가 도리어 큰 위험을 겪은 일이 있더니 임나라에서도 이런 짓이 있도다.

싸움이 시작되자 임이 영(令)을 내리시되,

"오늘은 전군이 다 나갈 것 없이 다만 9분의 1 곧 1999만 명만 나서며 또 연장은 가지지 말고 맨손으로 싸워 도깨비의 무리가 우리 재주에 놀라 다시 덤비지 못하게 하여라."

하니 좌우는 안 될 것이라고 간하나 임이 안 들으신다.

진이 사괴매 임의 군사가 비록 날쌔나 어찌 연장 가진 군사와 겨루리요. 칼이며, 총이며, 불이며, 물이며 온갖 것을 다하여 임의 군사를 치는데 슬프다.

임의 군사는 빈 주먹이 칼에 부서지고, 흰 가슴이 총에 꿰뚫리며, 뛰다가 불에 타며, 기다가 물에 빠져 살 길이 아득하다. 입으로는,

"우리는 정의의 아들이다. 악이 아무리 강한들 어찌 우리를 이기리요."

하고 부르짖으나 강적 밑에서야 정의의 할아비인들 쓸데 있느냐? 죽는 이 임의 군사요, 엎치는 이 임의 군사더라.

넓고 넓은 큰 벌판에 정의의 주검이 널리었으나 강적의 칼은 그치지 않는다.

한놈의 동행인 닷놈이 고개를 숙이고 탄식하되,

"이제는 임의 나라가 고만이로구나, 나는 어디로 가노?"

하더니 청산 백운 간에 사슴의 친구나 찾아간다고 봇짐을 싸며, 셋놈

은 왈칵 나서며,

"장부가 어찌 이렇게 적막히 살 수야 있나, 종살이라도 하며 세상
에서 어정거림이 옳다."
하고 적진으로 향하니라.

이때 한놈은 어찌할까 한놈은 한놈의 짐을 지고 왔으며 너희들은
각기 너희들의 짐을 지고 왔나니 짐 벗어 던지고 달아나는 너희들을
따라가는 한놈이 아니요, 가는 놈들은 가거라, 나는 나대로 하리라
함이 정당한 일인 듯하나, 그러나 너는 내 손목을 잡고 나는 네 손목
을 잡아, 죽으나 사나 같이 가자 하던 일곱 사람에 단 셋이 남아 나
밖에는 네 형이 없고 너밖에는 내 아우 없다 하던 너희들을 또 버리
고 나 홀로 돌아섬도 또한 한놈이 아니도다.

한놈이 이에 오도가도 못 하고 길 곁에 주저앉아 홀로,

"세상이 원래 이런 세상인가? 한놈이 친구를 못 얻음인가? 말쩡하
게 맹세하고 오던 놈들이 고되다고 달아난 놈도 있고, 할 수 없다고
달아난 놈도 있어 일곱 놈에 나 한놈만 남았구나."
탄식하니 해는 서산에 너울너울 넘어가 사람의 사정을 돌보지 않더
라. 이러나저러나 갈 판이라고 두 주먹을 부르쥐고 달리더니 난데없
는 구름이 모여들어 하늘이 캄캄해지며 범과 이리와 사자와 온갖 짐
승이 꽉 가로막아 뒤로 물러갈 길은 보이지만 앞으로 나아갈 길은
없더라.

할 수 없이 다시 오던 길을 찾아 뒤로 몇 걸음 물러서다가,

"뺀 칼을 다시 박으랴!"

소리를 지르고 앞을 헤치고 나아가니 임의 형상은 보이지 않으나 임의 발소리가 귀에 들린다.

"네 오느냐? 너 홀로 오느냐?"

하시거늘 한놈이 고되고 외로워 어찌할 줄 모르던 차에 인자하신 말씀에 느낌을 받아 눈에 눈물이 핑 돌며 목이 탁 메어 겨우 대답하되,

"예, 홀로 옵니다."

"오냐, 슬퍼 말라. 옳은 사람은 매양 무척 고생을 받고야 동무를 얻나니라."

하시더니 칼을 하나 던지시며,

"이 칼은 3925년(서기 1592년) 임진왜란에 의병 대장 *정기룡(鄭起龍)이 쓰던 *삼인검(三寅劍)이다. 네 이것을 가지고 적진을 쳐라!"

하시더라. 한놈이 칼을 받아 들고 나서니 하늘이 개며 해도 다시 나와 범과 사자들은 모두 달아나 앞길이 탁 트이더라.

몸에 임의 명령을 띠고 손에 임이 주신 칼을 들었으니 무엇이 무서우리요. 적진이 여우 고개에 있단 소문을 듣고 그리로 향하여 가는데 칼이 번쩍번쩍하더니 찬바람 치며 비린내가 코를 찌르거늘,

"에구, 적진이 당도하였구나."

하고 칼을 저으며 들어가니 수십만 적병이 물결 갈라지듯 하는지라. 그 사이를 뚫고 들어간즉 어떤 얼굴 괴악한 적장이 궤에 기대어 임진 전사를 보는데 한놈의 손에 든 칼이 부르르 떨어 그 적장을 가리

키며 소리치되,

　"저놈이 곧 임진왜란 때에 조선을 더럽히려던 일본 관백(關白) *풍신수길(豊臣秀吉)이라."

하거늘 원수를 외나무다리에서 만난 한놈이 어찌 용서가 있으리요. 두 눈에 쌍심지가 오르며 분기가 정수리를 쿡 찔러 곧 한칼에 이놈을 고깃장을 만들리라 하여 힘껏 겨누며 치려 한즉 풍신수길이 썩 쳐다보며 빙그레 웃더니 그 괴악한 얼굴은 어디 가고 일대 미인이 되어 앉았는데 꽃 본 나비인 듯, 물 찬 제비인 듯, 솟아오르는 반월인 듯…….

　한놈이 그것을 보고 팔이 찌르르해지며 차마 치지 못하고 칼이 땅에 덜렁 내려지거늘 한놈이 칼을 집으려 하여 몸을 굽힌 새 벌써 그 미인이 변하여 개가 되어 컹컹 짖으며 물려고 드나 한놈이 칼을 잡지 못하여 맨손으로 어쩔 수 없어 *삼십육계의 *상책을 찾으려다가 발이 쭉 미끄러지며,

　"아차!"

한마디에 어디로 떨어져 내려가는지 한참 만에 평지를 얻은지라. 골이 깨어지지나 않았는가 하고 손으로 만져 보니 깨어지지는 않았으나 무엇이 쇠뭉치로 뒤통수를 딱딱 때려 아파 견딜 수 없고 또 쇠사슬이 어디서 오더니 두 손을 꽉 묶으며 온몸을 *굴신할 수 없게 얽어 매고 불침, 불칼이 머리부터 시작하여 발끝까지 쑤시는도다.

　한놈이 깜짝 놀라,

“아이고, 내가 지옥에 들어왔구나. 그러나 내가 무슨 죄로 여기를 왔나?”

하고 땅에 떨어진 날부터 오늘까지 아는 대로 무릇 삼십여 년 사이의 일을 세어 보나 무슨 죄인지 모르겠더라. 좌우를 돌아보니 한놈과 같이 *형구를 가지고 앉은 이가 몇몇 있거늘,

“내가 무슨 죄로 왔느냐?”

물은즉 잘 모른다 하며,

“너희들은 무슨 죄로 왔느냐?”

하여도 모른다 하더라.

한놈이 소리를 지르며,

“사람이 어찌 아무 죄로 왔는지도 모르고 이 속에 갇혔으리요?”

하니, 대답하되,

“얼마 안 되어 순옥사자(巡獄使者)가 오신다니 그에게 물어 보라.”

하더라.

5

아픔도 아픔이어니와 가장 갑갑한 것은 내가 무슨 죄로 이 속에 왔는지를 모름이다.

“순옥사자가 오시면 안다 하니 언제나 오나.”

하며 빠지는 눈을 억지로 참고 며칠을 기다리더니 하루는 삼백예순 다섯 가지 풍류 소리가 나며,

　　"신임 순옥사자 고려 *문하시랑 동문장사 *강감찬(高麗門下侍郞同
文章事 姜邯贊)이 듭신다."
하더니 온 옥중이 괴괴한데, 한놈이 좌우의 낯을 살펴보니 어떤 사람
은,
　　"나야 무슨 죄가 있나, 설마 순옥사자께서 곧 놓아 보내겠지."
하는 뜻이 있어 기꺼운 낯을 가지며, 어떤 사람은,
　　"내 죄는 이보다 더 참혹한 지옥에 갇힐 터인데 순옥사자가 오시
면 어찌하나."
하는 뜻이 있어 아무렇지도 않은 듯한 낯을 가지며, 어떤 사람은,
　　"아이고, 이제는 큰일났구나. 내 죄야 있는지 없는지 모르겠다만
순옥사자가 아마 덮어놓고 죽이실 걸."
하는 뜻이 있어 잿빛 같은 낯을 가지며, 지옥이 무엇인지 천당이 무엇
인지 순옥사자가 가는지 오는지도 모르고 앉아 있는 사람도 있으며,
　　"오냐, 지옥에 가두어라. 가두면 장 가두겠느냐, 나가는 날에는 또
도적질이나 하자."
하는 사람도 있으며,
　　"우리 어머니가 내 일을 알면 오죽 울겠느냐? 순옥사자시여! 제발
놓아 주옵소서."
하는 사람도 있으며,
　　"옥이고 깻묵이고 밥이나 좀 먹었으면."
하는 사람도 있으며,

“순옥사자가 오기만 오너라. 내 죽자사자 해보겠다. 인간에서 하던 고생도 많은데 또…… 내가 돈이 백만 냥이 있으니 순옥사자의 옆구리만 쿡 지르면 되지.”
하는 사람도 있으며,

“나는 계집인데 순옥사자가 밉지 않은 나야 설마 죽이겠니.”
하는 사람도 있어, 빛도 각각이요 말도 각각이더라.

옥중에 서기가 돌며 순옥사자 강감찬이 드시는데 키가 불과 오 척이요, 꼴도 매우 *왜루하지만 두 눈에는 정기가 어리고 머리 위에는 *어사화(御賜花)가 펄펄 난다.

이때에 당하여 사방을 돌아보니 억센 놈도 어디 가고, 다리 긴 놈도 어디 가고, 겁 많은 놈도 어디 가고, 돈 많은 놈도 어디 가고, 얼굴 좋은 아가씨도 어디 가시고, 온 옥중에 있는 사나이나 계집이나 모두 오래 젖에 주린 아이가 어미 몸을 보는 듯하여 콱 엎드리자 흑흑 느끼어 가며 운다.

강감찬이 보시더니 불쌍히 여기사 물으시되,

“왜 처음에 지옥이 무서운 줄 몰랐더냐? 죄를 왜 지었느냐?”
하니 옥중이 묵묵하여 아무 대답이 없거늘 한놈이 나서며 여짜오되,

“우리가 나가고 싶단 말도 없었는데 임이 우리를 인간에 내시고 우리가 오겠다고 원하지도 않았는데 임이 우리를 지옥에 넣으시니 우리들이 임의 일이 답답하여 우나이다.”

강감찬이 웃으시며,

"임이 너희들을 내셨다더냐? 또 지옥에 올 때도 임이 가라고 하시더냐?"

"그러면 누가 내시고 누가 이리 오게 하셨습니까?"

강감찬이 크게 소리를 질러,

"네가 네 일을 모르고 누구에게 묻느냐?"

하고 꾸짖으니 온 옥중이 모두 한놈과 함께 황송하여 일제히 그 앞에 엎드리며,

"미련한 것들이 알지 못하오니 사자님은 크게 사랑하사 *미혹을 열어 주소서."

강감찬이 지팡이를 거꾸로 받드시더니 모든 옥수에게 말씀하시되,

"너희들이 짓지 않으면 지옥이란 이름이 없으리니 그러므로 지옥은 임이 지은 것이 아니라 곧 너희들이 지은 지옥이니라."

한놈이 일어서 아뢰되,

"우리가 지은 지옥이면 깨기도 우리 힘으로 깰 수 있습니까?"

강감찬이 가라사대,

"작은 죄는 자기 손으로 깨고 나아갈지나 큰 죄는 제 손은 그만두고 님이 깨어 주려 하여도 깰 수 없나니 천겹 만겹을 지옥에서 썩을 뿐이니라."

한놈이 묻되,

"어떤 죄가 큰 죄오니까?"

강감찬이 가라사대,

"처음에 단군이 오계를 세우시니,

1) 나라에 충성하며,

2) 집에서 효도하고 우애하며,

3) 벗을 *미덥게 사귀며,

4) 싸움에서 뒷걸음질 말며,

5) 생물을 죽이매 골라 죽임이라.

옛적에는 오계에 하나만 범하여도 큰 죄라 하여 지옥에 내리더니 이제 와서는 나라일이 급하여 다른 죄를 이루 다 다스릴 수 없어 오직 나라에 대한 죄만 큰 죄라 하여 지옥에 내리느니라."

한놈이,

"나라에 대한 큰 죄가 몇입니까?"

물으매 강감찬이,

"네가 앉아 들어라!"

하시더니 하나씩 세신다.

첫째는 *국적을 두는 지옥이 일곱이니,

(ㄱ) 국민의 부탁을 맡아 임금이 되자거나 대신이 되어 나라의 흥망을 어깨에 메인 사람으로 금전이나 사리사욕만 알다가 적국에게 이용된 바가 되어 나라를 들어 남에게 내어 주어 조상의 역사를 더럽히고 동포의 생명을 끊나니 백제의 임자(任子)며, 고구려의 남생(男生)이며, 발해의 말제(末帝) 인찬(諲譔)이며, 대한말(大韓末)의 *민영

휘(閔泳徽), *이완용(李完用) 같은 무리가 이것이다. 이 무리들은 살릴 수 없고 죽이기도 아까우므로 혀를 빼며 눈을 까고 쇠비로 그 살을 썰어 뼈만 남거든 또 살리고 또 이렇게 죽이되 하루 열두 번을 이대로 죽이고 열두 번을 이대로 살리어 죽으면 살리고 살면 죽이나니 이는 곧 매국 역적을 처치하는 '겹겹지옥'이니라.

(ㄴ) 백성의 피를 빨아 제 몸과 처자를 살찌우던 놈이니 이놈들은 독 속에 넣고 빈대와 뱀 같은 벌레로 그 피를 빨게 하나니 이는 '줄줄지옥'이니라.

(ㄷ) 혓바닥이나 붓끝으로 적국의 정책을 노래하고 어리석은 백성을 몰아 그물 속에 들도록 한 연설쟁이나 신문기자들은 혀를 빼고 개의 혀를 주어 날마다 '컹컹' 짖게 하나니 이는 '강아지지옥'이니라.

(ㄹ) 목구멍이 포도청이라고 해먹을 것 없으니 정탐질이나 하리라 하여 뜻있는 사람을 잡아 적국에게 주는 놈은 돼지껍질을 씌워 '꿀꿀' 소리나 하게 하나니 이는 '돼지지옥'이니라.

(ㅁ) 겉으로 *지사인 체하고 속으로 적 심부름하던 놈은 그 소위가 더욱 밉다. 이는 머리에 박쥐감투를 씌우고 똥집을 빼어 소리개를 주나니 이는 '야릇지옥'이니라.

(ㅂ) 딸각딸각 나막신을 끌고 걸음걸음 적국놈의 본을 뜨며 옷 입고 밥 먹는 것도 모두 닮으려 하며 자식이 나거든 내 말을 버리고 적국 말을 가르치는 놈은 목을 잘라 불에 넣으며 다리를 끊어 물에 던지고 가운데 토막은 주물러 나나리를 만드나니 이는 '나나리지옥'이

니라.

(ㅅ) 적국놈에게 시집 가는 년들이며 적국의 년에게 장가 가는 놈들을 불칼로 그 반신을 끊나니 이는 '반신지옥'이니라.

둘째는 *망국노를 두는 지옥이니,

(ㄱ) 나라야 망하였든 말았든 예수나 잘 믿으면 천당에 간다 하며, 공자의 글이나 잘 읽고 산림에서 *독선기신(獨善其身)한다 하여 조상의 역사가 결딴남도 모르며 부모나 처자가 모두 남의 종이 된지는 생각도 않고 오히려 선과 천당을 찾는 놈들은 똥물에 튀하여 쇠가죽을 씌우나니 이는 '똥물지옥'이니라.

(ㄴ) 정견을 가진 당파는 있어야 하지만 오직 지방으로 가르며, 종교로 가르며, 사감(私感)으로 가르며, 한 나라를 열 쪽에 내어 서로 해외로 다니며 싸우고 이것을 일로 아는 놈들은 맷돌에 갈아 없애야 새싹이 날지니 이는 '맷돌지옥'이니라.

(ㄷ) 말도 남의 말만 알고 풍속도 남의 풍속만 쫓고 종교나 학문이나 역사 같은 것도 남의 것을 제 것으로 알아 러시아에 가면 러시아인이 되고 미국에 가면 미국인 되는 놈들은 뱉을 빼어 게같이 만드나니 이는 '엉금지옥'이니라.

(ㄹ) 동양의 아무 나라가 잘되어야 우리의 독립을 찾으리라 하며, 서양의 아무 나라가 우리 일을 보아 주어야 무엇을 하여 볼 수 있다 하여, 외교를 의뢰하여 국민의 사상을 약하게 하는 놈들은 그 몸을 주물러 *댕댕이를 만들어 큰 나무에 감아 두나니 이는 '댕댕이지옥'

이니라.

(ㅁ) 의병도 아니요, 암살도 아니요, 오직 할 일은 교육이나 실업 같은 것으로 차차 백성을 깨우자 하여 점점 더운 피를 차게 하고 산 넋을 죽게 하나니 이놈들의 갈 곳은 '어둥지옥'이니라.

(ㅂ) 황금이나 여색 같은 데에 빠져, 있던 뜻을 버리는 놈은 그 갈 곳이 '단지지옥'이니라.

(ㅅ) 지식이 없어도 아는 체하고 열성이 없어도 있는 체하며, 죽기는 싫으나 명예는 차지하려 하여 거짓말로 남 속이고 다니는 놈들은 불로 지져 뜨거움을 보여야 하나니 이는 '지짐지옥'이니라.

(ㅇ) 머리 앓고 피 토하여 가며, 나라일을 연구하지 않고, 오직 남의 입내만 내어 *마치니의 『소년 이태리』를 본떠 회(會)의 규칙을 만들며 손일선(孫逸仙)의 『군정부 약법(約法)』을 번역하여 자가(自家)의 주의를 삼아 특유한 국성(國性)이 없이 *인판(印板)으로 사업하려는 놈들이 갈 지옥은 *'잔나비지옥'이니라.

(ㅈ) 잔꾀만 가득하여 일 없는 때는 칼등에서 춤이라도 출 듯이 나서다가 일 있을 때는 싹 돌아서서 누울 곳을 보는 놈은 그 기름을 빼어야 될지라. 고로 가마에 넣고 삶나니 이는 '가마지옥'이니라.

(ㅊ) 아무래도 쓸데없다. 왼손으로 총을 막으며 빈 입으로 군함 깰까 망한 판이니 망한 대로 놀자 하는 놈은 *무쇠두멍을 씌워 다시 하늘을 못 보게 하나니 이는 '쇠솥지옥'이니라.

(ㅋ) 돈 한푼만 있는 학생이면 요릿집에 데리고 가며 어수룩한 사

람이면 영웅으로 추켜세워 저의 이용물을 만들고 이를 수단이라 하
여 도덕 없는 사회를 만드는 놈의 갈 곳은 '아귀지옥'이니라.

(ㅌ) 공자가 어떠하다, 예수가 어떠하다, *나폴레옹이 어떠하다, *워
싱턴이 어떠하다, 하며 내 나라의 성현 영웅을 하나도 모르는 놈은 글
을 다시 배워야 하나니 이놈들의 갈 곳은 '종아리지옥'이니라.

이 밖에도 지옥이 몇몇이 더 되나 너희들이 알아둘 지옥은 이만하
여도 넉넉하니라.

온 *옥수(獄囚)가 *악머구리 울듯 하며,

"사자님은 크게 어진 마음으로 죄를 용서하시고 이곳을 떠나게 하
소서."

강감찬이,

"공은 공대로 가며 죄는 죄대로 간다."

하고 부채로 썩 가리우니 모든 옥수가 어디에 있는지 보지는 못하나
마음에 그 참형당할 일이 애달퍼 강감찬의 앞에 나아가 매국적 같은
큰 죄는 할 수 없거니와 그 나머지는 다 놓아 보냄을 청하니 강감찬
이 한놈의 등을 만지며,

"그대가 이런 마음으로 임나라에 갈 만하지만 다만 두 사랑이 있
으므로 이곳까지 옴이로다."

하거늘 한놈이 그제야 미인의 홀림으로 풍신수길을 놓치던 일을 생
각하고 문자와 가로되,

“나라 사랑하는 사람은 미인을 사랑하지 못하옵니까?”

강감찬이 땅 위에 놓인 칼을 가리키며,

“이 칼 놓은 자리에 다른 것도 또 놓을 수 있느냐?”

“안 될 말입니다. 한 물건이 한 시에 한 자리를 차지할 수가 있습니까?”

강감찬이 이에 손을 치며,

“그러하니라. 한 물건이 한 시에 한 자리를 못 차지할지며 한 사상이 한 시에 한 머릿속에 같이 있지 못하나니 이 줄로 미루어 보아라. 한 사람이 한 평생 두 사랑을 가지면 두 사랑이 하나도 이루기 어려운 고로 이야기에도 있으되 ‘두 절개가 되지 말라’ 하니 그 부정함을 나무람이니라.”

한놈이 또 묻되,

“그 줄이 있습니까?”

강감찬이 대답하되,

“소경은 귀가 밝고 귀머거리는 눈이 밝다 함은 한 길로 가는 까닭이라. 그러기에 석가여래가 아내와 아들을 다 버리고 보리수 밑에서 아홉 해를 지내심이니라.”

“애국자의 일도 종교가와 같으오리까?”

“하나는 출세자(出世者)의 일이요, 하나는 입세자(入世者)의 일이니 일은 다르지만 종교가가 신앙밖에 다른 사랑이 있으면 종교가가 아니며, 애국자가 나라밖에 다른 사랑이 있어도 애국자가 아니다. 그러므로 사람마다 몸은 안 아끼는 이 없지만 충신이 일에 당하면 열두 번 죽어도 사양치 않으며 누가 처자를 안 어여삐하리요만 열사가 나라를 위함에는 가족까지 희생하나니 이와 같이 나라밖에는 딴 사랑이 없어야 애국이어늘 이제 나라도 사랑하며 술도 사랑하면 술로 나라 잊을 적이 있을지며, 나라도 사랑하며 미인도 사랑하면 미인으로 나라 잊을 때가 있을지니라.”

한놈이 절하며 그 고마운 뜻을 올리고 그러나 지옥에서 나가게 하여 달라 하니 강감찬이 가로되,

“누가 못 나가게 하느냐?”

“못 나가게 하는 사람은 없사오나 몸이 쇠사슬에 묶이어 나갈 수 없습니다.”

강감찬이 웃으시며,

“누가 너를 묶더냐?”

하니 한놈이 이 말에 대철대오하여 본래 묶이지 않은 몸을 어디에 풀 것이 있으리요 하고 몸을 떨치니 쇠사슬도 없고 옥도 없고 한놈의 한 몸만 우뚝하게 섰더라.

6

천국은 하늘 위에 있고 지옥은 땅 밑에 있어 그 *상거가 천 리나 만 리인 줄 아는 것은 인간의 생각이라 실제는 그렇지 않아서 땅도 한 땅이요, 때도 한 때인데 제치면 임나라고 엎치면 지옥이요, 세로

뛰면 임나라고 가로 뛰면 지옥이요, 날면 임나라며 기면 지옥이요, 잡으면 임나라며 놓치면 지옥이니, 임나라와 지옥의 상거가 요것뿐 이더라.

지옥이 이미 부서지매 한놈이 눈을 드니 금으로 지은 집에 옥으로 쌓은 담이 어른어른하고 땅에 깔린 것은 모두 진주와 금강석이요, 맑고 향내나는 공기가 코를 찔러 밥 안 먹고도 배부르며, 나무마다 꽃이 피어 봄빛을 자랑하며 새는 앵무, 공작, *금계, *백학, 꾀꼬리같이 듣고 보기가 좋은 새들이며 짐승은 사람을 물지 않는 문호(文虎), 문표(文豹) 같은 짐승들이요, 거리마다 신라의 만불산(萬佛山)을 벌여 놓고 집집에 고구려의 수모욕을 깔았으며 입은 것은 부여의 문수(紋繡)와 *진한의 겸포며 두른 것은 발해의 명주와 신라의 용초며 들리는 것은 *변한의 가야금이며 신라의 만만파 쉬는 *저며 백제의 *공후도 있고 고려의 국악도 있더라. 한놈이 기쁨을 이기지 못하여,

"이제는 내가 임나라에 다다랐구나."
하고 기꺼워 나서니 임나라의 모든 물건도 모두 한놈을 보고 반기는 듯하더라. 임을 보이려 하나 하늘같이 높으시고 바다같이 넓으시고 해같이 밝으시고 달같이 둥그시고 봄같이 따뜻하고 가을같이 매우사 한놈의 좁은 눈으론 볼 수가 없다.

그 좌우에 모셔 앉으신 이는 신앙에 굳으신 동명성제(東明聖帝), *명림답부(明臨答夫), 치제(治劑)에 밝으신 백제의 *초고대왕(肖古大王), 발해 *선왕(宣王), 이상이 높으신 진흥대왕(眞興大王), 설원랑(薛

原郞), 역사에 익으신 신지선인(神誌先人) *이문진(李文眞), 고흥(高興), 정지상(鄭知常), 국문에 힘쓰신 세종대왕, *설총, *주시경, 육군에 능하신 발해 태조, *연개소문, 을지문덕, 해군에 용하신 사법명(沙法名), *정지(鄭地), 이순신, 강토를 개척하신 광개토왕(廣開土王), 동성대제(東聖大帝), *윤관(尹瓘), *김종서(金宗瑞), 법전을 편찬한 *을파소(乙巴素), *거칠부(居柒夫), 망국 말엽에 쌍수로 하늘을 받들던 백제 부여의 복신(福信), 고구려의 검모잠(劍牟岑), *판탕시대에 한칼로 외적을 물리치고 나라를 편히 하던 고려의 최영, 강감찬, 이조의 *임경업, 외지에 식민한 서언왕(徐偃王), 엄국시조(奄國始祖), 고죽시조(孤竹始祖), 타국에 가서 왕이 된 고운(高雲), 이정기(李正己), *김준(金俊), 사후에 용이 되어 일본을 도륙(屠戮)하려던 신라 *문무대왕(文武大王), *계림의 개 되어도 일본의 신인은 아니 된다던 *박제상(朴堤上), 홍건적 이백만을 토평(討平)하고 간계에 죽던 정세운(鄭世雲), 본국 팔성(八聖)을 제 지내고 금나라를 치려던 *묘청(妙淸), 중국 홍수에 오행치수의 줄로 하우(夏禹)를 가르친 부루태자(夫婁太子), 일위(一葦)로 대해를 건너 도국 만종(島國蠻種)을 개화시킨 혜자 *선사(慧慈禪師), 왕인(王仁) *박사, *안시성에서 *당태종 이세민(李世民)의 눈을 뺀 *양만춘(楊萬春), 용인유에서 철례탑(撤禮塔)의 가슴을 맞추던 *김윤후(金允侯), 교육계의 종주 되어 서양을 쓸리게 하던 영랑(永郞), 남랑(南郞), *국수(國粹)의 무너짐을 놀라 화랑을 중흥하려던 이지백(李知白), 동족에 대한 의분으로 발해를 구원하려던 곽원(郭元), *왕가도(王可道), 왕실을 다물(多勿)하려 하여 피 흘리던 *이색(李穡), *정몽주(鄭夢周), *두문동(杜門洞) 칠사현(七士賢), 강자를 제재함에는 암살을 유일 신성으로 깨달은 *밀우(密友), *유유(紐由), 황창(黃昌), *안중근(安重根), 넘어지는 대하(大廈)를 붙들려고 의기(義旗)를 잡은 *이강년(李康年), 허위(許蔿), 전해산(全海山), 채응언(蔡應彦), 조촐한 *진단의 여자몸으로 어찌 도적에게 더럽혀지리요 하던 낙화암의 기빈(妃嬪)들, 임진년의 *논개(論介), *계월향, 출세한 사람으로 나라일이야 잊을쏘냐 하던 고구려의 칠불(七佛), 고려의 현린 선사(玄麟禪師), 이조의 *서산대사(西山大師), *사명당(四溟堂), 국학에서 비록 도움이 없지만 일방의 교문에 통달하여 조선의 빛을 보탠 불학의 *원효(元曉), *의상(義湘), 유학의 회제(晦齋), *퇴계(退溪), 세상에 상관없는 *물외한인(物外閑人)이지만 청풍고절(淸風苦節)의 한유한(韓惟翰), 이자현(李資玄), 연진수도(鍊偵修道)의 참시(旵始), 정염(鄭磏), 건축으로 거룩한 임류각(臨流閣), *황룡사(皇龍寺) 등의 건축자, 미술로 신통한 만불산 홍구유(紅氍毹)의 제조자, 산술로 부도(夫道), 그림으로 솔거(率居), 음률로 *우륵(于勒), 옥보고(玉寶高), 칼을 잘 만드는 가락의 공장(工匠), 맹호를 맨손으로 때려잡는 발해의 장사, 성력(星曆)에 오윤부(伍允孚), *이술(異術)에 *전우치(田禹治), 귀귀래래시(歸歸來來詩)로 물질 불멸의 원리를 말한 화담(花潭) *서경덕(徐敬德), 폭국은 베어도 가하다 하여 충신불사이군(忠臣不事二君)의 노설(奴說)을 반대한 죽도(竹島) *정여립(鄭汝立), *철주자(鐵鑄字) 발명한 바치, 비행기 시조

*정평구(鄭平九), 이 밖에도 눈 큰 이, 입 큰 이, 팔 긴 이, 몸 굵은 이, 어느 때 외국과 싸워 이긴 이, 어느 곳에서 백성에게 큰 공덕을 끼친 이, 철학에 밝은 이, 도덕에 높은 이, 물리에 사무친 이, 문학에 잘한 이, 한놈이 듣지도 보지도 못하던 선민들도 많으며 또 한놈이 그 자리에서 보고 이제 기억하지도 못할 이도 많이 이 책에 올리지 못하거니와 대개 이때 한놈의 마음은 임나라에 온 것이 기쁠 뿐만 아니라 여러 선왕, 선성, 선민 들을 뵈옴이 고맙더라.

임나라에는 이렇게 모여서 무슨 일을 하시는가 하고 한놈이 눈을 들어 본즉 이상도 하고 기질도 하다. 다른 것 하는 것은 아무것도 없고 오직 낱낱이 비를 만들더니 긴 막대기에 꿰어 드니 그 길이가 몇 천 길 몇 만 길인지 모를러라. 그 비를 일제히 들더니 곧 하늘에 대고 썩썩 쓴다. 한놈이 놀라 일어나며,

"하늘을 왜 씁니까? 땅에는 먼지나 있다고 쓸지만 하늘이야 왜 씁니까?"

모두 대답하시되,

"하늘을 못 보느냐? 오늘 우리 하늘은 땅보다도 먼지가 더 묻었다."

하시거늘 한놈이 하늘을 두루 살펴보니 온 하늘에 먼지가 보얗게 덮이었더라. 몇 천 몇 만 비들을 들이대고 부리나케 쓸지만 이리 쓸면 저쪽이 보얗게 되고 저리 쓸면 이쪽이 보얗게 되어 파란 하늘은 어디 갔는지 옛책에서나 옛이야기에나 듣지도 못하던 흰 하늘이 머리

위에 덮이었더라.

"하늘도 보얀 하늘이 있습니까?"

한놈이 소리를 질러 물으니 누구이신지 누런 옷 입고 붉은 띠 띤 어른이 대답하신다.

"나도 처음 보는 하늘이다. 임 나신 지 삼천오백 년경부터 하늘이 날마다 푸른 날고 보얀 빛이 시작하더니 한 해 지나 두 해 지난 사천 이백사십여 년 오늘에 와서는 푸른 빛은 거의 없어지고 소경눈같이 보얗게 되었다. 그런즉 대개 칠백 년 동안에 난 변이요, 이 앞서는 이런 변이 없었나니라."

하더니 그만 목을 놓고 우는데 울음 소리가 장단에 맞아 노래가 되더라.

하늘이 제 빛을 잃으니 그 나머지야 말할쏘냐
태백산이 높이야 줄어 석 자도 못 되고
압록강이 터를 떠나 오백 리나 이사 갔구나,
아가 아가 우리 아가
네 아무리 어려도 잠 좀 깨어라
무궁화꽃 핀 가지에 찬바람이 후려친다.

그이가 노래를 마치더니,

"한놈아!"

하고 부르더니 서편을 가리키거늘 한놈이 쳐다보니, 해와 같이 나란히 떠오르는데 테두리가 다 네모가 나고 빛은 다 새까맣거늘 보는

한놈이 더욱 놀라,

"하늘이 뽀얗고 해와 달이 네모지며, 또 새까마니 이것이 임나라의 인간과 다른 특색입니까?"

한데, 그이가 깜짝 뛰며,

"그게 무슨 말이냐? 하늘이 푸르고 해와 달이 둥글며 힘은 임나라나 인간이 다 한가지인데 지금 이렇게 된 것은 큰 변이니라."

한놈이,

"임의 힘으로 이를 어찌하지 못합니까?"

그이가 눈물을 흘리더니 가라사대,

"임나라에야 무슨 변이 나겠느냐? 때로는 모두 봄이요, 땅은 모두 금이요, 짐승도 사람같이 착하니 무슨 변이 나겠느냐? 다만 이천만 인간이 지은 *얼로 하늘을 더럽히고 해와 달도 빛이 없게 만들었나니 아무리 임의 힘인들 이를 어찌하리오."

한놈이,

"인간에서 얼만 안 지으면 해도 옛 해가 되고 달도 옛 달이 되고 하늘도 옛 하늘이 되겠습니까?"

그이가 가라사대,

"임, 그 이를 말이냐? 대개 고려 말세부터 별별 하늘이 우리 진단에 들어오는데, 공자 석가는 더 말할 것 없고 심지어 보살의 하늘이며, 제군(帝君)의 하늘이며, *관우(關羽)의 하늘이며, 도사의 하늘까지 들어와 님의 하늘을 가리워 이천만 사람의 눈이 한쪽으로 뒤집혀서 보고하는 일이 모두 딴전이 되어 국전(國典)과 국보(國寶)가 턱턱 무너지기 시작할새 역사의 제1장에 우리 임 단군을 빼고…… 부여를 제껴 놓고 한 나라 반역자 *위만으로 정통을 가지게 하며, 고구려의 혈통인 발해를 물리어 북맥(北貊)이라 하며, 백제의 *용무(勇武)를 싫어하여 이를 무도지국(無道之國)이라 하며, 우리의 윤리를 버리고 외국의 *문교로 대신하고, 만일 국수(國粹)를 보존하려 하는 이 있으면 도리어 악형에 죽을새 죽도 선생 정여립이 구월산에 들어가 단군에게 제 지내고 시대의 악착한 풍기를 고치려 하여 '충신불사이군'이 성인의 말이 아니라고 외쳤나니, 이는 *사자후(獅子吼)이어늘 진안(鎭安) 죽도사(竹島寺)에서 무모한 칼에 육장(肉漿)이 되고 그나마 *현상(賢相)이며, 명장이며, 위인이며, 재자며, 장사며, 협객이 이 뽀얀 하늘 밑에서 몹쓸 죽음 한 이가 얼마인지 알 수 없나니, 이제라도 인간에서 지난 일의 잘못됨을 뉘우쳐 하고 같이 비를 쓸어 주면 이 하늘과 이 해와 이 달이 제대로 되기 어렵지 않으리라."

하며 눈물이 비 오듯 하거늘 한놈이 크게 느끼어 '그러면 한놈부터 내 책임을 다하리라' 하고 곧 비를 줍소서 하여 하늘에 대고 죽을 판 살 판 쓸새 무릇 삼칠은 이십일 일을 지나니, 손이 부풀어 이리저리 터지고, 발이 아파 비를 들 수 없었고, 두 눈이 며칠 굶은 사람처럼 쑥 들어가 힘을 다시 더 쓸 수 없는데, 하늘을 쳐다본즉 여전히 뽀얗더라. 한놈이 이어,

"내 힘은 더 쓸 수 없으나 또 내 뒤를 이어 이대로 힘쓰는 이 있으

면 설마 하늘이 푸르러질 날이 있겠지.”
하고 이 뜻으로 가갸 풀이를 지었는데,

가갸 거겨 가자 가자, 하늘 쓸러 걸음 걸음 나아가자
고교 구규 고되기는 고되지만, 굳은 마음은 풀릴쏘냐
그기 가 그믐 밤에 달이 나고, 기운 해 다시 뜨도록
나냐 너녀 나 죽거든 네가 하고, 너 죽거든 나 또 하여
노뇨 누뉴 놀지 않고, 하고 보면 누구라서 막을쏘냐
느니 나 늦은 길을 늦다 말고, 이 악물고 주먹 쥐자
다댜 더뎌 다 닳은들 칼 아니랴, 더 갈수록 매운 마음
도됴 두듀 도령님의 넋을 받아 두려운 놈 바이 없다
드디 다 드릴 곳 있으리니, 지경 따라 서고 지고
라랴 러려 나팔 불고 북도 쳤다, 너나 말고 칼을 빼자
로료 루류 로동하고 싸움하여 루만 명에 첫째 되면
르리 라 르르릉 아라, 르릉 아리아 자기 아들 같이
마먀 머며 마마님도, 구경 가오 먼동 곳에 봄이 왔소
모묘 무뮤 모든 사람, 모두 몰아 무쇠 팔뚝 내두르며
므미 마 먼 데든지 가깝든지, 밀어치며 나아갈 뿐
사샤 서셔 사람마다 옳고 보면, 서슬 있어 푸르리라
소쇼 수슈 소름 찢는 도깨비도, 수컷에야 어이하리
스시 사 스승님의 뜻을 받아, 세로 가로 뛰고 지고
아야 어여 아무런들, 내 아들이 어미 없이 컸다 마라
오요 우유 오죽이나 오랜 나라 우리 박달 우리 겨레
으이 아 응응 우는 아기라도, 이 정신은 차리리라

자쟈 저져를 읽으려 하는데 뽀얀 하늘 한가운데에서 새파란 하늘 한쪽이 내다보이며 그 속에서 소리가 난다.

"한놈아, 네 아무리 성력(誠力) 깊지만 한갓 성력으로는 공을 이루기 어려우리니 그리 말고 임의 설시한 '도령군'을 가서 구경하여라."

한놈이,

"도령군이 무엇입니까?"

물은데,

"아! 도령군을 모르느냐? 역사 본 사람으로……."

하거늘 한놈이 눈을 감고 앉아 역사를 생각하니,

'대개 도령은 신라의 화랑을 말함이라, 『삼국사기』 악지(樂志)에 설원랑이 지었다는 도령(徒領) 노래가 곧 화랑의 노래니, 도령은 도령의 음 번역이요, 화랑은 그 뜻 번역인데, 화랑의 처음은 신라 때에 된 것이 아니라, 곧 단군 시조가 태백산에 내려올 때 삼랑과 삼천 도를 거느림이 화랑의 비롯이요, 천왕당 *해모수가 도자(徒者) 수백 명을 거느리고 웅심산에 모임도 또한 화랑의 놀음이요, 고구려의 선인은 곧 화랑의 별명인데, *동맹은 선인의 천제(天祭)이며, 백제의 소도는 화랑의 별명인데, 천군은 또 소도제(蘇塗祭)의 신명(神名)이라 명호(名號)는 시대를 따라 변하였으나 정신은 한가지로 전하여 모험이며, *상무(尚武)며, 가무며, 학식이며, 애정이며, 단결이며, 열성이며, 용감으로 서로 인도하여 고대에 이로써 종교적 상무정신을 이루어, 지키면 이기고, 싸우면 물리쳐, 크게 국광을 발휘한 것이 다 신라의 진흥대왕이 더 큰 이상과 넓은 배포로 폐(弊)될 것을 덜고 미와 굳셈을 더 보태어 화랑사의 신기원을 연 고로 영랑, 남랑의 교육이 사해에 퍼지고, *사다함(斯多含), 김흠춘(金欽春) 등 소년의 피꽃이 역사에 빛내었나니, 비록 배화노의 *김부식으로도 화랑 이백의 *방명미사(芳名美事)를 찬탄함이라. 그 뒤에 문헌이 *잔결(殘缺)되므로 어떻게 쇠하고 어떻게 없어짐을 자세히 알 수 없으나, 『고려사』에 보매 *현종(顯宗) 때 거란이 수십만 대병으로 우리에게 덤비매 이지백이 생각하되 화랑을 막을 정신이 있으리라 하며, *예종이 *조서(詔書)로 남랑, 영랑 등 모든 화랑의 자취를 보존하라 하며, *의종도 *팔관회에 화랑을 뽑아 고풍을 떨칠 뜻을 가졌었나니, 이때까지도 도령군 곧 화랑의 도가국 중에 한 자리 가졌던 일을 볼지나 이 뒤로 어떻게 되었느냐?'

외우며 생각하고 생각하며 외우더니, 하늘이 다시 소리하기를,

"내가 역사 속에 있는 어려이 생각한다마는 다만 한 가지 또 있다. 『고려사』「최영전」에 최영이 명태조 *주원장(朱元璋)과 싸우려 할새, 고구려가 승군 삼만으로 당병 백만을 깨쳤으나, 이제도 승군을 뽑으리라 하였는데, 그 이른바 고구려 승군은 곧 선인군이니, 마치 신라의 화랑도 같은 것이라 그 혼인을 멀리하고, 가사를 돌보지 않음이 승과 같은 고로 고대에도 혹 ᄀ 이류을 슝구이라고도 하며, 최영은 더욱 선인이나 화랑의 제도를 회복할 수 없어 승으로 대신하려 하여 참말로 승가의 승을 뽑음이나 만일 최영이 죽지 않고 고려가 망치 않았다면, 임의 세우신 화랑의 도가 오백 년 전에 벌써 중흥하

였으리라.”

하시거늘, 한놈이 고마운 마음을 이기지 못하여 땅에 엎드려 절하고,

　“한놈이 도령군 곧 화랑이 우리 역사의 뼈요, 나라의 꽃인 줄을 안 지 오래오며, 또 이를 발휘할 마음도 간절하오나, 다만『신지시사(神誌詩史)』나 *거칠부의『선사(仙史)』나 *김대문의『화랑세기』같은 책이 없어지므로, 그 원류를 알 수 없어 짝없는 유한을 삼았더니, 이제 임이 도령군을 구경하라 하시니, 마음에 감사할 이 대일 곳 없사오니, 원컨대 바삐 길을 인도하사 평생에 보고 지고 하던 도령군을 보게 하옵소서.”

하며 어린아기 어미 찾듯 자꾸 임을 부르더니, 하늘에서 홍등 한 개가 내려오며, 앞을 인도하여 오색 내를 지나 옥뫼를 넘어 한곳에 다다르니, 돌문이 있는데 금글씨로 새겼으되 ‘도령군 놀음 곳’이라 하였더라.

　문 앞에 한 장수가 서서 지키는데 한놈이,

　“임나라 서울로부터 구경하러 왔으니 들어가게 하여 주소서.”

한즉,

　“네가 바칠 것이 있어야 들어가리라.”

하거늘,

　“바칠 것이 무엇입니까? 돈입니까? 쌀입니까? 무슨 보배입니까?”

　“그것이 무슨 말이냐? 돈이든지 쌀이든지 보배이든지 인간에서 귀한 것이요, 임나라에서는 천한 것이니라.”

"그러면 무엇을 바랍니까?"

"다른 것 아니라 대개 정이 많고 고통이 깊은 사람이라야 우리의 놀음을 보고 깨닫는 바 있으리니, 네가 인간 삼십여 년에 눈물을 몇 줄이나 흘렸느냐? 눈물 많은 이는 정과 고통이 많은 이며, 이 놀음에 참여하여 상등 손님이 될 것이요, 그 나머지는 중등 손님, 하등 손님이 될 것이요, 아주 적은 이는 들어가지 못하나니라."

"어려서 젖 달라고 울던 눈물도 눈물입니까?"

"아니라. 그 눈물은 못쓰나니라."

"열하나 열둘 먹던 때 남과 싸우다가 분하여 운 눈물도 눈물입니까?"

"아니다. 그 눈물도 값없나니라."

"그러면 오직 나라 사랑이며, 동포 사랑이며, 대적에 대한 의분의 눈물만 듭니까?"

"그러니라. 그 눈물에도 진가를 고르느니라."

이렇게 받고 차기로 말하다가 좌우를 돌아보니, 한놈의 평일 친구들도 어데로부터 왔는지 문 앞에 그득하더라. 이제 눈물의 정구가 되는데 한놈의 생각에는 내가 가장 끝이 되리로다. 나는 원래 무정하여 나이 인간에 대하여 뿌린 눈물은 몇 방울인가…… (이하 원문 탈락)

(단재신채호전집, 단재 신채호 선생 기념사업회, 1975)

용과 용의 대격전大激戰

1. 미리님의 나리심

나리신다, 나리신다, *미리[龍]님이 나리신다. 신년이 왔다고, 무진년의 신년이 왔다고 미리님이 동방 아시아에 나리신다.

태평양의 바다에는 물결이 친다. 몽고의 사막에는 대풍이 인다. 태백산 꼭대기에는 오색 구름이 모여든다. 이 모든 것의 모두가 미리님이 내리신다는 보고다.

미리님이 내리신다는 보고에 우랄산 이동의 모든 중생들이 일제히 머리를 들었다. 부자와 귀한 사람은 물론 미리님의 입에 맞도록 중국요리·서양요리 등 갖은 음식을 장만하며 미리님의 귀에 흐뭇하도록 거문고·가야금·피아노 등 모든 음악을 대령한다. 그러나 가련하게 헐벗고 굶주린 빈민들은 미리님께 정성을 드리려 하나 아무 가진 것이 없다. 가진 것은 그 빨간 몸뿐이다.

이에 하릴없이 피를 뽑아 술을 빚고 눈물을 짜아 떡을 만들어 장엄한 제단 위에 창피하게 모양없이 벌리어 놓고 미리님의 내리심을 기다린다.

1월 1일 *상오 2시 첫 닭이 홰를 치자 아무 기별도 없이 구름의 비행기를 탄 미리님이 닥치셨다. 일반 부귀자들은 노래하며 춤추며, 거룩하신 미리님을 맞이하는데, 모든 빈민들은 일제히 땅에 엎드려 운다.

"님이시여, 님이시여, 미리님이시여. 금년에는 세납이나 많이 안물리도록 하여 주옵소서. 금년에는 *도조(賭租)나 많이 안 달라게 하여 주옵소서. 금년에는 감옥 구경이나 않게 하여 주옵소서. 금년에는 생활난에 철도자살이나 없게 하여 주옵소서. 금년에는 타국 타향에 비렁거지나 안되게 하여 주옵소서. 금년에는 ……이 흥왕하게 하여 주옵소서."

하면서 손이 발이 되도록 빈다.

그러나 그 비는 소리가 미리님의 귀에는 들리지 안하고 다만 그 *가려하고 모양없는 제물만 미리님의 눈에 띄었다. 그래서 미리님이 골을 잔뜩 낸다.

"이놈들! 정성을 내지 않고 행복을 찾는 놈들 죽어 보아라."

하고 아가리를 딱 벌린다.

아이구 어머니, 그 아가리가 놀부의 박이던가. 그 속에 똥통 쓴 황제이며, 쇠가죽 두른 대원수며, 이마가 반지러운 재산가며, 대통을 뒤로 달은 대지주며, 냄새 피우는 순사나리며, 기타…… 모든 *초란이들이 쏟아져 나온다. 나와서는 모든 빈민들을 모조리 잡아먹는다.

피를 짜먹고, 살을 뜯어먹고, 나중에는 뼈까지 바싹바싹 깨물어 먹는다. 먹히지 않으려면 탄알의 밥이요, 감옥의 책임이다. 아, 지옥의 세계! 가련한 인민!

2. 천궁(天宮)의 *태평연(太平宴), 반역에 대한 걱정

죽음에 빠진 인민들의 애호(哀呼) *분규(憤叫), 그 소리가 구중천문(九重天門)을 진동하여 잠 깊었던 상제가 깜짝 놀래어 깨었다. 그래서 이것이 웬 소리인가 알려드리가고 천사에게 명령하였다. 천사가

"이것은 미리가 생존을 요구하는 인민들을 죽이어 내는 소리올시다."

고 아뢰니, 상제가 가라사대

"어, 미리는 참 총명한 어진 신하구나! 요구가 세면 반항이 되고 반항이 세면 혁명이 되나니, 요구하는 인민을 죽여야지. 어, 미리는 참 어진 신하여." 하시고 미리를 불러 인민 죽이는 공으로 훈장을 주시며 작위를 높이신다. 그리고 천상의 모든 신선, 지상의 모든 귀령(鬼靈), 역대의 제왕·장상들을 소집하여 천궁에서 태평연을 베푼다.

지상의 인민들은 배가 고파 죽겠는데 천궁의 연회에는 배들이 터

져 죽을 지경이다. 상제가 뱃가죽을 들키어 쥐고 모든 귀신들을 돌아
보시며

"인민들이란 것은 선천적으로 반역성을 타고 나서 툭하면 반기를
들고 드나니 어쩌면 좋으랴. 공중에다 지구만한 대포를 걸고 통통 쏘
아 모조리 죽이잔즉 전 지구가 파괴하여 인민들이 씨가 져서 우리들
이 빨아먹을 피가 없어지리니, 그것도 안 될 일이요. 그놈들의 자유
해방을 허락하자면 해방된 뒤에는 그놈들이 우리에게 피를 빨리지
안하려 하리니 그것도 안 될 일이라. 어찌하면 고놈들의 반역성을 쏙
뽑아내어 산송장을 만들어 놓고, 우리들이 아무 염려 없이 고놈들의
정수박이부터 발끝까지 깨물어먹고, 거죽부터 속까지 빨아먹고, 아비
자식부터 손자까지, 손자부터 그 몇 대 자손까지 잡아먹게 되랴. 너
희 여러 신들은 각기 그 방책을 올리어라."
하시니 천사가 여쭈오되

"소와 같이 *코뚜레하고 채찍질하여 끌읍시다."

"하하, 딱한 사람, 우리의 만든 정치법률이 코뚜레보다 더 잔악하
지 안하냐? 윤리 도덕이 굴레보다 더 흉참(凶慘)하지 안하냐? 군대의
총과 칼이 채찍보다 몇 만 배나 저 전율한 무기가 아니냐? 그래도 고
놈들이 반역을 도모하는구나!"

"그러면 일등 닥터를 불러 마취약을 제조하여 고놈들을 영원히 마
취시키어 우리에게 잡히어 먹는 줄도 모르고 잡히어 먹이게 합시다."

"흥, 그 약도 내가 써보았지. 공자놈을 시키어 명분설(名分說)을 지

어 '빈자·천자(賤者)의 천분은 안수(安受)하여 세력자의 명령을 잘 받아 충신·열사의 명예를 후세에 끼쳐라'고 속이며, 석가놈과 예수놈을 시켜 '너희들이 남에게 고통을 받을지라도 이것을 반항없이 간과하면 죽어서 너희의 영혼이 천국으로, 연화대로 가리라'고 속이었다. 이러한 마취약들이 또 어디 있겠느냐? 이천년 동안이나 크게 약효를 보았더니, 지금에는 그 약의 힘도 다하여 그놈들이 점점 자각하여 반역이니 혁명이니 하고 떠드는구나."

"그러면 오늘은 과학·문학 등이 크게 위력을 가진 때니, 많은 과학자·문학자들을 꾀어다가 부자·귀자(貴者) ─ 지배계급 ─ 의 *주구를 만들어 학설로서 지배계급의 권리를 옹호하며, 시와 소설로써 지배계급의 장엄을 구가하면 될까 합니다."

"오! 이것은 내가 방금 실시하여 비상한 효력을 보는 것이다. 그러나 학자놈들이 간혹 나의 명령을 어기고 민중 속으로 뛰어들어가 반역을 꾀하는 놈이 있구나."

3. 미리님이 *안출(案出)한 민중진압책

이와 같이 상제께서 반역성을 품은 인민에 대하여 무수히 걱정하시다가 한숨을 후─ 쉬며

"인세(人世)에 백년의 장책(長策)이 없거든 천세(天世)에 어찌 만년의 장책이 있으랴. 술이나 마시고 고기나 먹고 그럭저럭 해를 보낼 일이지 걱정이 쓸데 있으랴."

하고

"천황당(天皇堂) 앞 뒤 뜰이 무너진들 어떠하리, 만수산 두렁칡이 엉켜진들 어떠하리."

하는 염없는 시조 한 장을 부르신다. 미리가 앞으로 나와 *부복(俯伏)하고 여쭈오되

"상제는 존엄하사 억만 중생이 *첨앙(瞻仰)하는 바 올시다. 어찌 이같은 *불상(不祥)한 말씀을 하시나이까? 지상의 인민들이 비록 반역성을 가졌으나 이를 진압하여 영원한 활지옥(活地獄)에 가둘 수 있습니다."

상제가 가라사대

"오, 미리야. 너는 지혜와 용기가 겸비한 귀물(鬼勿)이니 장책이 있거든 말하여라."

미리가 다시 여쭈오되

"지상의 민중을 대개 두 부분으로 나눌 수 있으니, 일은 강국의 민중이요, 또 일은 식민지의 민중이올시다. 강국의 민중은 아주 그 타성적인 애국심을 가진 동시에 나라를 지배계급의 나라로 *오인하여 그 애국심이 거짓된 애국심이 되고 말았습니다. 그런즉 강국의 민중에게는 얼미금 보통선거이 권리 같은 것, 노동임금의 증가 같은 것이나 허락하여 주고, 일면으로 그 거짓된 애국심을 장려하여 약소국의 민중을 정복케 하며, 식민지의 민중을 압박케 하여 지배계급―자본주의―의 선봉이 되게 하면 그들의 고픈 배가 다시 이 이익없는 허

영에 불러져 우리가 비록 몇 십 년 동안 그들의 피를 빨아먹어도 아픈지 모를 것이요, 식민지 민중은 그 고통의 정도가 다른 민중보다 몇 배나 되지만 매양 그 허망한 요행심을 가져 굶어죽는 놈이 *요행의 포식을 바라며, 얼어죽는 놈이 요행의 따뜻한 옷을 바라며, 교수대에 목을 디민 놈이 요행의 삶을 바랍니다. 그래서 반항할 경우에도 반항을 잘 못합니다. 그런즉 식민지의 민중처럼 속이기 쉬운 민중이 없습니다. 철도·광산·어장·삼림·양전(良田)·옥답·상업·공업……의 모든 권리와 이익을 다 빼앗으며 세납과 *도조(賭租)를 자꾸 더 받아 몸서리나는 착취를 행하면서도 겉으로 '너희들의 생존안녕을 보장하여 주노라'고 떠들면 속습니다. *가죽채찍·철퇴·죽침질·단근질·전기뜸질, 심지어 입에 올리기 참악(慘惡)한…… 같은 형벌을 행하면서도 군대를 출동하여 부녀자 찢어죽인다, 소아를 산 채 묻는다, 온 마을을 *도륙(屠戮)한다, *곡속(穀粟)가리에 방화한다…… 하는 전율한 수단을 행하면서도 한 두 신문사의 설립이나 허가하고 '문화정치의 혜택을 받으라'고 소리하면 속습니다. 학교를 제한하여 그 지식을 없도록 하면서도, 국어와 국문을 금하여 그 애국심을 못 나도록 하면서도, 악형과 학살을 행하여 그 종족을 멸망토록 하면서도, 부어터질 *동종동문(同種同文)의 정의(情宜)를 말하면 속습니다. 「건국」, 「혁명」, 「독립」, 「자유」 등은 그 명사까지도 잊어버리라고 일체 입과 글에 오르지도 못하게 하지만, 옴 올라갈 *자치·참정권 등을 주마 하면 속습니다. 보십시오. 저 망국제를 지낸 연애문단에 여학생의 단 입술을 빠는 청년들이 제 세상을 자랑하지 안합니까!
고국을 빼앗기고 쫓김을 당하여 *천애(天涯)의 외국에서 더부살이하
는 남자들이 누울 곳만 있으면 제 2고국의 안락을 노래하지 안합니
까? 공산당의 대조류에 독립군이 떠나갑니다. 걸(乞)아지 정부의 연
극에 대통령의 자루도 찢어집니다. 속이기 쉬운 것은 식민지의 민중
이니, 상제시여, 마음 놓으십시오. 세계 민중들이 다 자각한다 하여
도 식민지 민중만은 아직 멀었습니다. 우리가 식민지 민중만 잡아먹
더라도 몇 십 년 동안은 아무 걱정 없을 것이올시다.”

상제께서 이 말을 들으시고

“아이고, 요 내 자식놈아. 나도 악독하지만 너는 나보다도 더 악독
하구나. 네가 아니면 내가 어찌 이 자리를 보전하랴.”
하시며 미리의 등을 툭툭 두드리신다.

4. 부활할 수 없도록 참사(慘死)한 야소

“드래곤이 왔다. 드래곤이 왔다. 인제는 천국의 말일(末日)이다.”

아, 이 수리가 무슨 소리냐. 어디서 오는 소리냐. 상제가 미리님의
아뢴 말을 들으시고 심신(心身)이 상쾌하사 한참 뛰노는 판에 이 무
슨 소리이랴. 이 소리의 나는 곳을 빨리 알아드리라고 상제께서 동동
걸음을 치시니, 미리 이하 여러 신들이 다 황공하여 사방으로 정찰하
나 아무 것도 보이는 것은 없고 다만,

"드래곤이 왔다. 드래곤이 왔다. 인제는 천국의 말일이다."의 소리만 어디서부터 꽝꽝 울리어와서, 천궁의 *벽·천장·문·창·기둥·마루·주초가 들먹들먹 한다. 서천(西天) 불조(佛祖) 석가여래를 불러 온갖 주문(呪文), 온갖 *진언(眞言)을 다 읽어도 그 소리가 더욱 높아가고, 천궁 전체가 더욱 들먹들먹한다. 상제께서 크게 불안하사 연회를 파하여 여러 신들을 다 돌려보내고 궁녀들과 밤을 세우시는데 너무 초조하사 입에 침이 바싹 마르신다.

아니나 다르랴. 그 다음날 새벽에 *"호외! 호외! 호외를 사시오!"하는 소리에 천국의 서울 수십만 귀신 무리들이 모두 단잠을 깨었다. 천사가 상제를 아침에 뵈오려 오는 길에 그 호외를 사니, 곧 천경에서 발행하는 삼십만년의 *노령(老齡)을 먹은 「천국신문」의 호외다.

벽두에 특호 대자(大字)로 「상제의 외아들님 *야소기독(耶蘇基督)의 참사라」 쓰고, 그 곁에 2호 대자로 「드래곤의 선동이라」 쓰고, 기사를 아래와 같이 썼다.

"상제의 외아들님 야소기독이 ○○○지방의 농촌 야소교당에서 상제의 도를 강연하더니, 불의의 그 지방 농민들이 '이놈, 제 아비 이름을 팔아 일천 구백년 동안이나 협잡하여 먹었으면 *무던할 것이지 오늘까지 무슨 개소리를 치고 다니느냐'고, '일천구백 년 동안 빨아간 우리 인민의 피를 다 어디에 두었느냐?'고, '서양에서 협잡한 것도 적지 않을 터인데 왜 또 동양까지 건너와 사기하느냐'고, '당일 예루살렘의 십자가 못 맛을 또 좀 보겠느냐'고 발길로 차며 주먹으로 때리며, 마지막에는 호미날로 퍽퍽 찍어 야소기독의 전신이 곤죽이 되어 인제는 아주 부활할 수 없이 참사하고 말았다……. 야소기독의 참사의 하수자들은 민중이지만 그 하수의 *수범(首犯)은 드래곤이라 한다. 드래곤은 아직 출처가 불명한 괴물인데, 수일 전부터 그 지방에 와서 상제를 '잡아먹어도 시원치 못할 악물'이라고 욕설하며, 야소기독을 '제 아비보다 더 간흉한 놈'이라고 지적하고, 상제 및 기독의 죄악을 열거한 90조의 격문을 돌리고 그날 마침 기독의 *내림(來臨)을 기회하여 민중의 선봉이 되어 이같이 기독을 참살하는 흉행을 범한 것이다."

하고 동지(同紙)에서 「다시 부활할 수 없는 야소기독」이란 제하에 논설하여 가로되

"야소기독은 그 성부인 상제를 빼쏘듯한, 간휼 험악한 성질을 골고루 가지신 성자이었겠다. 그 출생 후에 성부의 도를 펴려다가 겨우 삼십이 넘어 예루살렘에서 유태인의 마수에 걸렸었다. 그러나 그 때의 유태인은 너무 *얼된 백성이었던 때문에 다 잡히었던 야소를 다시 놓쳐 십자가를 진 채로 도망하여 「부활」한다 자칭하고, *구주(歐洲) 인민을 속이시사 모두 그 교기하(敎旗下)에 들게 하셨다. *십자군 그 뒤에 「십자군 동정(東征)」, *「30년 전쟁」 같은 대전쟁을 유발하여 일반 민중에게는 사람이 사람 잡는 술법을 가르쳐 주셨으며, 늘 '고통자가 복받는다, *핍박자가 복받는다'는 거짓말로 망국민중과 *무산민중을 거룩하게 속이사 실제의 적을 잊고 허망한 천국을 꿈꾸게

하여 모든 강권자와 지배자의 편의를 주셨으니 그 성덕신공(聖德神功)은 만고역사에 쓰고도 남을 것이다. 그러나 이번에는 너무 참혹하게 피살하였을 뿐만 아니라 오늘의 자각의 민중들과 비기독교 동맹의 청년들이 상응하여 붓과 칼로써 죽은 기독을 죽이니, 이제부터 앞으로 기독은 다시 부활할 수 없도록 아주 영영 참사한 기독이다. 기독이 영영 참사하였은즉 노경(老境)에 *참척(慘慽)을 본 상제의 신세도 가련하거니와 저 기독교인이 다시 누구의 이름으로 상제께 기도하랴……"

천사, 그 호외를 보다가 안색이 된장빛이 되어 천궁으로 달리어들어가 손을 벌벌 떨며 그 호외를 상제께 올린다.

5. 미리와 드래곤의 동생이성(同生異性)

상제께서 그 호외를 보시고는 얼빠진 사람같이 물끄러미 마주 선 천사를 바라보다가 상위에 푹 엎어지신다. 천사가 달려들어 상제를 붙들어 일으키며

"상제 폐하시여, 이같이 천국존망에 관계되는 중대사건을 당하여 폐하께서 정신을 놓으시면 어찌 됩니까. 폐하 폐하……"
라고 목맺힌 말로 상제를 진정시키는 판에, 미리 이하 모든 귀대감(鬼大監)·귀영감(鬼令監)들이 상제를 위문하려고 차례로 들어온다.

천사가 미리를 보더니, 두 눈에 불이 뚝뚝 떨어지고 *노기충천, 얼굴이 새빨게지며

“이놈! 미리야. 네가 동양의 [똥독]인가. 무엇이 되어 어떻게 인민을 잘 감화하였기에 이 같은 언어도절(道絶)한 흉참한 사건―상제님의 외아들이신 지긋지긋하신 야소기독을 부활할 수도 없게 아주 죽여버린 사건이 발생하도록 하였느냐. 이놈! 네 대가리에는 칼이 들지 않느냐……”

하고, 주먹으로 천궁의 벽을 치며 미리를 질책하니, 미리는 아무 말 없이 냉가슴 앓는 벙어리같이 얼굴만 찌푸리고 앉았다. 이러는 판에

“왔다 왔다, 드래곤이 왔다. 인제는 천국의 말일이다.”

란 소리가 또 천궁을 진동한다. 천사는 말을 뚝 그치고 미리는 눈만 둥그렇다.

정신이 나가셨던 상제가 상에서 벌떡 일어난다.

“드래곤! 드래곤! 내 자식 야소를 죽인 드래곤! 그 놈 드래곤을 잡아바치라!”

고 풍전(風前)한 어조로 엄급(嚴急)한 명령을 내리신다. 이에 천경의 경찰대·정찰대가 총출동하여 야단법석을 떨지만, 다만 “왔다. 왔다. 드래곤이 왔다……”의 소리만 사방에서 일고 드래곤의 정체는 그림자도 보이지 않는다.

이와 같이 천경의 경찰대, 정찰대들의 대활동에도 아무 단서를 못 얻는 드래곤의 사진과 역사가 다음날에 동서양의 유일한 민중의 신문으로 등장한 『지민(地民)신문』에 게재되었다. 그러나 「드래곤의 *진영(眞影)」이란 한 장에는 다만 다수한 (0)을 그릴 뿐이요, 그 왼편

에 5호 소자(小字)로 설명을 가하였다. 그 설명은 아래와 같으니,

"천국이 전멸되기 전에는 드래곤의 정체가 오직 (0)으로 표현될 뿐이다. 그러나 드래곤의 (0)은 수학상의 (0)과는 다르다. 수학상의 (0)에는 (0)을 가하면 (0)이 될 뿐이지만 드래곤의 (0)은 1도, 2도, 3도, 4도 내지 십, 백, 천, 만 등 모든 숫자로 될 수 있다. 수학상의 (0)은 자리만 있고 실물은 없지만 드래곤의 (0)은 총도, 칼도, 불도, 벼락도 기타 모든 [테러]가 될 수 있다. 금일에는 드래곤이 (0)으로 표현되지만, 명일에는 드래곤의 대상의 적이 (0)으로 소멸되어 제국도 (0), 천국도 (0), 자본가도 (0), 기타 모든 지배세력이 (0)으로 될 것이다. 모든 세력이 (0)으로 되는 때에는 드래곤의 정체적 건설이 우리의 눈에 보일 것이다."

하고, '드래곤의 역사'란 제하에는 이렇게 썼다.

"드래곤은 무엇이냐. 상제가 태고 인민들의 미신적인 받들음을 받아 제위에 오르던 제5년에 허공 가운데서 탄생한 일태쌍생(一胎雙生)의 괴물이 있었던 바, 1은 드래곤이 그것이요, 또 1은 곧 현재 천궁의 시위대장(侍衛大將)으로 동양총독을 겸한 유명한 미리니, 미리나 드래곤이 한자로는 다 용(龍)이라 번역한다.

그 뒤에 미리는 늘 조선·인도·중국 등의 나라에서 장성하여, 드디어 동양의 용이 되어 석가·공자 등의 소극적 교육을 받아 상제의 충신이 되어, 늘 복종을 천직으로 알므로 지배계급의 주구(走狗)인 종교가·윤리가들이 모두 미리를 인간세상의 모범의 신으로 *존봉

(尊奉)하여 왔으므로 조선의 신화에나, 중국의 유교경전에나, 인도의 불경에 다 용을 비상히 찬미하여 상제에 짝하였다.

그래서 상제께서 미리를 발탁하여 *동양(東洋)진수(鎭守)의 대임을 준 것이요, 드래곤은 늘 희랍·로마 등지에 체재하여 드디어 서양의 용이 되어 늘 반역자·혁명자들과 교유하여 '혁명', '파괴' 등 악희(惡戲)를 즐기어 종교나 도덕의 굴레를 받지 않는 고로 서양사에 매양 반당과 난적을 드래곤이라 별명하여 왔었다.

근세에 와서는 드래곤이 또 허무주의에 침혹하여, 더욱 격렬한 혁명행위를 가지더니, 마침내 야소기독을 참살한 흉범이 된 것이다." 하였다. 이 신문을 받은 천국의 궁신들이 비로소 미리와 드래곤이 본래 형제임을 알고 놀래지 않는 이 없었다.

6. 지국의 건설과 천국의 공황

미리가 비록 상제의 충신으로서 수천 년 동양총독의 중임(重任)을 가져왔으나, 이제 반역 드래곤이 상제의 애자를 참살한 사실이 그 관리구역 내에서 발생하는 동시에 미리가 드래곤의 친형제인 증거가 민중의 신문에까지 발표됨에 천경의 여론이 모두 미리가 드래곤과 동당(同黨)이 아닌가 의문하며, 상제도 진노치 않을 수 없었다.

그래서 미리의 동양총독의 직을 빼앗고 천사로서 대신하여 즉일 임소(任所)에 부임시키어 드래곤을 체포하고 반민들을 도살하라고 엄명하셨다.

천사가 명령을 받아 *천폐(天陛)에서 *사은(謝恩)하고 떠나려 할 즈음에 천국 통신관이 할딱할딱하며 뛰어들어와 한 장의 지상통신을 상제께 올린다. 상제께서 받아본 즉 ○○민중들이 야소를 죽인 뒤 미구에 공자·석가·마호메트……등 종교 도덕가 등을 때려죽이고, 정치·법률학교·교과서 등 모든 지배자의 권리옹호한 서적을 불지르고, 교당(敎堂)·정부·관청·공해·은행·회사…… 등 건물을 파괴하고, 과거의 사회제도를 일체 부인하고, 지상의 만물을 만중(萬衆)의 공유임을 선언하였다.

모든 지배계급들이 반민을 정복하려 하여 군인을 소집하나 원래 민중의 속에서 온 군인들인 고로 다 민중의 편으로 돌아가버리었다. 다수의 상금을 걸고 신군을 모집하나 한 사람의 응모자도 없었다.

그래서 *산포(山砲)·야포·속사포…… 등이 산적하였으나 한 발도 발사할 수 없었다. 이에 지배계급들이 각기 자신들이 혈전하기로 결의하였으나 민중보다 너무 소수일 뿐더러 또 돈·계집 모든 소유를 가진 자로서 전사하기가 원통하여 모두 *철옹성으로 도망하였다가 민중의 포위를 입어 먹을 것이 없어 *아사하였다. 그러나 그 아사자의 수중에는 평균 백만 원의 금전을 잔뜩 쥐고 죽었다. 지배계급이 이미 멸망함에 민중들은 이에 전 지구를 총칭하여 지국이라 하고 천국과의 교통단절을 선언하였다고 하였다.

다른 사건이야 어찌 되었든지 가장 상제의 머리를 찌르는 것은 '천국과의 교통단절이라'는 구어이다. 왜? 상제나 천사나 기타 천국의 귀중(鬼衆)들이 몇 만 년 동안이나 아무 노동도 않고 지상에서 올리는 공물과 제물을 받아먹고 살아왔다.

그런데 이제 지국이 건설되어 교통의 단절을 선언하니, 공물·제물이 올 수 없다. 그러면 모두 귀중이 다 아사할 것밖에 없다. 상제도 아사할 것밖에 없다.

상제가 이 통신을 모든 귀신들에게 돌려보이니, 다 비상히 격분하여 즉일에 상제의 명령을 발하여 전국 민중을 다 박살하여 버리자고 주장한다. 허나 상제는 고개를 흔들었다.

"민중이 우리를 믿던 때에 우리가 세력이 있었지. 지금에야 우리가 무슨 세력이 있느냐. 세력없는 우리로서 민중을 박살하려다가는 한갓 박살을 당할 뿐이니, 민중박살—쓸 데도 없는 말이다."

이 말씀에 모든 불같은 분격들이 푹 꺼지고

"그러면 사자(使者)를 지국에 보내어 교통의 회복과 제물·공물의 전과 같은 *진봉(進奉)을 간청하여 봅시다."

한다. 그러나 인정세태에 경험이 많으신 상제는 공물이니 제물이니 하는 말도, 한갓 민중을 더 분노시킬 유해무익한 말로 아시므로 이것도 불가하다 하신다.

"그러면 어찌 하나요. 앉아서 굶어죽을까요?"

상제가 한참 묵묵하시다가

"인제는 한 가지밖에 없다. 무엇이냐 하면 곧 사자를 민중에게 보내어 우리 천국의 귀중의 수효대로 바가지나 하나씩 달라고 청구하자."

“바가지는 무엇 하게요?”

상제가 눈물을 흘리시며, “별 도리가 있느냐, 우리들이 매일 민중
의 문 앞에 가서 바가지를 두드리며, 민중 할아버지 밥 한 술 담아
주오 하지…….”
하고 목이 맺혀 말을 그치지 못한다.

“그것이야 어찌…… 저희들이야…… 하물며 존엄하신 상제…….”
하고, 모든 귀신들이 목을 놓아 운다. 신선의 바둑, 천녀의 거문고가
다 어디 가고 울음소리가 천궁을 진동한다. 그러나 금일에 울고 명일
에 울어 365일을 울지라도 쓸데 있으랴. 마침내 울음을 걷고 바가지
청구의 발론(發論)이 가결되고 말았다.

7. 미리의 출전과 상제의 우려

“그러면 바가지 청구의 사자로 누구를 보내랴.”
고 상제께서 군귀에게 하순하였다. 천사가 대답하되,

“이것은 미리가 가장 합당합니다. 신이 작일에 확신을 들은즉 민
중들은 아직 그렇게 천국을 배척하지 않는데 원수놈의 드래곤이 민
중의 머리 속으로 돌아다니며, 상제와 상제 이하 내지 인세의 지배계
급의 세력은 모두 민중의 시인으로 존재한 것인즉 민중이 만일 철저
히 부인만 하면 모든 세력이 추풍의 낙엽이 되리라고 자꾸 민중들을
꾀어 민중이 이같이 반란하였다 합니다. 그래서 민중들이 금일의 드

래곤을 전일의 상제보다 더 믿는다 합니다. 만일 드래곤의 동의이면 민중들이 우리에게 바가지 하나씩은 줄 듯 합니다. 미리는 드래곤의 친형인즉 미리를 보내면 아마 드래곤의 동의를 얻기가 쉬울까 합니다."

상제가

"옳다."

하시고 즉일에 미리를 옥중에서 불러 손목을 잡고 눈물을 흘리며

"내가 생각지 못하여 하마터면 너같은 *현신을 죽일 뻔 하였구나."

하고, 바가지 청구의 결의된 경과를 일일이 말씀하신즉

"안됩니다. 안됩니다. 그것은 절대로 안 됩니다. 바가지는 거지가 차는 것이요, 상제가 차는 것이 아니올시다. 거지가 바가지를 차고 민중의 문 앞에 가서 한 술 주시오 하면, 민중이 동정의 밥을 줍니다. 그러나 상제께서 차신다면 '야, 상제 거지, 전일의 존엄은 어디다 두었느냐?'고 손가락질을 할 것이올시다. '전일에 우리에게서 빨아먹은 피를 다시 토하여 내 놓으라'고 주먹질이나 할 것이올시다. 바가지를 주기는커녕 차고 간 바가지나 깰 것이올시다. 그리고 황송하옵니다마는 상제의 이마까지라도…… 안 됩니다. 바가지 청구는 절대로 안 됩니다."

고 미리가 울면서 청한다.

"그러니 어찌하잔 말이냐. 철도 자살이나 하였으면 좋겠다만 천궁에 어디 철도가 있느냐. 칼로 자살은 차마 못하겠고……"

“신이 입을 벌리면 제왕·통령·자본가… 등물들이 쏟아져 나오옵니다. 신이 지국에 내려가 또 입을 벌리어 보겠습니다.”

“오늘날에야 똥작대기만한 힘도 없는 제왕·통령 등물을 아무리 토하여 놓은들 민중이 무서워 하겠느냐. 그것도 전날 말이지.”

“신이 지상에 내려가 강국 민중의 애국심을 고취하여 식민지 민중을 잡아먹게 하고, 식민지 민중에게는 자치나 참정권을 준다고 속이어 강국 민중에게 잡히어 먹게 하면 민중이 상식하는 틈에 천국의 권리를 회복할까 합니다.”

“자각한 민중들이 그런 꾀임에 속느냐 그것도 옛날이지.”

“그렇지만 상제께서 절대로 바가지를 차서는 안 됩니다. 여하간 신이 지국에 내려가 친히 실지의 정형을 정찰하고 돌아오리다. 싸울 만하면 싸우고 그렇지 않으면 천국 군신이 다 손을 잡고 아사할 뿐이언정 바가지를 차서는 안 됩니다.”

하고 미리가 곧 상제께 하직하고 구름차를 타고 지국을 향하여 출발할 새, 상제께서 천사 이하 선관, 선리, 선녀, 권속들이 모두 그 주린 가슴을 퉁기어 쥐고 운두까지 따라나와 일제히 손을 들고 목마친 소리로 “미리님 만세!”를 부르니, 이 소리가 곧 천국의 흥망존폐를 한 등에 실은 미리를 지송하는 소리더라.

“미리님, 내가 작일에는 천상의 미리놈이요 지상의 미리님이러니, 금일에는 천상의 미리님이요, 지상의 미리놈이로구나, 천지의 위치가 이다지 변환하였구나”라고, 미리가 속으로 홀로 생각하고 눈물을 두

뺨에 젖는다. 반공에 이르지 못하여 천사가 헐떡이며 쫓아와서

"다시 잠깐 돌아오시랍니다. 상제께서 할 말이 있다고 그럽니다. 미리님."

하고 부르거늘, 미리가 곧 회군하여 상제를 가본즉

"오늘 격노한 민중을 위력으로 눌러서는 안 될 일이니, 아무쪼록 정리(情理)로 애걸하소. 이 말이 나의 그대에게 주는 최후의 부탁이 아니될까……."

하고 상제가 미리의 손을 잔뜩 쥔다.

미리가

"예, 상제는 너무 우려치 마소서. 지국에 가서 신이 모든 일을 천하만사하여 행하리이다."

하고 다시 총총이 등차한다.

8. 천궁의 대란, 상제의 *비거

미리를 발송시킨 뒤 상제 이하 온 천궁 귀중들이 모여 앉아 운다. 이 울음이 미리의 떠남을 우는 울음이 아니라, 곧 천국의 멸망을 우는 울음이다. 천국의 멸망을 우는 울음이 아니라 각기 자신의 불행을 우는 울음이다.

그런데 가장 처참하게 우는 이는 상제의 가장 총애하는 선녀 '꼭구'다. 상제가 너무 꼭구에 대한 불쌍한 생각이 나서 자기의 울음을 그치고, 귀를 기울여 꼭구의 소리를 가만 들으니, 우는 소리가 아니

고 곧

　"왔다 왔다, 드래곤이 왔다. 인제는 천국의 말일이다."

하는 저주하는 소리다. 상제가 대노하여

　"이년아, 드래곤이 오면 네게 시원한 일이 무엇이냐."

하고 칼을 빼어 꼭구의 목을 치니 아! 불쌍한 꼭구, 목이 뚝 떨어져 죽는다. 상제가 꼭구를 죽이고는 다른 년놈의 울음소리를 들은즉 모두가 꼭구다. 꼭구와 같이

　"왔다 왔다, 드래곤이 왔다. 인제는 천국의 말일이다." 하는 소리다.

　"아, 이것이 웬일이냐. 천궁의 친속(親屬)들이 다 반역하여 드래곤당이 되었느냐?" 하고, 이에 자기가 울며 자기의 귀로 들어본즉, 자기의 울음소리도, 울음소리가 안 되고,

　"왔다 왔다, 드래곤이 왔다. 인제는 천국의 말일이다."

하는 저주가 되고 만다. 상제가 하릴없이 이에 자기의 울음을 그치고 곧 엄혹한 명령을 내리어 천궁 안에 만일 우는 자가 있으면 사형에 처하리라 한다.

　"그러나 내가 왜 평생 애인인 꼭구를 죽이었느냐? 미리의 희보가 왜 없느냐? 천국이 망하면 내가 어찌되랴?"

하여 회한과 우울과 고통이 자꾸 상제의 머리에로 올라와 견딜 수 없는 두통이 생긴다. 상제가 손으로 그 머리를 받치고, *지통할 약을 좀 달래려 하여 약실에 들어간 즉 아! 참 기괴하다. 약실 안에는 우

는 이도 없건마는

"왔다 왔다, 드래곤이 왔다. 인제는 천국의 말일이다."
란 소리가 맹렬하게 인다.

상제가 의혹하여 그 소리 나는 곳을 가만가만 찾아본즉 초강수의 병 속이다. 상제가 대노하여 칼을 빼어 초강수 병을 치니 초강수는 어디 가고 불칼이 번쩍 나와 천궁의 들보를 친다, 기둥을 친다, 지붕을 친다, 주추를 부신다 하여, 뚝—딱—쾅—딱—와르르—우르르—천궁 전체가 불지옥이 되었다.

상제께서 <비가비>(비의신)를 불러 비를 좀 주어 불을 꺼라 하시더니, <비가비>는 아니오고 <바람가비>가 달려들어 냅다 맹풍을 불어 불이 더욱 만연하여 천궁부터 천경까지를 소탕한다. 대세가 가고보니 위권이 행할소냐. 상제가 하릴없이 불을 피하여 궁문으로 나아가다가 맹풍의 휩싼 바 되어 어디로 날아가버린다.

천사가 상제를 구하려다가 바람이 너무 세므로 어찌하지 못하여
"인제는 천국의 말일이로구나."
부르짖는다. 그러나 천사는 상제의 충신이라 어찌 시세를 따라 방향을 바꿀소냐, 흥하나 망하나 상제를 따르리라. 천상에서 또 천상, 지하에서 또 지하를 갈지라두 내가 기어이 상제를 찾으리라 하고, 이에 조선의 행객같이 짚신 감발을 차리어 중국의 *쿠리같이 노동복을 입고, 상하팔방으로 돌아다니며 상제의 계신 곳을 탐문한다.

9. 천사의 행걸(行乞)과 도사의 신점(神占)

천사가 '상제를 찾자면 먼저 독일무이(獨一無二), 전지전능(全知全能)의 상제를 잘 찾던 구미(歐美) 각국으로 가 보리라' 하고 런던이니, 빠리니, 로마니, 베를린이니, 뉴욕이니… 하는 유명한 도시를 다 지나 보았다.

그러나 신부나 목사 등만 눈에 뜨이지 않을 뿐 아니라 곧 황제대왕이니, 대통령이니, 국무총리니…… 하는 명사도 들을 수 없고, 은행이니, 회사니, *트러스트니…… 하는 건물도 볼 수 없고, 풍속이나 풍관(風慣)이 하나고 옛날 것대로 있는 것이 없다. 그러나 천사는 상제를 찾기에 다른 것을 알은체하지 못하고, 모두 *주마간산(走馬看山)격으로 지날뿐인 고로 그 상황은 알지 못하였다. 예루살렘을 지나다가 사도 *바울을 만나 바울은 독신(篤信)한 상제의 신도니 상제의 계신 곳을 알으리라 하여

"바울아, 상제가 어디 계시냐?"고 묻다가

"이놈, 미친놈! 지금에도 상제를 찾는 미친놈아!" 하고 천사의 뺨을 쥐어 찌르는 통에 천사가 뺨이 퉁퉁 부어 달아났다.

중국 북경에를 들어와 *정양문(正陽門)밖 십리허(十里許)에 잣나무밭 속 천단(天壇)을 지나니, *면류관에 *곤룡포 잡수신 대청국 대황제가 천제(天祭)를 올린다고 구경꾼이 모여든다.

"허허, 그래도 중국이 거룩한 나라여, *복벽(復辟)이 또 되어 제천례(祭天禮)를 회복하였구나." 하고 천사가 달려들어 상제를 찾더니,

왼 사람이 손바닥을 보기 좋게 쫙 펴들고

"이놈아, 꿈꾸지 말아라. 이것은 민중경절(民衆慶節)의 연극이다. 상제가 무슨 똥쌀 상제냐." 하고 또 천사의 뺨을 내갈긴다. 아, 상제의 충신 노릇 하느라고 천사의 뺨에 부기가 내릴 날이 없다.

천사가 아픈 뺨을 만지며 천교천단(天橋天壇) 서(西)를 향하여 나오니 길가에 머리를 쫓고 도건(道巾)을 쓰신 노도사가 점상(占床)을 받쳐놓고 상위에는 유문필답례금십매(有問必答禮金十枚, 물음에 반드시 답하며 사례금은 동전 열 닢입니다)의 여덟 개 대한자(大漢字)를 써 붙인 것을 보고

"하, 저 노도사가 참 희귀한 노인이다. 오늘까지 머리도 깎지 않고 *복희씨(伏羲氏)의 *팔괘(八卦)를 신봉하는구나. 예금십매라니 불과 동전 열 닢이면 상제 계신 곳을 물어 보겠다" 하고 주머니를 뒤져본다. 하나 동전 열 닢은 그만두고 귀 떨어진 엽전 한 푼도 없다고 주머니가 방귀를 픽 뀐다. 이 지경에는 천사도 눈물을 안 흘릴 수 없다.

드래곤이 오기 전 내가 상제의 좌우에서 시종할 때에는 내 손이 한 번 주머니에 들어가기만 하면 금강석도, 홍보석도, 백금도, 황금도, 미국의 달러도, 불란서의 프랑도, *원세개(중국 은전)의 대가리도 니소리는 대로 나오더니, 오늘에는 동전 열 닢에 주머니의 퇴박을 만났구나……

그러나 천사가 점쳐보고 싶은 마음이 간절하여 미소를 띠고 노도사 앞에 허리를 굽히며

"여보 도사님, 점 한 괘 쳐 주시오. 내가 지금에 돈이 없습니다마는 일후에 돈이 생기거든 사례금 십 매는 말고 천 매, 만 매라도 바치지요."

"그러시오. 오늘은 돈이 쓸 데 없는 세상이지만 나는 애전(愛錢)의 구습을 잊지 못하여 장난으로 하는 것이올시다. 하니 사례금이 무슨 관계있으리까. 점을 쳐드리이다. 대관절 점은 무슨 점입니까?"

천사가 상제를 들추다가는 또 뺨이나 맞을까 싶어 한참 머뭇머뭇하다가

"예, 다른 점이 아니라 상전을 찾는 점이올시다. 우리 상전이 어디 가신지 몰라서요……."

"허허 요새 세상에도 상전을 찾아다니는 이가 있단 말이오. 당신은 참 충노(忠奴)올시다."

하고 점통(占筒)을 흔드니 건지둔괘(乾之遯卦)가 나온다. 도사가 대경(大驚)하여

"아―어―건은 천(天)이니 곧 상제요, 둔은 도망이니 당신은 상전을 찾는 노자(奴子)가 아니라 상제를 찾는 천사인가 봅니다."

천사가 이 말에 놀라지 않을 수 없다. 그래서 두 무릎을 꿇고 공손히

"상제의 계신 곳을 가르쳐 달라" 하니, 도사가 풀어 가로되

"건괘초효(乾卦初爻)의 자(子)가 둔괘초효(遯卦初爻)의 진(辰)으로 변하고 진이 회두(回頭)하여 자(子)를 극(克)하였습니다. 진은 용이요

자는 쥐니, 상제가 용(드래곤)의 난에 도망하여 쥐구멍으로 들어갔습니다. 고어(古語)에 천개어자(天開於子)라 하더니 오늘은 천폐어자(天閉於子)올시다. 쥐구멍에 가서 상제를 찾으시오."

10. ×××

천사가 상제를 찾을 마음이 바빠 즉시 도사를 배사(拜辭)하고 쥐구멍을 찾아간다. 쥐구멍을 찾아가 의외에 용신묘(龍神廟)를 발견하고 천사가 대경(大驚)하였다.

"용은 미리의 별명이니 미리가 여기에 와 있는 것이다" 하고, 묘중에 들어가 보니 과연 미리가 있기는 있다마는 석일(昔日)에 풍(風), 우(雨), 뢰(雷), 정(霆)의 조화(造化)를 부리던 <미리>가 아니요 일개 *토우상(土偶像)의 미리이다. 귀가 떨어졌고, 눈이 빠졌고, 이마가 깨어졌다. 그 앞에는 한 접시 제물도 놓이지 않았으니, 드래곤에게 패전하고 이곳에 와서 *퇴거(退去)한 것이 명백하다.

"미리야. 이놈 상제는 어디다 두고 너 홀로 여기에 있느냐. 나는 상제를 잊지 못하여 이렇게 찾아다니는 길이다……."고 천사가 미리를 대책(大責)한다. 미리는 냉소한다.

"천사야, 이놈, 상제는 찾아 무엇하느냐? 천궁이 있던 때에 상제이지 천궁이 깨어진 뒤에도 상제가 있느냐. 상제가 있다면 죽은 상제이다. 죽은 상제는 산 쥐새끼만도 못하다. 말하자면 상제도 멸망하여야 옳지. 기실 내나 네나 상제가 모두 상고(上古) 민중의 일시 미신의 조작이 아니었더냐. 민중의 조작으로서 얼마나 민중의 해를 끼쳐 왔느냐. 상제 자신만 호강하였을 뿐만 아니라, 상제의 제물·공물이다 핑계하고 민중의 돈을 협잡한 놈이 없었더냐. 상제의 명을 봉승(奉承)하였다 하며 세세(世世) 황제로 행악(行惡)한 놈이 없었더냐.

최근 세계대전에 다수한 민중을 죽이어 낸 각국 제왕, 원수, 총사령관들이 모두 상제의 이름으로서 하지 않았느냐. 남의 나라를 먹고 그 나라의 유민(遺民)의 뼈다귀를 녹이는 놈들도 또한 상제의 뜻이라 하지 않았느냐. 오늘은 미신이 깨어지니 상제도 또 깨어졌다. 상제에 부속하였던 네가 안 깨어질소냐. 억만 민중들은 고양이가 되고 과거 모든 세력자는 쥐가 되었다. 상제를 찾으려거든 쥐구멍으로 가 보아라.”

천사가 미리의 말을 듣고 괘씸히 생각하였지만, 그 마음이 벌써 상제에게 떠나 돌릴 수 없는 바에야 다언(多言)이 쓸데 있으랴. 상제나 찾아가리라고 묘문(廟門)을 나오니 *서역방지(鼠疫防止)를 위하여 쥐를 박멸하려고 출동한 민중들을 만났다. 천사 문득 도사의 점에 상제가 쥐구멍에 있으리란 말을 생각하고 울면서

“여보시오. 쥐를 잡지 마시오. 쥐는 곧 하늘에서 도망하여온 상제올시다.” 하나, 이 말에는 대답이 없고 다만

“왔다왔다, 드래곤이 왔다. 인제는 쥐의 말일이다.” 하는 소리만 사방에서 일뿐.

(1928년)

일이승 —耳僧

1

때는 이조 정종대왕(正宗大王) 말년이었다.

안변(安邊) *석왕사(釋王寺)의 어느 여름날 밤에 그 절을 주지하는 70여 세의 늙은 중 함허(涵虛)가 잠이 오지 않아 염불을 하다가 섬돌 아래에 나섰더니 덧없이 밤마다 마당에서 자리 펴고 자던 정을진(鄭乙珍)이가, 자다가 슬그머니 일어나 대문을 열고 어디로 가는 것을 보고 괴이 여기어 그 뒤를 밟은즉, 정을진이 마침내 그 절 뒷산 상상봉에 올라가 맑은 물을 떠놓고 빌어 가로되

"하느님이시여, 정을진이 조선 임금이 되게 하여 주소서……."

이렇게 세 번을 빌고 내려오더라.

함허가 비록 늙었지만 근력이 건장한 중이라, 먼저 앞질러 내려와
절에 들어가 자니라.

2

이튿날에 함허가 좌우를 물리고 정을진을 불러

"너는 어인 사람이냐? 내가 너의 밤에 하는 짓을 다 알았으니 빨
리 바른대로 말하여라. 그렇게 아니하면 내가 너를 죽이리라."

고 을르니 을진이 이마에서 땀이 뚝뚝 떨어지며 말없이 서기를 한참
동안이나 있더니 땅에 엎드러져 울며 하는 말이

"을진이 대사를 모신 지 오래되지 않으나 대사께서 특별히 을진을
사랑하시는 줄 압니다. 을진이 회포를 가져 한번 자세히 대사께 아뢰
고자 한 지 오래오나 너무 *참람된 말인 고로 입이 떨어지지 안하여
이제 저제 하다가 오늘까지 왔습니다. 그러나 오늘 대사가 벌써 을진
의 비밀을 아시는 터이니 을진이 전일에 아뢰려다가 못 아뢰온 말씀
을 다 아뢰리다."

하더니 눈물을 씻고 꿇어앉아 그 전후사정을 고한다.

"철산(鐵山) 정씨라 하면 곧 병자호란의 명장 *정봉수(鄭鳳壽)의
후손으로 평안남북도에 엄지손가락을 꼽는 유명한 명문인 줄은 대사
도 알으시리다. 그런데 을진은 철산 정모(鄭某)의 서자올시다. 서자이
지만 부친 *재세하실 적에 가장 총애를 받던 아들이올시다.

또한 부친의 상사를 당하여 *성복(成服)할새 적형(嫡兄) 적제(嫡弟)

들은 다 당상에서 우는데 을진은 당하로 쫓아 내리거늘 을진이 이렇게 물었습니다. '같은 아비의 아들로 누구는 당상에서 울고 누구는 당하에서 우느냐?'고, 그러니까 삼촌들이나 당숙(堂叔)들이나, 집안의 어른들이 일제히 '너는 서자니 서자가 되어서는 서자의 도리를 하여야 한다'고 한결같이 꼭 같은 대답을 줍디다. '을진이 이에 서자는 아들이 아니냐?'고 호통하였더니, 안에서는 조모님이나 적모(嫡母), 적숙모(嫡叔母)님들이나, 밖에서는 적형이나 적제나 삼촌이나 당숙들이 다 울음을 그치고, 그뿐만 아니라 문중의 다른 어른들이나, 먼 데서 가까운 데서 오신 조객들도 다 보던 일을 던지고 일반의 눈살들이 을진에게로 향합디다. 그러더니 '저 놈을 쫓아내라'는 소리가 사방에서 울립디다.

'서자 놈이 이렇게 무엄한가?' 하는 논설이 여기저기서 납디다. 한 아비의 아들로서 아들 노릇 못하는 을진은 이때에 조금도 내가 잘못하였다는 생각을 안하였습니다. 그리하여 사죄할 생각이 없었습니다. 이에

'아들 노릇 못하는 놈이 죽은들 겁이 없을진대 누가 쫓겨난다고 겁나리까' 하고, 문을 차고 나오며 하늘에 향하여 이렇게 맹세하였습니다. '오냐, 철산 정가 놈들아, 내가 너희들을 내 앞에 잡아다가 꿇리어 볼 날이 있겠지. 그렇지 못하면 내 한 몸의 고기 값으로 너희들의 전 가문을 다 멸망시킬 수 있지……' 하고 나왔습니다.

나와서는 이 절에 들어와서 대사의 그늘에 의지하여 불목장이가

되어 입살이를 하여 갑니다. 그러나 어찌 잠시인들 문에 나서던 때의 맹세를 잊으리까마는 이 맹세 이룩되자면 도저히 사람의 힘으로는 아니 될 일이라 생각되기에 밤마다 남모르는 짬을 타서 높은 산에 올라가 하느님께 빌었습니다. 죽고 살기는 세왕전에 달리었다는 셈으로 오늘 을진의 목숨은 대사의 한마디에 달리었으니 하실 대로 하소서."

함허가 을진을 끌어 앞에 앉히며

"너의 나이 몇 살이냐?"

을진이

"열 여섯이올시다."

함허가 다시 엄숙한 말로

"네가 임금이 무엇인지 아느냐?"

한대 을진이

"백성의 위에 앉아 백성을 살리고 죽이는 권리를 가진 사람의 칭호인 줄 압니다."

함허가

"을진아, 네가 어떤 사람이 임금이 되는 줄 아느냐?"

을진이

"만인을 거느릴 지혜와 만인을 누를 용맹이 있으면 임금질 할 만한 사람인 줄 압니다."

함허가

“그러면 을진이 너는 그럼 지혜와 용맹이 있느냐?”

을진이 다시 고개를 숙이고 눈물을 흘리더니

“을진이 제가 지혜와 용맹이 있어 임금 되려 함이 아니오라 다만 아까 아뢰인 말씀과 같이 을진이 품은 한을 풀려 생각한즉, 평안감사가 되어도 못될 일이요, 영의정이 되어도 못될 일이요, 오직 임금이나 되어야, 이에 국법을 고쳐 *적서(嫡庶)의 명분을 타파하여 을진도 아비를 아비라 할 수 있삽기에 그런 생각을 함이오이다.”

함허가 그 말을 듣고는 또한 눈물을 흘리어 위로하며 다시 경계하되

“네가 하려는 일을 다행히 나만 알았기에 망정이지 만일 다시 딴 사람이 아는 이가 있으면 너의 목이 너의 몸을 하직하는 날이니 경계할지어다.”

을진이

“예.”

하고 다시

“대사가 이와 같이 을진을 사랑하시와 죽을 데서 살게 하시니, 을진의 몸이 녹아 물이 된들 어찌 대사의 은덕을 잊으리까. 그러나 사랑을 믿고 다시 대사께 비는 바는 아주 을진을 더 돌아보시사 이뜻을 이루도록 하여 주소서.”

함허가 한참 만에야

“가서 말없이 기다려라. 내가 너를 위하여 많이 생각하여 보마.”

을진이 느껴 울며 제방으로 돌아 나오니라.

3

하루는 함허대사가 정을진을 부르거늘 달려가 보니, 대사가 어떤 소년의 중과 같이 앉았는데 그 중의 키는 호리호리한 중키쯤 되고 얼굴이 곰살하고 나이는 이십이 될락말락하여 보이는데, 게다가 남의 눈에 괴이하게 보이는 것은 왼쪽 귀 하나가 무슨 짐승에게 물리었던지, 언제 연장에 상하였던지 아주 떨어져 없어졌더라.

함허가 그 소년 중을 가리키며 을진더러 가로되

"네가 저 손님을 따라가면 너의 뜻을 이룰 날이 있으리라."

을진이 그 중에게 인사를 청하니 그 중이 가로되

"나는 성도 없고 이름도 없는 사람입니다. 다만 나의 한쪽 귀가 없는 고로 남들이 나를 일이승(一耳僧)이라 부르니 그대로 나를 일이승으로 앎이 족하리라. 그대의 성명과 품은 생각은 내 이미 대사에게서 들었노라. 그대가 나와 함께 가려 함은 나의 매우 반기는 바이로다."

이러이러한 말 몇 마디를 한 뒤에 그 중이 곧 봇짐을 들고 일어나 가기를 재촉하더라.

문에 나오려 할새, 함허가 다시 가만히 을진을 불러

"일이승은 천하에 기특한 중이니 네가 같이 가면 너의 운명의 길이 열리리라. 그러나 너의 경계할 바는 첫째로 일이승을 *연소하다 말고 꼭 선생으로 섬길 일이요, 둘째로는 일이승의 명령만 복종하여 그가 하는 대로 따라갈 뿐이요, 그의 하는 일이 무엇이며, 그의 가는 길이 어디이며, 그가 너에게 대하여 어떤 생각을 가지고 있는지, 그런 것을 도무지 묻지 말지니라.”

을진이

“예, 예.”

하며 그 가르침을 받고 길에 오르니, 함허가 정을진의 손목을 잡고 눈물을 흘리며

“잘 가거라 부디 잘 거거라. 이 뒤부터는 내가 너의 소식을 물을 것이 없고 너도 나의 안부를 알려 할 것이 없다. 아주 긴 이별인 줄 알아라.”

정을진이 그 말을 듣고 목맺힌 소리로

“그러나 을진은 죽지 않으면 대사를 한번 찾을 날이 있을까 합니다.”

하고, 정을진이 어디로 가는지도 모르고 일이승의 봇짐을 지고 그 뒤를 따라가더라.

4

일이승의 하는 일이 무엇이더냐? 상(相) 보고 사주 보고 묘자리 잡는 것 세 가지뿐이더라.

*재예가 있다거나 *용력이 있다거나 돈이 있다거나 하는 사람이면 일이승이 반드시 찾아가 이 세 가지의 술법으로 설득하되

"그대의 눈이 어떠하니 몇 해 만이면 꼭 대신이 되리라. 그대의 턱이 어떠하니 몇 해 만이면 꼭 대장이 되리라. 그대의 몇 대 조상 묘가 무슨 *혈(穴)이니 몇 해 만이면 꼭 *음덕(蔭德)이 발하여 그대가 부귀를 누리리라."

하고, 만일 그 사람이 이 말을 믿으면 곧 계속하여

"모년 모월 모일이면 반드시 어떤 사람이 그대에게 와서 대사를 상의하리니 그대가 만일 그 일에 응하면 대운(大運)이 열리리라."

하고, 만일 그 사람이

"우리같이 미천한 사람으로 문벌 숭상하는 조선에 나서 어찌 *장상(將相)·대신 되기를 바라리요."

한즉, 일이승이 반드시

"운수가 바뀌면 문벌도 깨어지느니라."

대답하고 다시

"이런 비밀로 한 말은 세상에 전파하지 안하여야 그대의 일이 잘 되리라."

하더라.

일이승이 정을진에게 가르치는 바는 무엇이더냐?

봇짐을 지우거나 무슨 심부름을 시키는 외에는 아무 가르치는 말도 없고, 오직 사람의 기척이 괴괴한 깊은 밤 외로운 등잔 밑에서나 길 가다가 심산유곡 무인지경을 만나 정을진과 일이승이 꼭 두 사람만 있는 때이면 일이승이 매양 고대 제왕(帝王) 장상(將相)의 성패득

실한 이야기를 하여 정을진에게 들려주더라.

그러나 일이승이 중국의 이야기보다 본국의 이야기를 많이 하며, 고대의 이야기보다 근대의 이야기를 많이 하며, 가장 *궁예(弓裔)와 최영(崔瑩)의 실패함을 애닯게 여기어 이야기가 이 두 사람에게 미치면 눈물을 아니 흘린 적이 없더라.

정을진이 일찍 물어 가로되

"궁예가 비록 영걸하나 신라 *헌안왕(憲安王)의 아들로서 헌안왕의 화상(畵像)을 칼로 치고 또 신라를 멸하려 하였은즉, 이는 불효자이어늘 스승님이 어이하여 이 같은 불효자를 칭송하나이까?"

일이승이 가로되

"이는 사필(史筆) 잡은 자의 거짓말이요 사실은 아니니라. 한(漢)의 유생이 시서(詩書)를 불지른 한을 풀려 하여 *진시황을 *여불위(呂不韋)의 아들이라 욕하며, 고려의 군신이 왕건 태조(王建太祖)가 궁예를 배반한 죄를 가리우기 위하여 궁예가 헌안왕의 아들로서 헌안왕의 화상에 칼질한 난폭한 사람이라 함이니, 이같이 문자에 흘리지 아니한 비밀인 일을 알아내지 못하면 글 읽을 줄 아는 사람이라 못할지니라."

정을진이 가로되

"그러니 궁예가 허물없는 처자를 그렇게 사납게 죽이고 왕건 같은 영웅을 어리석은 자도 믿기 어려운 소위 관심법(觀心法)으로 억제하려 하였으나 이는 일개 바보의 일이라, 어찌 일국의 제왕이 되리까?"

일이승이 가로되

"천고의 사책(史冊)은 매양 그 가운데서 대세만 볼 것이요, 세세한 일은 다 믿지 못할 것이니 고려 군신이 왕건을 덮고 궁예를 뜯으려 할새 무슨 말을 지어내지 않았으리요. 궁예가 처자를 죽인 일이나 관심법이 있다고 자칭한 일 같은 것은 있는지 모르거니와, 그러나 고려사에 적은 바와 같이 그렇게 경솔하고 어리석게는 안하였으리라 하노라. 만일 참 그렇게 하였다면 어찌 이십팔 년의 제왕이 되어 위엄과 호령이 천하에 진동하였으리요."

정을진이 가로되

"그러면 궁예의 패망한 원인은 어디에 있습니까?"

일이승이 가로되

"≪삼국사기≫를 보면 궁예가 신불경(新佛經)을 짓고 명승 석총(釋聰)을 죽이었으나 아마 궁예가 신라 말엽의 부패한 불교를 개혁하고 자기가 신불교를 건설하려다가 당시에 인심이 불복하므로 왕건이 그 짬을 보고 드디어 구불교(舊佛敎)에 젖은 장수들을 유인하여 궁예를 쫓음이니, 대개 인심이 그 무엇에 취함이 심한 때에 비록 *여하한 명약도 먹지 않으려 하는 고로 간사한 무리들이 매양 일시의 편의를 위하여 인심의 약점을 이용하므로 성공하기 쉽고, 당당한 대인들은 매양 만세의 이익을 위하여 인심의 반대되는 일을 하려 하는 고로 실패하기 쉬우니 궁예와 왕건의 성공과 실패의 다름이 이에 말미암음이니라."

"궁예의 공덕은 무엇입니까?"

"궁예가 패망하여 그 평생 삶의 경영이 물거품같이 사라져 버렸으므로 그 공덕이 무엇이라고 들어 말할 것은 없으나, 그러나 궁예가 신라 이후에 죽어가는 조선의 인심을 *진작시키려던 *걸물됨은 의심 없는 바니라."

"궁예 이후 고려 사백칠십삼 년 동안에는 누구가 칠 만한 인물입니까?"

"고려 일대에는 이지백(李知白)·곽원(郭元)·왕가도(王可道)·최영(崔瑩) 등이 다 비상한 대인물이나, 그러나 뜻대로 사업을 성취하지 못하였는데 그 가운데 나의 가장 통분히 여기는 바는 최영의 일이로다.

고려가 몽고에게 근 백 년의 압제를 받아 조선 전국의 인심이 아주 나약된 때니, 이때에 최영이 요동을 차지하려는 계획이 성공되어야 조선의 원기가 회복될지어늘, 불행히 이씨 태조가 최영을 반대하여 불의에 위화도(威化島)에서 *회군하여 중국을 침범한 죄로 최영을 죽이매, 이 뒤부터 드디어 조선 사람이 다시 중국과 대항할 마음이 나지 못하게 되었으니, 이는 조선 4천 년에 처음 있는 큰 변란이요 또 이조 4백 년래의 미약한 장본이니, 최영의 실패에 대하여 눈물을 흘리지 않은 자는 조선 사람이 아니이니라."

정을진이 가로되

"조선 사람으로 궁예와 최영의 일을 아끼는 이가 없으니 스승님이 이 두 사람의 *신원(伸寃)이 될 만한 사기를 지어 후세에 전함이 가할까 합니다."

일이승이 가로되

"유교가 쇠하기 전에는 궁예의 본전(本傳)이 발행될 수 없고, 본조가 뒤집히기 전에는 최영의 실록이 *유전될 수 없다. 그러므로 내가 비록 두 사람의 일을 애석하게 생각하나 또한 나와 너의 사이에 몰래 하는 이야기가 될 뿐이요, 남에게 고할 말은 아니니라."

*"정포은(鄭圃隱)도 전조(前朝)의 충신으로 태조를 반대하였건만 본조에서 오히려 *시호를 올리며 *문묘(文廟)에 *배향하였는데 어찌 최영의 충절을 표창하고 *선양하는 실록을 꺼리리까?"

"최영과 정포은이 같이 태조의 원수요, 전조의 충신이나 그러나 태조가 최영의 북벌(北伐)을 대죄로 몰아 죽이고 창업하였은즉 만일 최영의 북벌이 옳다 하면 태조는 저절로 그른 사람이 될지라. 고로 본조에서 왕씨의 충신인 정포은은 태조의 백이(伯夷)라 하여 높일 수 있거니와 세상을 덮을 만한 호걸인 최영은 사대주의가 폐습이 되어 버린 이씨의 천하에서는 용납할 땅이 없게 됨이니라."

정을진이 그 말을 다 듣고는 절하며 그 높은 식견에 탄복하더라.

정을진이 일이승을 따라다닌 지 전후 십 년이라. 상(相)과 사주와 풍수 같은 것은 이는 일시의 방편이니 너의 배울 것이 아니라 하여 가르쳐 주지 않고, 오직 위에 말한 바 사론(史論) 같은 것은 몇 번 들었으나 이도 또한 일이승이 자기의 흥이 날 때에 몇 마디씩 하는 말이요, 정을진을 가르치기 위하여 하는 말은 아니더라.

그러나 정을진은 제 마음으로 저를 왕건이나 이성계에 견주고 일이승을 저의 *도선(道詵)이나 *무학(無學)인 줄 알고 따라다니더라.

5

십 년 동행하던 일이승과 정을진이 마침내 정주(定州) 다복동(多福洞)에서 3리쯤 되는 이름 없는 조그마한 고개에서 마지막의 작별을 하게 되었다.

해는 너웃너웃 서산에 넘어가는데 구월달 가을의 단풍낙엽은 우수수 떨어져 여기저기 깔리었는데 일이승과 정을진이 이때에 어디에서부터 몇 리나 걸어 이 고개에 올라앉아 다리를 쉬며 각기 노래 한 곡조씩을 뺀다.

일이승의 노래였다.

칼로 치면 갈라를 질까?
*몽치로 때리면 부서를 질까?
어찌하면 송두리째를 빼어를 볼까?

정을진의 노래였다.

새가 되었으면 날아나 볼 것을
짐승이 되었으면 뛰어를 볼 것을

노래를 마치고 정을진이 그 건너편을 가리키며

"벌써 저기 저녁 연기가 펄펄 납니다. 어서 내려가야 저녁 밥 한 술을 얻어먹고 숙소를 정하여야 하겠습니다."

일이승이 가로되

"밥 안 먹은들 관계 있느냐? 여기서 이야기나 하다가 낙엽을 끌어모으고 그 위에서 자자꾸나."

정을진이

"예, 그것이 좋소이다."

일이승이 '중'이지만 술을 사랑하는 중이라 바랑 안에서 병을 내어 술을 따르어 한 표주박을 마시더니, 또 한 표주박을 따르어

"을진아, 너도 목이 마를 터이니 좀 마시어라."

하니, 정을진이 받아먹으니라.

술이 얼근히 취하니 정을진이 온갖 회포가 다 올라온다.

"한(漢)나라의 소열(昭烈)이 제갈공명을 잘 믿었느니, 신라 태종이 김유신을 믿었느니 하여도 내가 일이승 저 놈같이는 못하였으리라. 내가 철산 정가의 서자이지, 서자로서 조선의 임금이 되면 참말로 먹구렁이가 용이 되는구나. 임금이야 바랄 수 있는가. 철산 정가 놈들의 무릎이나 내 눈앞에 한 번 꿇리어 보았으면.

신라 태종의 밑에는 *김유신뿐 아니라 다미(多美)도 있었고 김알천

(金闕川)도 있었지. 나도 어찌하여 일이승 하나만 믿고 있노 아서라, 그만두어라. 내가 저 놈의 중을 따라다닌 지 벌써 십 년이 아닌가. 십 년 동안에 저 놈이 김유신이나 제갈공명과 같이 획책하여 어느 고을 하나도 차지하지 못하였고나. 서자면 상관 있는가. 철산 구석에서 집이나 사고 계집이나 얻어 살림이나 하여, 훗훗한 재미나 보았으면 좋지 않을까. *이징옥(李澄玉) 같은 용맹으로도 기 들고 북 친 판이다. 다른 생각이 다 쓸 데 있나. 임금이 못되거든 역적이나 되어 보자. 일이승 저 놈이 참 나를 돕는 놈인가. 나를 돕는다 하면 십 년 동안에 나를 위하여 한 일이 무엇인가. 골김에 칼을 쑥 빼어 저 놈의 모가지나 툭 쳐 버리고 그만둘까.”

이렇게 차례도 없고 조리도 없는 생각이 오르락내리락하다 별안간 무슨 말을 물어 보려 함이던지, 혀 밭은 소리로

“일이승.”

하고 불러 본다.

그러나 일이승은 회답이 없다.

정을진이 이렇게 세 번이나 일이승을 불렀지만 일이승은 여전히 회답이 없다.

정을진이 이때에 몇 번이나 주먹을 들어 일이승을 치려 하였으나 평일에 눌리어 오던 끝이라 마침내 치지는 못하고 말았다. 그러나 일이승은 잠잠히 말없이 앉아 있었다. 정을진이 하릴없이 목을 놓고 울며 혀가 곧아 알아들을 수 없는 소리로 신세타령을 한다. 그러나 일

이승은 보지도 안하니, 정을진이 목을 놓고 울다가 얼마 만에 낙엽 위에 엎드러져 잠들더라.

정을진이 얼마를 잤던지 몸이 선선하여 오며 잠이 술을 따라 깨려 하는데 난데없는 인기척 소리가 나며 일이승이 반기어 일어나 맞으며

"대왕이 이제 오십니까?"

하더라.

'대왕'이란 소리가 정을진의 귀에 마치 청천백일 벽력 소리같이 들리었다. 정이 평시에 일찌기 천하에 대왕 둘이 있는 줄로 생각하였다. 하나는 서울에 있는 이씨로 곧 현재의 대왕이요, 하나는 정을진 자기로 곧 미래의 대왕이었었다. 그런데 이제 일이승의 부르는 대왕은 웬 대왕이냐? 일이승이 십 년 동안에 정을진더러 대왕이란 존칭은 올리어 본 적도 없건마는 정을진은 온 조선 사람이 다 나를 대왕으로 받들기를 싫어할지라도 일이승이야 설마 나를 대왕이라 아니하랴 하였더니, 이제 일이승이 그 누구를 대왕으로 부르니, 곧 십 년을 같이한 자기의 신하가 자기를 배반하고 타국에 투항하는 것같이 생각이 되어 깨랴먀랴 하던 잠귀가 번쩍 뜨이며 와락 일어나

'이 놈 너는 누구기에 나의 어진 신하를 빼앗아 가면 대왕의 이름을 가지느뇨?' 하고 대가리를 부수어 죽이고 싶다. 그러나 큰일 하는 사람은 조급하면 안 된단다. 내 어디 좀 참아서 그 수작의 전말을 들으리라 하고 자는 체하고 가만히 누워 들으니, 대왕이라 하는 이가

가로되

"인제는 대사가 십에 팔, 구는 된 모양이외다. 다복동 안에 몰아넣어 연습한 군인이 수만 명이요, 군기도 칼과 총이 다 넉넉하고, 군량은 김창대 등이 지급하기로 *자담하고, 돈은 스승님이 시킨 대로 하였더니 과연 평안감사가 '대동강에 납으로 만든 돈을 실은 임자 없는 배가 떴으니 어찌하리까' 하는 *사의(私議)로 서울에 장계(狀啓)하매, 서울서 회답하기를 '돈이 군색한 때니 가져다 쓰라' 하여 평안도에 납돈이 무사히 통용되니, 그러면 우리의 지은 돈은 쓰기에 걱정 없게 되었으니 온갖 일이 이같이 순하게 되는 것을 보면 아마 하늘이 돕는 듯합니다."

일이승이 가로되

"그러나 소승이 제안한 계책 가운데, 수십 개의 면(面)에 가짜 어사를 보내어 한날 한때에 팔도 각 *요해지(要害地)의 주군(州郡)에서 출도하여 관리를 축출하고 그 고을을 차지하매 *심복지인으로 하여금 서울 부근의 각 봉화대를 엄습하여 봉화를 들며, 용사를 보내어 외국의 복장을 가장하여 배를 타고 바닷가의 여러 군(郡)을 쳐 인심을 소요케 하자 한, 몇 가지 계책은 그리 어려운 일도 아닌데 미처 기행치 못함이 *가석합니다"

이렇게 말을 주고받고 할 즈음에 정을진이 참다 못하여 허리에 찬 칼을 빼어 일이승을 넘겨치니 일이승이 어느 결에 손으로 그 칼을 받아 빼앗으며

“이것이 웬일이냐?”

한다.

정을진이 더욱 분하여 소리를 질러 꾸짖어 가로되

“이 놈, 네가 나를 이다지 속이느냐?”

하니, 일이승이 또 웃으며

“내가 너를 무엇이라 속이드냐?”

한다. 정을진이 헐떡이며 가로되

“내가 너를 십 년을 따라 다니었는데 네가 내 일 한 것이 무엇이냐?”

일이승이 가로되

“너의 하려는 일이 무엇이냐?”

정을진이

“네 인제사 나의 하려는 일을 물었느냐?”

하며 더욱 노한데, 일이승이 정을진을 앉히고 달래어 가로되

“내 어째 네 일을 모르겠느냐? 너의 뜻이 임금 되려 함이 아니냐?”

“그렇지!”

“그 동기는 서자된 설움에서 생긴 것이 아니냐?”

“그렇지”

“그러면 네가 임금될 생각보다 서자된 설움을 씻으려 함이 더 급하지 않느냐?”

정을진이 이 말에 대답 없이 앉았으니 일이승이 대신으로 대답하

여 가로되

"그렇지! 그러면 내가 너의 서자된 한만 풀게 하여 주었으면 곧 네 일을 달성시켜 주는 것이 아니냐?"

정을진이 또 대답이 없으니 일이승이 또 대신으로

"그렇지."

대답하고 다시 말을 계속하여 가로되

"네가 장량(張良)의 모략이 있느냐? 없지! 네가 *한신(韓信)의 전략이 있느냐? 없지! 네가 *소하(蕭何)의 *국량이 있느냐? 없지! 장량·한신·소하 등도 너 만한 불평은 있었지만은 스스로 제왕이 되려 아니하고, *한고조를 찾음은 제가 저를 잘 안 까닭이라. 이제 너는 이 세 사람의 재주와 지혜도 없이 다만 불평만 가지고 제왕을 바라니 어찌 어리석지 안한가. 네가 아비의 제사에 다른 형제들과 같이 당상에 서지 못함을 분하게 여겨 맹세하고 도망함도 장부의 일이요, 전후 십년에 이 생각이 끊치지 안함도 장부의 일이나, 다만 스스로 제왕이 되려 함은 어리석은 생각이라. 네가 차라리 다른 영웅의 뒤를 따라 너의 뜻을 이룸이 가한 일이라. 고로 내가 벌써 우리 대왕에 추천하여 한 장수 되게 하였으니 이것도 중임이니 삼가 봉직하라. 우리 대왕은 이 자리에 게신 홍경래(洪景來)니 일어나 절하고 뵈어라."

하니, 정을진이 하릴없이 홍경래에 절하고 또한 대왕이라 부르니라.

날이 새려 하니, 일이승이 홍경래더러 가로되

"소승은 이 길로 물러갑니다."

홍경래가 놀래어 가로되

"스승님이 없으면 홍경래는 누구와 일을 하라 합니까?"

일이승이 가로되

"소승이 원래 산속의 사람이요, 산 밖의 사람이 아닌데 다만 대왕을 만나 저를 알아주심에 감격하여 어리석은 충성이나마 다하였습니다. 그러나 일이 어울리기 전에는 소승이 얼만큼 쓰일 곳이 있으나, 일이 이미 착수된 뒤에는 전장에 오를 용사도 못되며 막후에 참여할 *모사(謀士)도 못되니, 있어야 그리 쓸데가 없습니다. 산으로 들어가 불경이나 읽으려 하나이다."

홍경래가 그 붙잡지 못할 줄을 알고 눈물을 흘리며

"그러면 만나 보일 날이 있을까요?"

하니, 일이승이 가로되

"소승이 몸은 가지만 마음은 가지 안합니다."

하고 표연히 일어날새, 정을진의 손을 잡더니

"너는 일을 만나거든 서슴지 말고 나가거라. 이 말을 부디 잊지 말어라."

하고 두 줄 눈물로 무한한 뜻을 표하고 달아나니라.

6

정을진이 홍경래를 따라 다복동을 들어가니 사면에 수목이 하늘을 가렸는데 그 중앙을 개척하여 집도 지으며, 장막도 치고 각처에 사람을 유인하여다가 젊고 건강한 자는 군사를 만들어 교련하고 그 나머지는 다 일꾼으로 쓰며, *불무깐을 두어 군기를 만들며 주전소(鑄錢所)를 두어 돈을 짓고, 도원수(都元帥)는 홍경래가 자칭하고 참모장은 우군칙(禹君則)이요, 지휘관은 김창대(金昌大)더라.

원수의 명령으로 무릇 동구 밖에 사사로이 나가는 자는 처참하리라 하고 김창대 등이 주야로 순찰하는데, 하루는 용사 강모란 자가 본래 홍경래의 심복인데 간 곳이 없다 하여 군중이 발칵 뒤집히며 찾더니 마침내 그 도주하였음을 발각하고

"이 놈이 필연 *고변하려고 평안감영으로 간 것이니 앉아서 관군 오기를 기다리느니보다 먼저 발병함이 가하다."

는 우군칙의 말을 좇아 출병을 준비할새, 북으로 의주 백마성을 쳐서 뒷걱정을 끊고 남으로 청천강을 쳐 서울로 향할 길을 티우자 하고, 정을진은 우영대장을 칭하여 백마산성을 치게 하더라.

정을진이 우영군을 거느리고 의주로 행하다가 칠십 리를 못 미쳐 산에 올라 망을 보니 백마산 전면에 삼때 들어서듯 하고 기치가 여기저기서 날리는지라, 정을진이 크게 겁내어 곧 회군하여 홍경래에게 고하니, 이는 대개 의심하면 귀신이 나타난다라 한 말과 같이 정을진의 일행이 의심하고 겁을 먹어 산과 초목을 그렇게 잘못 봄이더라.

홍경래가 크게 노하여

"어디서 군사가 와서 백마산성에 그같이 다수하게 진을 쳤겠느냐."

하고, 칼을 빼어 들어 정을진의 오른 귀를 쳐 땅에 떨어지니 이에 정을진도 일이승과 같게 되었더라.

홍경래가 가산(嘉山)을 쳐 군수 정기(鄭耆)를 죽이며, 선천(宣川)을 쳐 방어사 김익순(金益淳)을 항복시키고, 나아가 정주(定州)를 함락하고 안주(安州)를 치다가 불리하여 다시 퇴군하여 정주를 지키더라.

*토적원수(討賊元帥) 이문원(李文元)이 서울의 군대를 거느리고 내려와 정주를 에우니, 홍경래가 성을 굳이 지키며 그 속에서 정부를 설치하며 관리를 내며 과거를 보이고 날마다 왕자기(王字旗)를 달고 성 위를 순행하다가 하루는 서울 병졸 일 명을 잡아 항복하라 하니 듣지 아니하거늘 목을 끊어 성 너머로 던지며

"너의 나라 충신의 목이 나아간다!"
하고 외우거늘, 정을진이 보고 탄식하여 가로되

"정을진이 만일 일찌기 성밖을 한 걸음도 못 나가고, 성안에선 왕명을 행하는 홍경래의 우영대장이 될 줄 알았더면 차라리 나 홀로 어느 산속 작은 집에서 문 닫고 정대왕(鄭大王)이라 자칭하다가 말년에 병들어 죽을 때에 '짐(朕)이 *붕(崩)하신다, 태자야 즉위하라' 부르짖고 죽었음이 좋았을 것을……."

홍경래가 이 말에 크게 노하여 정을진을 내어 목을 베이니라.

서울 군대가 밤에 정주성 밑을 파고 화약을 묻어 폭발시키니 성이 무너지고 홍경래는 없어지고 그 나머지 미처 달아나지 못한 홍경래의 신민들이 거의 참살을 당하니라.

이문원이 홍경래 등의 *족당을 수색하여 죽일새, 철산에 이르러 정을진의 일족을 잡아 군인에게 명령하여 노소남녀를 물론하고 목을 베이라 하니, 정씨 마을에 곡성이 진동하며 용감한 장부들은 차마 그 어린아이들과 어여쁜 새악씨들의 죽는 것을 볼 수 없어 다투어 목을 내어밀고

"나부터 죽이어 달라."
고 달리어 나와 먼저 죽기를 구하는데, 무정한 군인의 칼은 그 불쌍한 줄을 모르고 벌초꾼이 풀 베듯이 썩썩 베어 나아가더라.

그런 판에 별안간 어디서 *전령이 날아들며
"사람 죽이지 말라!"
고함을 지르니, 이는 서울서 왕명을 받들고 내려오는 *순무사(巡撫使)의 선발대였다. 이윽고 순무사가 정씨 마을에 들어와 왕명을 전하여 가로되

"법으로 말하면 정을진의 족당을 하나도 살릴 수 없으나 특별히 정봉수(鄭鳳壽)의 충절을 생각하여 그 자손을 구하라!"
하여 철산 정씨들이 아주 몰살됨을 면하니라.

(단재신채호전집, 단재 신채호 선생 기념사업회, 1975)

안국선 작품선

금수회의록 禽獸會議錄

서언(序言)

머리를 들어 하늘을 우러러보니 일월과 성신이 *천추의 빛을 잃지 아니하고, 눈을 떠서 땅을 굽어보니 강해와 산악이 만고의 형상을 변치 아니하도다. 어느 봄에 꽃이 피지 아니하며, 어느 가을에 잎이 떨어지지 아니하리요.

우주는 의연히 백대(百代)에 한결같거늘, 사람의 일은 어찌하여 고금이 다르뇨? 지금 세상 사람을 살펴보니 애달프고, 불쌍하고, 탄식하고, 통곡할 만하도다.

전인의 말씀을 듣든지 역사를 보든지 옛적 사람은 양심이 있어 천리(天理)를 순종하여 하느님께 가까웠거늘, 지금 세상은 인문이 결딴

나서 도덕도 없어지고, 의리도 없어지고, 염치도 없어지고, 절개도 없어져서, 사람마다 더럽고 흐린 풍랑에 빠지고 헤어나올 줄 몰라서 온 세상이 다 악한 고로, 그름, 옳음을 분별치 못하여 악독하기로 유명한 *도척(盜跖)이 같은 도적놈은 청천백일에 사마(士馬)를 달려 왕궁 극도에 횡행하되 사람이 보고 이상히 여기지 아니하고, *안자(顔子)같이 착한 사람이 *누항(陋巷)에 있어서 한 도시락밥을 먹고 한 표주박물을 마시며 간난을 견디지 못하되 한 사람도 불쌍히 여기지 아니하니, 슬프다! 착한 사람과 악한 사람이 거꾸로 되고 충신과 역적이 바뀌었도다. 이같이 천리에 어기어지고 덕의가 없어서 더럽고, 어둡고, 어리석고, 악독하여 *금수(禽獸)만도 못한 이 세상을 장차 어찌하면 좋을꼬? 나도 또한 인간의 한 사람이라, 우리 인류사회가 이같이 악하게 됨을 근심하여 매양 성현의 글을 읽어 성현의 마음을 본받으려 하더니, 마침 서창에 곤히 든 잠이 춘풍에 이익한 바 되매 유흥을 금치 못하여 *죽장망혜(竹杖芒鞋)로 녹수를 따르고 청산을 찾아서 한곳에 다다르니, 사면에 *기화요초는 우거졌고 시냇물 소리는 종종하며 인적이 고요한데, 흰 구름 푸른 수풀 사이에 *현판(懸板) 하나가 달렸거늘, 자세히 보니 다섯 글자를 크게 썼으되 '금수회의소'라 하고 그 옆에 문제를 걸었는데, '인류를 논박할 일'이라 하였고, 또 광고를 붙였는데, '하늘과 땅 사이에 무슨 물건이든지 의견이 있거든 의견을 말하고 방청을 하려거든 방청하되 각기 자유로 하라' 하였는데, 그곳에 모인 물건은 길짐승, 날짐승, *버러지, 물고기, 풀, 나무, 돌 등물이 다 모였더라. 혼자 마음으로 가만히 생각하여 보니, 대저 사람은 만물지중에 가장 귀하고 제일 신령하여 천지의 *화육(化育)을 도우며 하느님을 대신하여 세상 만물의 금수, 초목까지라도 다 맡아 다스리는 권능이 있고, 또 사람이 만일 패악(悖惡)한 일이 있으면 천히 여겨 금수 같은 행위라 하며, 사람이 만일 어리석고 하는 일이 없으면 초목 같이 아무 생각도 없는 물건이라고 욕하나니, 그러면 금수, 초목은 천하고 사람은 귀하며 금수, 초목은 아무것도 모르고 사람은 신령하거늘, 지금 세상은 바뀌어서 금수, 초목이 도리어 사람의 무도패덕함을 공격하려 하니, 괴상하고 부끄럽고 절통(切痛) 분하여 열었던 입을 다물지도 못하고 정신없이 섰더니,

개회 취지(開會趣旨)

별안간 뒤에서 무엇이 와락 떠다밀며,

"어서 들어갑시다. 시간 되었소."

하고 바삐 들어가는 서슬에 나도 따라 들어가서 방청석에 앉아 보니, 각색 길짐승, 날짐승, 모든 버러지, 물고기 등물이 꾸역꾸역 들어와서 그 안에 빽빽하게 서고 앉았는데, 모인 물건은 형형색색이나 좌석은 *제제창창(濟濟蹌蹌)한데, 장차 개회하려는지 규칙 방망이 소리가 똑똑 나더니, 회장인 듯한 한 물건이 머리에는 금색이 찬란한 큰 관을 쓰고, 몸에는 오색이 영롱한 의복을 입은 이상한 태도로 회장석에 올라서서 한 번 *읍하고, 위의(威儀)가 엄숙하고 형용이 단정하게

딱 서서 여러 회원을 대하여 하는 말이,

"여러분이여, 내가 지금 여러분을 청하여 만고에 없던 일대 회의를 열 때에 한마디 말씀으로 개회 취지를 베풀려 하오니 재미있게 들어주시기를 바라오.

대저 우리들이 거주하여 사는 이 세상은 당초부터 있던 것이 아니라, 지극히 거룩하시고 지극히 전능하신 하느님께서 조화로 만드신 것이라. 세계 만물을 창조하신 조화주를 곧 하느님이라 하나니, 일만 이치의 주인 되시는 하느님께서 세계를 만드시고 또 만물을 만들어 각색 물건이 세상에 생기게 하셨으니, 이같이 만드신 목적은 그 영광을 나타내어 모든 생물로 하여금 인자한 은덕을 베풀어 영원한 행복을 받게 하려 함이라. 그런고로 세상에 있는 모든 물건은 사람이든지 짐승이든지 초목이든지 무슨 물건이든지 다 귀하고 천한 분별이 없은즉, 어떤 것은 높고 어떤 것은 낮다 할 이치가 있으리요. 다 각각 천지의 기운을 타고 생겨서 이 세상에 사는 것인즉, 다 각기 천지 본래의 이치만 좇아서 하느님의 뜻대로 본분을 지키고, 한편으로는 제 몸의 행복을 누리고, 한편으로는 하느님의 영광을 나타낼지니, 그 중에도 사람이라 하는 물건은 당초에 하느님이 만드실 때에 특별히 영혼과 도덕심을 넣어서 다른 물건과 다르게 하셨은즉, 사람들은 더욱 하느님의 뜻을 순종하여 천리정도(天理正道)를 지키고 착한 행실과 아름다운 일로 하느님의 영광을 나타내어야 할 터인데, 지금 세상 사람의 하는 행위를 보니 그 하는 일이 모두 악하고 부정하여 하느님의 영광을 나타내기는 고사하고 도리어 하느님의 영광을 더럽게 하며 은혜를 배반하여 제반 악증이 많도다. 외국 사람에게 아첨하여 벼슬만 하려 하고, 제 나라가 다 망하든지 제 동포가 다 죽든지 *불고(不顧)하는 역적놈도 있으며, 임금을 속이고 백성을 해롭게 하여 나랏일을 결딴내는 소인놈도 있으며, 부모는 자식을 사랑치 아니하고, 자식은 부모를 효도로 섬기지 아니하며 형제간에 재물로 인연하여 *골육상잔(骨肉相殘)하기를 일삼고, 부부간에 음란한 생각으로 화목지 아니한 사람이 많으니, 이 같은 인류에게 좋은 영혼과 제일 귀하다 하는 특권을 줄 것이 무엇이오. 하느님을 섬기던 천사도 악한 행실을 하다가 떨어져서 마귀가 된 일이 있거든 하물며 사람이야 더 말할 것 있소. 태고적 맨 처음에 사람을 내실 적에는 영혼과 덕의심을 주셔서 만물 중에 제일 귀하다 하는 특권을 주셨으되 저희들이 그 권리를 내어 버리고 그 성품을 잃어버리니 몸은 비록 사람의 형상이 그대로 있을지라도 만물 중에 가장 귀하다 하는 인류의 자격은 있다 할 수가 없소. 여러분은 금수라, 초목이라 하여 사람보다 천하다 하나, 하느님이 정하신 법대로 행하여 기는 자는 기고, 나는 자는 날고, 굴에서 사는 자는 깃들임을 침노치 아니하며, 깃들인 자는 굴을 빼앗지 아니하고, 봄에 생겨서 가을에 죽으며, 여름에 나와서 겨울에 들어가니, 하느님의 법을 지키고 천지 이치대로 행하여 정도에 어김이 없은즉, 지금 여러분 금수, 초목과 사람을 비교하여 보면 사람이 도리어 낮고 천하며, 여러분이 도리어 귀하고 높은 지위에 있다 할 수 있소. 사람들이 이같이 제 자격을 잃고도 거만한 마음으로 오히려 만물 중에 제가 가장 귀하다, 높다, 신령하다 하여 우리 족속 여러분을 멸시하니 우리가 어찌 그 횡포를 받으리오. 내가 여러분의 마음을 찬성하여 하느님께 아뢰고 본회의를 소집하였는데, 이 회의에서 결의할 안건은 세 가지 문제가 있소.

제일, 사람 된 자의 책임을 의론하여 분명히 할 일,
제이, 사람의 행위를 들어서 옳고 그름을 의론할 일,
제삼, 지금 세상 사람 중에 인류 자격이 있는 자와 없는 자를 조사할 일.

이 세 가지 문제를 토론하여 여러분과 사람의 관계를 분명히 하고, 사람들이 여전히 악한 행위를 하여 회개치 아니하면 그 동물의 사람이라 하는 이름을 빼앗고 이등 마귀라 하는 이름을 주기로 하느님께 *상주(上奏)할 터이니, 여러분은 이 뜻을 본받아 이 회의에서 결의한 일을 진행하시기를 바라옵나이다."

회장이 개회 취지를 연설하고 회장석에 앉으니, 한 모퉁이에서 우렁찬 소리로 회장을 부르고 일어서서 연단으로 올라간다.

제1석, 반포의 *효(反哺之孝 : 까마귀)

프록코트를 입어서 전신이 새까맣고 똥그란 눈이 말똥말똥한데, 물 한 잔 조금 마시고 연설을 시작한다.

"나는 까마귀올세다. 지금 인류에 대하여 *소회(所懷)를 진술할 터인데 반포의 효라 하는 문제를 가지고 잠깐 말씀하겠소. 사람들은 만물 중에 제가 제일이라 하지마는, 그 행실을 살펴볼 지경이면 다 천리(天理)에 어기어져서 하나도 그 취할 것이 없소. 사람들의 옳지 못한 일을 모두 다 들어 말씀하려면 너무 지리하겠기에 다만 사람들의 불효한 것을 가지고 말씀할 터인데, 옛날 동양 성인들이 말씀하기를 효도는 덕의 근본이라, 효도는 일백 행실의 근원이라, 효도는 천하를 다스린다 하였고, 예수교 계명에도 부모를 효도로 섬기라 하였으니, 효도라 하는 것은 자식 된 자가 *고연(固然)한 직분으로 당연히 행할 일이올시다. 우리 까마귀의 족속은 먹을 것을 물고 돌아와서 어버이를 기르며 효성을 극진히 하여 망극한 은혜를 갚아서 하느님이 정하신 본분을 지키어 자자손손이 천만 대를 내려가도록 가법(家法)을 변치 아니하는 고로 옛적에 *백낙천(白樂天)이라 하는 분이 우리를 가리켜 새 중의 증자(曾子)라 *하였고, 『본초강목(本草綱目)』에는 자조(慈鳥)라 일컬었으니, 증자라 하는 양반은 부모에게 효도 잘하기로 유명한 사람이요, 자조라 하는 뜻은 사랑하는 새라 함이니, 부모는 자식을 사랑하고 자식은 부모에게 효도함이 하느님의 법이라. 우리는 그 법을 지키고 어기지 아니하거늘, 지금 세상 사람들은 말하는 것을 보면 낱낱이 효자 같으되, 실상 하는 행실을 보면 *주색잡기(酒色雜技)에 침혹하여 부모의 뜻을 어기며, 형제간에 재물로 다투어 부모의 마음을 상케 하며, 제 한 몸만 생각하고 부모가 주리되 돌아보지 아니하고, 여편네는 학식이라고 조금 있으면 주제넘은 마음이 생겨서 온화, 유순한 부덕을 잊어버리고 시집 가서는 시부모 보기를 아무것도 모르는 어리석은 물건같이 대접하고, 심하면 원수같이 미워하기도 하니, 인류사회에 효도 없어짐이 지금 세상보다 더 심함이 없도다. 사람들이 일백 행실의 근본 되는 효도를 알지 못하니 다른 것은 더 말할 것 무엇 있소. 우리는 천성이 효도를 주장하는 고로 출천지효성(出天之孝誠) 있는 사람이면 우리가 감동하여 *노래자(老萊子)를 도와서 종일토록 그 부모를 즐겁게 하여 주며, 증자의 갓 위에 모여서 효자의 아름다운 이름을 천추에 전케 하였고, 또 우리가 효도만 극진할 뿐 아니라 자고 이래로 『사기(史記)』에 빛난 일이 한두 가지가 아니오니 대강 말씀하오리다.

우리가 떼를 지어 논밭으로 내려갈 때 곡식을 해하는 버러지를 없애려고 가건마는 사람들은 미련한 생각에 그 곡식을 파먹는 줄로 아는도다! 서양책력 일천팔백칠십사 년의 미국 조류학자 피이르라 하는 사람이 우리 까마귀 족속 이천이백오십팔 마리를 잡아다가 배를 가르고 오장을 꺼내어 해부하여 보고 말하기를 까마귀는 곡식을 해하지 아니하고 곡식에 해되는 버러지를 잡아먹는다 하였으니, 우리가 곡식밭에 기는 것은 곡식에 이가 되고 해가 되지 아니하는 것은 분명하고, 또 우리가 밤중에 우는 것은 공연히 우는 것이 아니요, 나라에서 법령이 아름답지 못하여 백성이 도탄에 침륜(沈淪)하여 천하에 큰 병화가 일어날 징조가 있으면 우리가 아니 울 때에 울어서 사람들이 깨닫고 허물을 고쳐서 세상이 태평무사하기를 희망하고 권고함이요, 강소성(江蘇省) *한산사(寒山寺)에서 달은 넘어가고 서리친 밤에 쇠북을 주둥이로 쪼아 소리를 내서 대망에게 죽을 것을 살려 준 은혜를 갚았고, 한나라 효무제(孝武帝)가 아홉 살 되었을 때에 그 부모는 *왕망(王莽)의 난리에 죽고 효무제 혼자 달아날새, 날이 저물어 길을 잃었거늘 우리들이 가서 인도하였고, 연(燕) 태사 단이 진(秦)나라에 볼모 잡혀 있을 때에 우리가 머리를 희게 하여 그 나라로 돌아가게 하였고, *진문공(晉文公)이 *개자추(介子推)를 찾으려고 면상산[恥山]에 불을 놓으매 우리가 연기를 에워싸고 타지 못하게 하였더니, 그 후에 진나라 사람이 그 산에 '은연대'라 하는 집을 짓고 우리의 은덕을 기념하였으며, 당나라 이의부는 글을 짓되 상림에 나무를 심어 우리를 준다 하였었고, 또 물병에 돌을 던지니 *이솝이 상을 주고, 탁자의 포도주를 다 먹어도 *프랭클린이 사랑하도다. 우리 까마귀의 *사적(事蹟)이 이러하거늘, 사람들은 우리 소리를 듣고 흉한 징조라 길한 징조라 함은 저희들 마음대로 하는 말이요, 우리에게는 상관없는 일이라. 사람의 일이 흉하든지 길하든지 우리가 울 일이 무엇 있소? 그것은 사람들이 무식하고 어리석어서 저희들이 좋지 아니한 때에 흉하게 듣고 하는 말이로다. 사람이 염병이니 괴질이니 앓아서 죽게 된 때에 우리가 어찌하여 그 근처에 가서 울면, 사람들은 못생겨서 저희들이 약도 잘못 쓰고 위생도 잘못하여 죽는 줄은 알지 못하고 우리가 울어서 죽는 줄로만 알고, 저희끼리 욕설하려면 염병에

까마귀 소리라 하니 아, 어리석기는 사람같이 어리석은 것은 세상에 또 없도다. 요순(堯舜) 적에도 봉황이 나왔고, 왕망이 때도 봉황이 나오매 요순적 봉황은 *상서라 하고, 왕망 때 봉황은 흉조처럼 알았으니, 물론 무슨 소리든지 사람이 근심 있을 때에 들으면 흉조로 듣고, 좋은 일 있을 때에 들으면 상서롭게 듣는 것이라. 무엇을 알고 하는 말은 아니요, 길하다 흉하다 하는 것은 듣는 저희에게 있는 것이요, 하는 우리에게 있는 것이 아니어늘, 사람들은 말하기를, 까마귀는 흉한 일이 생길 때에 와서 우는 것이라 하여 듣기 싫어하니, 사람들은 이렇듯 이치를 알지 못하는 어리석은 동물이라, 책망하여 무엇 하겠소 또 우리는 아침에 일찍 해뜨기 전에 집을 떠나서 사방으로 날아다니며 먹을 것을 구하여 부모 봉양도 하고, 나뭇가지를 물어다가 집도 짓고, 곡식에 해되는 버러지도 잡아서 하느님 뜻을 받들다가 저녁이 되면 반드시 내 집으로 돌아가되, 나가고 돌아올 때에 일정한 시간을 어기지 않건마는, 사람들은 점심 때까지 자빠져서 잠을 자고, 한번 집을 떠나서 나가면 혹은 협잡질하기, 혹은 술장보기, 혹은 계집의 집 뒤지기, 혹은 노름하기, 세월이 가는 줄을 모르고 저희 부모가 진지를 잡수었는지, 처자가 기다리는지 모르고 쏘다니는 사람들이 어찌 우리 까마귀의 족속만 하리요 사람은 일 아니하고 놀면서 잘 입고 잘 먹기를 좋아하되, 우리는 제가 벌어 제가 먹는 것이 옳은 줄 아는 고로 결단코 우리는 사람들 하는 행위는 아니하오. 여러분도 다 아시거니와 우리가 사람에게 업수이 여김을 받을 까닭이 없음을 살피시오."

손뼉 소리에 연단에 내려가니, 또 한편에서 아리땁고도 밉살스러운 소리로 회장을 부르면서 강똥강똥 연설단을 향하여 올라가니, 어여쁜 태도는 남을 가히 호릴 만하고 갸웃거리는 모양은 본색이 드러나더라.

제2석, *호가호위(狐假虎威 : 여우)

여우가 연설단에 올라서서 기생이 시조를 부르려고 목을 가다듬는 것처럼 기침 한 번을 캑 하더니 간사한 목소리로 연설을 시작한다.

"나는 여우올시다. 점잖으신 여러분 모이신 데 감히 나와서 연설하옵기는 방자한 듯하오나, 저 인류에게 대하여 소회가 있삽기 호가호위라 하는 문제를 가지고 두어 마디 말씀을 하려 하오니, 비록 학문은 없는 말이나 용서하여 들어 주시기 바라옵니다.

사람들이 옛적부터 우리 여우를 가리켜 말하기를, 요망한 것이라 간사한 것이라 하여 저희들 중에도 요망하든지 간사한 자를 보면 여우 같은 사람이라 하니, 우리가 그 더럽고 괴악한 이름을 듣고 있으나 우리는 참 요망하고 간사한 것이 아니요, 정말 요망하고 간사한 것은 사람이오. 지금 우리와 사람의 행위를 비교하여 보면 사람과 우리와 명칭을 바꾸었으면 옳겠소.

사람들이 우리를 간교하다 하는 것은 다름 아니라 *『전국책(戰國策)』이라 하는 책에 기록하기를, 호랑이가 일백 짐승을 잡아먹으려고

구할새, 먼저 여우를 얻은지라, 여우가 호랑이더러 말하되, 하느님이 나로 하여금 모든 짐승의 어른이 되게 하였으니, 지금 자네가 나의 말을 믿지 아니하거든 내 뒤를 따라와 보라. 모든 짐승이 나를 보면 다 두려워하느니라. 호랑이가 여우의 뒤를 따라가니, 과연 모든 짐승이 보고 벌벌 떨며 두려워하거늘, 호랑이가 여우의 말을 정말로 알고 잡아먹지 못한지라. 이는 저들이 여우를 보고 두려워한 것이 아니라 여우 뒤의 호랑이를 보고 두려워한 것이니, 여우가 호랑이의 위엄을 빌려서 모든 짐승으로 하여금 두렵게 함인데, 사람들은 이것을 빙자하여 우리 여우더러 간사하니 교활하니 하되, 남이 나를 죽이려 하면 어떻게 하든지 죽지 않도록 주선하는 것은 당연한 일이라. 호랑이가 아무리 산중 영웅이라 하지마는 우리에게 속은 것만 어리석은 일이라. 속인 우리야 무슨 불가한 일이 있으리요.

지금 세상 사람들은 당당한 하느님의 위엄을 빌려야 할 터인데, 외국의 세력을 빌려 의뢰하여 몸을 보전하고 벼슬을 얻어 하려 하며, 타국 사람을 부동하여 제 나라를 망하고 제 동포를 압박하니, 그것이 우리 여우보다 나은 일이오? 결단코 우리 여우만 못한 물건들이라 하옵네다. (손뼉 소리 천지 진동)

또 나라로 말할지라도 대포와 총의 힘을 빌려서 남의 나라를 위협하여 속국도 만들고 보호국도 만드니, 불한당이 칼이나 육혈포를 가지고 남의 집에 들어가서 재물을 탈취하고 부녀를 겁탈하는 것이나 다를 것이 무엇 있소? 각국이 평화를 보전한다 하여도 하느님의 위엄을 빌려서 도덕상으로 평화를 유지할 생각은 조금도 없고, 전혀 병장기의 위엄으로 평화를 보전하려 하니 우리 여우가 호랑이의 위엄을 빌려서 제 몸의 죽을 것을 피한 것과 어떤 것이 옳고 어떤 것이 그르오? 또 세상 사람들이 구미호(九尾狐)를 요망하다 하나, 그것은 대단히 잘못 아는 것이라. 옛적 책을 볼지라도 꼬리 아홉 있는 여우는 상서라 하였으니, 『잠학거류서』라 하는 책에는 말하였으되, 구미호가 도(道) 있으면 나타나고, 나올 적에는 글을 물어 상서를 주문에 지었다 하였고, 왕포 『사자강덕론』이라 하는 책에는 주(周)나라 *문왕(文王)이 구미호를 응하여 동편 오랑캐를 돌아오게 하였다 하였고, *『산해경(山海經)』이라 하는 책에는 청구국(靑丘國)에 구미호가 있어서 덕이 있으면 오느니라 하였으니, 이런 책을 볼지라도 우리 여우를 요망한 것이라 할 까닭이 없거늘, 사람들이 무식하여 이런 것은 알지 못하고 여우가 천 년을 묵으면 요사스러운 여편네로 화한다 하고, 혹은 말하기를 옛적에 음란한 계집이 죽어서 여우로 태어났다 하니, 이런 거짓말이 어디 또 있으리요. 사람들은 음란하여 별일이 많되 우리 여우는 그렇지 않소 우리는 분수를 지켜서 다른 짐승과 교통하는 일이 없고, 우리뿐 아니라 여러분이 다 그러하시되 사람이라 하는 것들은 음란하기가 짝이 없소. 어떤 나라 계집은 개와 통간한 일도 있고, 말과 통간한 일도 있으니, 이런 일은 천하 만국에 한두 사람뿐이겠지마는, 한 숟가락 국으로 온 솥의 맛을 알 것이라. 근래에 덕의가 끊어지고 인도(人道)가 없어져서 세상이 결딴난 일을 이루 다 말할 수 없소. 사람의 행위가 그러하되 오히려 하느님을 두려워하지 아니하며 짐승을 부끄러워하지 아니하고, 대갓집 규중 여자가 *논다니로 놀아나서 이 사람 저 사람 호리기와 각부아문(各部衙門) 공청에서 기생 불러 놀음 놀기, *전정(前程)이 만리 같은 각 학교 학도들이 청루(靑樓) 방에 다니기와, 제 혈육으로 난 자식을 돈 몇 푼에 욕심나서 논다니로 내어놓기, 이런 행위를 볼작시면 말하는 내 입이 다 더러워지오. 에 더러워, 천지간에 더럽고 요망하고 간사한 것은 사람이오. 우리 여우는 그렇지 않소. 저들끼리 간사한 사람을 보면 여우라 하니, 그러한 사람을 여우라 할진댄 지금 세상 사람 중에 여우 아닌 사람이 몇몇이나 있겠소? 또 저희들은 서로 여우 같다 하여도 가만히 듣고 있으되, 만일 우리더러 사람 같다 하면 우리는 그 이름이 더러워서 아니 받겠소. 내 소견 같으면 이후로는 사람을 사람이라 하지 말고 여우라 하고, 우리 여우를 사람이라 하는 것이 옳은 줄로 아나이다.”

제3석, 정와어해(井蛙語海 : 개구리)

여우가 연설을 그치고 할금할금 돌아보며 제자리로 내려가니, 또 한편에서 회장을 부르고 아장아장 걸어와서 연단 위에 깡충 뛰어올라간다. 눈은 톡 불거지고 배는 똥똥하고 키는 작달막한데 눈을 깜작깜작하며 입을 벌죽벌죽하고 연설한다.

“나의 성명은 말씀 아니하여도 여러분이 다 아시리다. 나는 출입이라고는 미나리논밖에 못 가본 고로 세계 형편도 모르고, 또 맹꽁이를 이웃하여 산 고로 구학문의 맹자왈 공자왈은 대강 들었으나 신학문은 아는 것이 변변치 아니하나, 지금 정와의 어해라 하는 문제로 대강 인류사회를 논란코자 하옵네다.

사람들은 거만한 마음이 많아서 저희들이 천하에 제일이라고, 만물 중에 저희가 가장 귀하다고 자칭하지마는, 제 나랏일도 잘 모르면서 *양비대담(攘臂大談)하고 큰소리 탕탕 하고 주제넘은 말 하는 것들 우습디다. 우리 개구리를 가리켜 말하기를, 우물 안 개구리와 바다 이야기 할 수 없다 하니, 항상 우물 안에 있는 개구리는 우물이 좁은 줄만 알고 바다에는 가보지 못하여 바다가 큰지 작은지, 넓은지 좁은지, 긴지 짧은지, 깊은지 얕은지 알지 못하나 못 본 것을 아는 체는 아니하거늘, 사람들은 좁은 소견을 가지고 외국 형편도 모르고 천하 대세도 살피지 못하고 공연히 떠들며, 무엇을 아는 체하고 나라는 다 망하여 가건마는 썩은 생각으로 갑갑한 말만 하는도다. 또 어떤 사람들은 제 나라 안에 있어서 제 나랏일도 다 알지 못하면서 보도 듣도 못한 다른 나라 일을 다 아노라고 추척대니 가증하고 우습도다. 연전에 어느 나라 어떤 대관이 외국 대관을 만나서 수작할새 외국 대관이 묻기를,

'대감이 지금 내부대신으로 있으니 전국의 인구와 호수가 얼마나 되는지 아시오?'

한데 그 대관이 묵묵히 무언하는지라, 또 묻기를,

‘대감이 전에 *탁지대신(度支大臣)을 지내었으니 전국의 *결총(結總)과 국고의 세출, 세입이 얼마나 되는지 아시오?’

한데 그 대관이 또 아무 말도 못하는지라, 그 외국 대관이 말하기를,

‘대감이 이 나라에 나서 이 정부의 대신으로 이같이 모르니 귀국을 위하여 *가석하도다.’

하였고, 작년에 어느 나라 내부에서 각 읍에 훈령하고 부동산을 조사하여 보아라 하였더니, 어떤 군수는 보하기를, ‘이 고을에는 부동산이 없다’ 하여 일세의 웃음거리가 되었으니, 이같이 제 나라 일도 크나 작으나 도무지 아는 것 없는 것들이 일본이 어떠하니, *아라사가 어떠하니, *구라파가 어떠하니, 아메리카가 어떠하니 제가 가장 아는 듯이 지껄이니 기가 막히오. 대저 천지의 이치는 무궁무진하여 만물의 주인 되시는 하느님밖에 아는 이가 없는지라, *『논어(論語)』에 말하기를 하느님께 죄를 얻으면 빌 곳이 없다 하였는데, 그 주(註)에 말하기를, 하느님은 곧 이치라 하였으니 하느님이 곧 이치요, 하느님이 곧 만물 이치의 주인이라. 그런고로 하느님은 곧 조화주요, 천지만물의 대 주제시니 천지만물의 이치를 다 아시려니와, 사람은 다만 천지간의 한 물건인데 어찌 이치를 알 수 있으리요. 여간 좀 연구하여 아는 것이 있거든 그 아는 대로 세상에 유익하고 사회에 호험 있게 아름다운 사업을 영위할 것이어늘, 조그만치 남보다 먼저 알았다고 그 지식을 이용하여 남의 나라 빼앗기와 남의 백성 학대하기와 군함, 대포를 만들어서 악한 일에 종사하니, 그런 나라 사람들은 당초에 사람

되는 영혼을 주지 아니하였더면 도리어 좋을 뻔하였소. 또 더욱 도리에 어기어지는 일이 있으니, 나의 지식이 저 사람보다 조금 낫다고 하면 남을 가르쳐 준다 하고 실상은 해롭게 하며, 남을 인도하여 준다 하고 제 욕심 채우는 일만 하여, 어떤 사람은 제 나라 형편도 모르면서 타국 형편을 아노라고 외국 사람을 부동하여, 임금을 속이고 나라를 해치며 백성을 위협하여 재물을 도둑질하고 벼슬을 도둑하며 개화하였다 자칭하고, 양복 입고, 단장 짚고, 궐련 물고, 시계 차고, 살죽경 쓰고, 인력거나 자행거 타고, 제가 외국 사람인 체하여 제 나라 동포를 압제하며, 혹은 외국 사람 상종함을 영광으로 알고 아첨하며, 제 나라 일을 변변히 알지도 못하는 것을 가르쳐 주며, 여간 월급냥이나 벼슬낱이나 얻어 하느라고 남의 나라 정탐꾼이 되어 애매한 사람 모함하기, 어리석은 사람 위협하기로 능사를 삼으니, 이런 사람들은 안다 하는 것이 도리어 큰 병통이 아니오?

우리 개구리의 족속은 우물에 있으면 우물에 있는 분수를 지키고, 미나리논에 있으면 미나리논에 있는 분수를 지키고, 바다에 있으면 바다에 있는 분수를 지키나니, 그러면 우리는 사람보다 상등이 아니오니까. (손뼉 소리 짤각짤각)

또 무슨 동물이든지 자식이 아비 닮는 것은 하느님의 정하신 뜻이라. 우리 개구리는 대대로 자식이 아비 닮고 손자가 할아비를 닮되, 형용도 똑같고 성품도 똑같아서 추호도 틀리지 않거늘, 사람의 자식은 제 아비 닮는 것이 별로 없소. 요 임금의 아들이 요 임금을 닮지

아니하고, 순 임금의 아들이 순 임금과 같지 아니하고, 하우 *씨와
은왕 *성탕(成湯)은 성인이로되, 그 자손 중에 포학하기로 유명한 *걸
(桀), *주(紂) 같은 이가 났고, 왕건(王建) 태조는 영웅이로되 왕우(王
偶), 왕창(王昌)이 생겼으니, 일로 보면 개구리 자손은 개구리를 닮되
사람의 새끼는 사람을 닮지 아니하도다. 그러한즉 천지자연의 이치
를 지키는 자는 우리가 사람에게 비교할 것이 아니요, 만일 아비를
닮지 아니한 자식을 마귀의 자식이라 할진대 사람의 자식은 다 마귀
의 자식이라 하겠소.

　또 우리는 관가 땅에 있으면 관가를 위하여 울고, 사사(私私) 땅에
있으면 사사를 위하여 울거늘, 사람은 한 번만 벼슬자리에 오르면 *붕
당(朋黨)을 세워서 권리 다툼하기와, 권문세가에 아첨하러 다니기와,
백성을 잡아다가 주리 틀고 돈 빼앗기와 무슨 일을 당하면 청촉 듣
고 뇌물 받기와 나랏돈 도적질하기와 인민의 고혈을 빨아먹기로 종
사하니, 날더러 도적놈 잡으라 하면 벼슬하는 관인들은 거반 다 감옥
서 감이요, 또 우리들의 우는 것이 울 때에 울고, 길 때에 기고, 잠잘
때에 자는 것이 천지 이치에 합당하거늘, *불란서라 하는 나라 양반
들이 우리 개구리의 우는 소리를 듣기 싫다고 백성들을 불러 개구리
를 다 집으리 히더기, 마침내 혁명당이 일어나서 난리가 되었으니,
사람같이 무도한 것이 세상에 또 있으리요? 당나라 때에 한 사람이
우리를 두고 글을 짓되, 개구리가 도의 맛을 아는 것 같아여 연꽃 깊
은 곳에서 운다 하였으니, 우리의 도덕심 있는 것은 사람도 아는 것

이라. 우리가 어찌 사람에게 굴복하리요. 동양 성인 공자께서 말씀하시기를, 아는 것은 안다 하고, 알지 못하는 것은 알지 못한다 하는 것이 정말 아는 것이라 하였으니, 저희들이 천박한 지식으로 남을 속이기를 능사로 알고 천하 만사를 모두 아는 체하니, 우리는 이같이 거짓말은 하지 아니하오. 사람이란 것은 하느님의 이치를 알지 못하고 악한 일만 많이 하니 그대로 둘 수 없으니, 차후는 사람이라 하는 명칭을 주지 마는 것이 대단히 옳을 줄로 생각하오."

넙죽넙죽 하는 말이 소진, 장의가 오더라도 당치 못할러라. 말을 그치고 내려오니 또 한편에서 회장을 부르고 나는 듯이 연설단에 올라간다.

제4석, *구밀복검(口蜜腹劍 : 벌)

허리는 잘록하고 체격은 조그마한데 두 어깨를 떡 벌리고 청랑(淸朗)한 소리로 머리를 까딱까딱하면서 연설한다.

"나는 벌이올시다. 지금 구밀복검이라 하는 문제를 가지고 잠깐 두어 마디 말씀할 터인데, 먼저 서양서 들은 이야기를 잠깐 하오리다.

당초에 천지개벽할 때에 하느님이 *에덴 동산을 준비하사 각색 초목과 각색 짐승을 그 안에 두고 사람을 만들어 거기서 살게 하시니, 그 사람의 이름은 아담이라 하고 그 아내는 하와라 하였는데, 지금 온 세상 사람들의 조상이라. 사람은 특별히 모양이 하느님과 같고 마음도 하느님과 같게 하였으니, 사람은 곧 하느님의 아들이라 하는 뜻을 잊지 말고 하느님의 마음을 본받아 지극히 착하게 되어야 할 터인데, 아담과 하와가 죄를 짓고 에덴 동산에서 쫓겨난지라, 우리 벌의 조상은 죄도 아니 짓고 하느님의 뜻대로 순종하여 각색 초목의 꽃으로 우리의 전답을 삼고 꿀을 농사하여 양식을 만들어 복락을 누리니, 조상 적부터 우리가 사람보다 나은지라, 세상이 오래되어 갈수록 사람은 하느님과 더욱 멀어지고, 오늘날 와서는 거죽은 사람의 형용이 그대로 있으나 실상은 *시랑(豺狼)과 마귀가 되어 서로 싸우고, 서로 죽이고, 서로 잡아먹어서, 약한 자의 고기는 강한 자의 밥이 되고, 큰 것은 작은 것을 압제하여 남의 권리를 *늑탈하여 남의 재산을 속여 빼앗으며, 남의 토지를 앗아 가며, 남의 나라를 위협하여 망케 하니, 그 흉측하고 악독함을 무엇이라 이르겠소? 사람들이 우리 벌을 독한 사람에게 비유하여 말하기를, 입에 꿀이 있고 배에 칼이 있다 하나 우리 입의 꿀은 남을 꾀이려 하는 것이 아니라 우리 양식을 만드는 것이요, 우리 배의 칼은 남을 공연히 쏘거나 찌르는 것이 아니라 남이 나를 해치려 하는 때에 정당방위로 쓰는 칼이요, 사람같이 입으로는 꿀같이 말을 달게 하고 배에는 칼 같은 마음을 품은 우리가 아니오. 또 우리의 입은 항상 꿀만 있으되 사람의 입은 변화가 무쌍하여 꿀같이 던 때도 있고, 고추같이 매운 때도 있고, 칼같이 날카로운 때도 있고, *비상같이 독한 때도 있어서, 마주 대하였을 때에는 꿀을 들어붓는 것같이 달게 말하다가 돌아서면 흉보고, 욕하고, 노여워하고, 악담하며, 좋아 지낼 때에는 깨소금 항아리같이 고소하고 맛

있게 수작하다가, 조금만 미흡한 일이 있으면 죽일 놈 살릴 놈 하며 무성포(無聲砲)가 있으면 곧 놓아 죽이려 하니 그런 악독한 것이 어디 또 있으리요. 에, 여러분, 여보시오, 그래, 우리 짐승 중에 사람들처럼 그렇게 악독한 것들이 있단 말이오? (손뼉 소리 귀가 막막)

사람들이 서로 욕설하는 소리를 들으면 참 귀로 들을 수 없소. 별 흉악망측한 말이 많소. '빠가', '갓뎀' 같은 욕설은 오히려 관계치 않소. '네밀 붙을 놈', '염병에 땀을 못 낼 놈' 하는 욕설은 제 입을 더럽히고 제 마음 악한 줄을 모르고 얼씬하면 이런 욕설을 함부로 하니 어떻게 흉악한 소리오. 에, 사람의 입에는 도덕상 좋은 말은 별로 없고 못된 소리만 쓸데없이 지저귀니 그것들을 사람이라고? 그것들을 만물 중에 가장 귀한 것이라고? 우리는 천지간의 미물이로되 그렇지는 않소. 또 우리는 임금을 섬기되 충성을 다하고, 장수를 뫼시되 군령이 분명하여, 다 각각 직업을 지켜 일을 부지런히 하여 주리지 아니하거늘, 어떤 나라 사람들은 제 임금을 죽이고 역적의 일을 하며 제 장수의 명령을 복종치 아니하고 *난병도 되며, 백성들은 게을러서 아무 일도 아니하고 공연히 쏘다니며 놀고 먹고 놀고 입기 좋아하며, 술이나 먹고, 노름이나 하고, 계집의 집이나 찾아다니고, 협잡이나 하고, 그렁저렁 세월을 보내니, 집이 구차하고 나라가 *간난하니 사람으로 생겨나서 우리 벌들보다 낫다 하는 것이 무엇이오? 서양의 어느 학자가 우리를 두고 노래를 지었으니,

아침 이슬 저녁 볕에

이꽃 저꽃 찾아가서

부지런히 꿀을 물고

제 집으로 돌아와서

반은 먹고 반은 두어

겨울 양식 저축하여

무한 복락 누릴 때에

하느님의 은혜라고

빛난 날개 좋은 소리

아름답게 찬미하네

그래, 사람 중에 사람스러운 것이 몇이나 있소? 우리는 사람들에게 시비 들을 것 조금도 없소. 사람들의 악한 행위를 말하려면 끝이 없겠으나 시간이 부족하여 그만둡네다.”

제5석, *무장공자(無腸公子 : 게)

벌이 연설을 그치고 미처 연설단에 내려서기 전에 또 한편에서 회장을 부르고 나오니, 모양이 기괴하고 눈에 영채(映彩)가 있어 힘센 장수같이 두 팔을 쩍 벌리고 어깨를 추썩추썩하며 하는 말이,

“나는 세올시다. 지금 무장공자라 하는 문제로 연설할 터인데, 무장공자라 하는 말은 창자 없는 물건이라 하는 말이니, 옛적에 포박자(抱朴子)라 하는 사람이 우리 게의 족속을 가리켜 무장공자라 하였으니 대단히 무례한 말이로다. 그래, 우리는 창자가 없고 사람들은 창

자가 있소. 시방 세상 사는 사람 중에 옳은 창자 가진 사람이 몇 명이나 되겠소? 사람의 창자는 참 썩고 흐리고 더럽소. 의복은 *능라주의로 지를 흐르게 잘 입어서 외양은 좋아도 다 가죽만 사람이지 그 속에는 똥밖에 아무것도 없소. 좋은 칼로 배를 가르고 그 속을 보면, 구린내가 물큰물큰 나오. 지금 어떤 나라 정부를 보면 깨끗한 창자라고는 아마 몇 개가 없으리다. 신문에 그렇게 나무라고, 사회에서 그렇게 시비하고, 백성이 그렇게 원망하고, 외국 사람이 그렇게 욕들을 하여도 모르는 체하니 이것이 창자 있는 사람들이오? 그 정부에 옳은 마음 먹고 벼슬하는 사람 누가 있소? 한 사람이라도 있거든 있다고 하시오. 만판 *경륜(經綸)이 임금 속일 생각, 백성 잡아먹을 생각, 나라 팔아먹을 생각밖에 아무 생각 없소. 이같이 썩고 더럽고 똥만 들어서 구린내가 물큰물큰 나는 창자는 우리의 없는 것이 도리어 낫소. 또 욕을 보아도 성낼 줄도 모르고, 좋은 일을 보아도 기뻐할 줄 알지 못하는 사람이 많이 있소. 남의 압제를 받아 살 수 없는 지경에 이르되 깨닫고 분한 마음 없고, 남에게 그렇게 욕을 보아도 노여워할 줄 모르고 종 노릇 하기만 좋게 여기고 달게 여기며, 관리에 무례한 압박을 당하여도 자유를 찾을 생각이 도무지 없으니, 이것이 창자 있는 사람들이라 하겠소? 우리는 창자가 없다 하여도 남이 나를 해치려 하면 죽더라도 가위로 집어 한 놈 물고 죽소. 내가 한번 어느 나라에 지나다 보니 외국 병정이 지나가는데, 그 나라 부인을 건드려 젖퉁이를 만지려 하매 그 부인이 소리를 지르고 욕을 한즉, 그 병정이 발로 차고 손으로 때려서 행악(行惡)이 *무쌍한지라, 그 나라 사람들이 모여서서 그것을 구경만 하고 한 사람도 대들어 그 부인을 도와주고 구원하여 주는 사람이 없으니, 그 사람들은 그 부인이 외국 사람에게 당하는 것을 상관없는 줄로 알아서 그러한지 겁이 나서 그러한지 결단코 남의 일이 아니라 저의 동포가 당하는 일이니 저희들이 당함이어늘, 그것을 보고 분낼 줄 모르고 도리어 웃고 구경만 하니, 그 부인의 오늘날 당하는 욕이 내일 제 어미나 제 아내에게 또 돌아올 줄을 알지 못하는가? 이런 것들이 창자 있다고 사람이라 *자긍(自矜)하니 허리가 아파 못 살겠소 창자 없는 우리 게는 어찌하면 좋겠소? 나라에 경사가 있으되 기뻐할 줄 알지 못하여 국기 하나 내어 꽂을 줄 모르니 그것이 창자 있는 것이오? 그런 창자는 부럽지 않소. 창자 없는 우리 게의 행한 사적을 좀 들어 보시오. 송나라 때 추호라 하는 사람이 채경에서 사로잡혀 소주로 귀양 갈 때 우리가 구원하였으며, 산주구세라 하는 때에 한 처녀가 죽게 된 것을 살려 내느라고 큰 뱀을 우리 가위로 잘라 죽였으며, 산신과 싸워서 호인의 배를 구원하였고, 객사한 송장을 드러내어 음란한 계집의 죄를 발각하였으니, 우리의 행한 일은 다 옳고 아름다운 일이오. 사람같이 더러운 일은 하지 않소. 또 사람들도 우리의 행위를 자세히 아는 고로 '게도 제 구멍이 아니면 들어가지 아니한다'는 속담이 있소 참 그러하지요. 우리는 암만 급하더라도 들어갈 구멍이라야 들어가지, 부당한 구멍에는 들어가지 않소. 사람들을 보면 부당한 데로 들어가는 사

람이 많소. 부모 처자를 내버리고 중이 되어 산 속으로 들어가는 이
도 있고, *여염(閭閻)집 부인네들은 음란한 생각으로 불공한다 핑계
하고 절간 초막으로 들어가는 이도 있고, 명예 있는 신사라 자칭하고
쓸데없는 돈 내버리러 기생집에 들어가는 이도 있고, 옳은 길 내버리
고 그른 길로 들어가는 사람, 옳은 종교 싫다 하고 이단으로 들어가
는 사람, 돌을 안고 못으로 들어가는 사람, 섶을 지고 불로 들어가는
사람, 이루 다 말할 수 없소. 당연히 들어갈 데와 못 들어갈 데를 분
별치 못하고 못 들어갈 데를 들어가서 화를 당하고 패를 보고 해를
끼치니, 이런 사람들이 무슨 창자 있노라고 우리의 창자 없는 것을
비웃소? 지금 사람들을 보면 그 창자가 다 썩어서 미구(未久)에 창자
있는 사람은 한 개도 없이 다 무장공자가 될 것이니, 이 다음에는 사
람더러 무장공자라 불러야 옳겠소.”

제6석, 영영지극(營營之極 : 파리)

게가 입에서 거품이 부걱부걱 나오며 *수용산출(水湧山出)로 하던
말을 그치고 엉금엉금 기어 내려가니, 파리가 또 회장을 부르고 나는
듯이 연단에 올라가서 두 손을 싹싹 비비면서 말을 한다.

“나는 파리올시다. 사람들이 우리 파리를 가리켜 말하기를, 파리는
간사한 소인이라 하니, 대저 사람이라 하는 것들은 저의 흉은 살피지
못하고 다만 남의 말은 잘하는 것들이오. 간사한 소인의 성품과 태도
를 가진 것들은 사람들이오. 우리는 결단코 소인의 성품과 태도를 가

진 것이 아니오. *『시전(詩傳)』이라 하는 책에 말하기를, *영영한 푸른 파리가 횃대에 앉았다 하였으니, 이것은 우리를 가리켜 한 말이 아니라 사람들을 비유한 말이오. 옛글에 '방에 가득한 파리를 쫓아도 없어지지 않는다' 하는 말도 우리를 두고 한 말이 아니라, 사람 중의 간사한 소인을 가리켜 한 말이오. 우리는 결코 간사한 일은 하지 아니하였소마는, 인간에는 참 소인이 많습디다. 사슴을 가리켜 말이라 하여 임금을 속인 것이 비단 *조고 한 사람뿐 아니라, 지금 망하여 가는 나라 조정을 보면 온 정부가 다 조고 같은 간신이요, 천자를 끼고 제후에게 호령함이 또한 *조조(曹操) 한 사람뿐 아니라, 지금은 도덕은 떨어지고 *효박한 풍기를 보면 온 세계가 다 조조 같은 소인이라 웃음 속에 칼이 있고 말 속에 총이 있어, 친구라고 사귀다가 저 잘되면 차버리고, 동지라고 상종타가 남 죽이고 저 잘되기, 누구누구는 *빈천지교(貧賤之交) 저버리고 *조강지처 내쫓으니 그것이 사람이며, 아무아무 유지지사(有志之士) 고발하여 감옥서에 몰아넣고 저 잘되기 희망하니, 그것도 사람인가? 쓸개에 가 붙고 간에 가 붙어 요리조리 알씬알씬하는 사람 정말 밉기도 밉습디다. 여러분도 다 아시거니와 그래 *공담(公談)으로 말하자면 우리가 소인이오, 사람들이 간물(奸物)이오? 생각들 하여 보시오. 또 우리는 먹을 것을 보면 혼자 먹는 법 없소. 여러 족속을 청하고 여러 친구를 불러서 화락한 마음으로 한가지로 먹지마는, 사람들은 이(利) 끝만 보면 형제간에도 의가 상하고 일가간에도 정이 없어지며, 심한 자는 서로 골육상쟁(骨肉

相爭)하기를 예사로 아니, 참 기가 막히오. 동포끼리 서로 사랑하고, 서로 구제하는 것은 하느님의 이치어늘 사람들은 과연 저의 동포끼리 서로 사랑하는가? 저들끼리 서로 빼앗고, 서로 싸우고, 서로 시기하고, 서로 흉보고, 서로 총을 놓아 죽이고, 서로 칼로 찔러 죽이고, 서로 피를 빨아 마시고, 서로 살을 깎아 먹되 우리는 그렇지 않소. 세상에 제일 더러운 것은 똥이라 하지마는, 우리가 똥을 눌 때 남이 다 보고 알도록 흰 데는 검게 누고, 검은 데는 희게 누어서 남을 속일 생각은 하지 않소. 사람들은 똥보다 더 더러운 일을 많이 하지마는 혹 남의 눈에 보일까, 남의 입에 오르내릴까 겁을 내어 은밀히 하되, 무소부지(無所不知)하신 하느님은 먼저 아시고 계시오. 옛적에 유형이라 하는 사람은 부채를 들고 참외에 앉은 우리를 쫓고, 왕사라 하는 사람은 칼을 빼어 먹을 먹는 우리를 쫓을새, 저 사람들이 그렇게 쫓되 우리가 가지 아니함을 성내어 하는 말이, 파리는 쫓아도 도로 온다 미워하니, 저희들이 쫓을 것은 쫓지 아니하고 아니 쫓을 것은 쫓는도다. 사람들은 우리를 쫓으려 할 것이 아니라, 불가불 쫓아야 할 것이 있으니, 사람들아, 부채를 놓고 칼을 던지고 잠깐 내 말을 들어라. 너희들이 당연히 쫓을 것은 너희 마음을 수고롭게 하는 마귀니라. 사람들아 사람들아, 너희들은 너희 마음속에 있는 물욕을 쫓아 버려라. 너희 머릿속에 있는 썩은 생각을 내어 쫓으라. 너희 조정에 있는 간신들을 쫓아 버려라. 너희 세상에 있는 소인들을 내어 쫓으라. 참외가 다 무엇이며, 먹이 다 무엇이냐? 사람들아 사람들아,

우리 수십억만 마리가 일제히 손을 비비고 비나니, 우리를 미워하지
말고 하느님이 미워하시는 너희를 해치는 여러 마귀를 쫓으라. 손으
로만 빌어서 아니 들으면 발로라도 빌겠다.”

의기가 양양하여 사람을 저희 똥만치도 못하게 나무라고 겸하여
충고의 말로 권고하고 내려간다.

제7석, *가정맹어호(苛政猛於虎 : 호랑이)

웅장한 소리로 회장을 부르니 산천이 울린다. 연단에 올라서서 머
리를 설레설레 흔들고 좌중을 내려다보니 눈알이 등불 같고 위풍이
늠름한데, 주홍 같은 입을 떡 벌리고 어금니를 부지직 갈며 연설하는
데, 좌중이 종용하다.

“본원의 이름은 호랑인데 별호는 *산군이올시다. 여러분 중에도
혹 아시는 이도 있을 듯하오. 지금 가정이 맹어호라 하는 문제를 가
지고 두어 마디 할 터인데, 이것은 여러분 아시는 것과 같이, 옛적
유명한 성인 공자님이 하신 말씀이라. 가정이 맹어호라 하는 뜻은 까
다로운 정사(政事)가 호랑이보다 무섭다 함이니, 양자(楊子)라 하는
사람도 이와 같은 말이 있는데 혹독한 관리는 날개 있고 뿔 있는 호
랑이와 같다 한지라, 세상에 사람들이 말하기를, 제일 포악하고 부서
운 것은 호랑이라 하였으니, 자고 이래로 사람들이 우리에게 해를 받
은 자가 몇 명이나 되느뇨? 도리어 사람이 사람에게 해를 당하며 살
륙을 당한 자가 몇억만 명인지 알 수 없소 우리는 설사 포악한 일을

할지라도 깊은 산과 깊은 골과 깊은 수풀 속에서만 횡행할 뿐이요, 사람처럼 청천백일지하에 왕궁 국도에서는 하지 아니하거늘, 사람들은 대낮에 사람을 죽이고 재물을 빼앗으며 죄 없는 백성을 감옥서에 몰아넣어서 돈 바치면 내어 놓고 세 없으면 죽이는 것과, 임금은 아무리 인자하여 *사전(赦典)을 내리더라도 법관이 *용사(用事)하여 공평치 못하게 죄인을 조종하고, 돈을 받고 벼슬을 내어서 그 벼슬한 사람이 그 밑천을 뽑으려고 음흉한 수단으로 정사를 까다롭게 하여 백성을 못 견디게 하니, 사람들의 악독한 일을 우리 호랑이에게 비하여 보면 몇만 배가 될는지 알 수 없소 또 우리는 다른 동물을 잡아 먹더라도 하느님이 만들어 주신 발톱과 이빨로 하느님의 뜻을 받아 천성의 행위를 행할 뿐이어늘, 사람들은 학문을 이용하여 화학이니 물리학이니 배워서 사람의 도리에 유익한 옳은 일에 쓰는 것은 별로 없고, 각색 병기를 발명하여 군함이니 대포니 총이니 탄환이니 화약이니 칼이니 활이니 하는 등물(等物)을 만들어서 재물을 무한히 내버리고 사람을 무수히 죽여서, 나라를 만들 때의 만반 경륜은 다 남을 해하려는 마음뿐이라. 그런고로 영국 문학박사 판스라 하는 사람이 말하기를, 사람이 사람에게 대하여 잔인한 까닭으로 수천만 명 사람이 참혹한 지경에 들어갔도다 하였고, 옛날 진회왕이 초회왕을 청하매 초회왕이 진나라에 들어가려 하거늘, 그 신하 굴평이 간하여 가로되, 진나라는 호랑이 나라이라 가히 믿지 못할지니 가시지 말으소서 하였으니, 호랑이의 나라가 어찌 진나라 하나뿐이리요 오늘날 *오대주(五大洲)를 둘러보면, 사람 사는 곳곳마다 어느 나라가 욕심 없는 나라가 있으며, 어느 나라가 포악하지 아니한 나라가 있으며, 어느 인간에 고상한 천리를 말하는 자가 있으며, 어느 세상에 진정한 인도를 의론하는 자가 있느뇨? 나라마다 진나라요 사람마다 호랑이라. 세상 사람들이 말하기를, 호랑이는 포악무쌍한 것이라 하되, 이것은 알지 못하는 말이로다. 우리는 원래 천품이 은혜를 잘 갚고 의리를 깊이 아나니, 글자 읽은 사람은 짐작할 듯하오. 옛적에, 진나라 곽무자라 하는 사람이 호랑이 목구멍에 걸린 뼈를 빼내어 주었더니 사슴을 드려 은혜를 갚았고, 영윤 자문을 나서 몽택에 버렸더니 젖을 먹여 길렀으며, 양위의 효성을 감동하여 몸을 물리쳤으니, 이런 일을 보면 우리가 은혜를 감동하고 의리를 아는 것이라. 사람들로 말하면 은혜를 알고 의리를 지키는 사람이 몇몇이나 되겠소? 옛적 사람이 말하기를, 호랑이를 기르면 후환이 된다 하여 지금까지 *양호유환(養虎遺患)이라 하는 문자를 쓰지마는, 되지 못한 사람의 새끼를 기르는 것이 도리어 정말 후환이 되는지라. 호랑이 새끼를 길러서 덕을 모으는 사람은 있으되 사람의 자식을 길러서 덕을 보는 사람은 별로 없소. 또 속담에 이르기를, 호랑이 죽음은 껍질에 있고, 사람의 죽음은 이름에 있다 하니, 지금 세상 사람의 정말 명예 있는 사람이 몇 명이나 있소? 인생 칠십 *고래희라, 한세상 살 동안이 얼마 되지 아니한데 옳은 일만 할지라도 다 못 하고 죽을 터인데 꿈결같은 이 세상을 구구히 살려 하여 못된 일 할 생각이 시꺼멓게 있어서, 앞문으로 호랑

이를 막고 뒷문으로 승냥이를 불러들이는 자도 있으니 어찌 불쌍치
아니하리오. 옛적 사람은 호랑의 가죽을 쓰고 도적질하였으나, 지금
사람들은 껍질은 사람의 껍질을 쓰고 마음은 호랑이 마음을 가져서
더욱 험악하고 더욱 흉포한지라, 하느님은 *지공무사(至公無私)하신
하느님이시니, 이같이 험악하고 흉포한 것들에게 제일 귀하고 신령
하다는 권리를 줄 까닭이 무엇이오? 사람으로 못된 일 하는 자의 종
자를 없애는 것이 좋은 줄로 생각하옵네다."

제8석, *쌍거쌍래(雙去雙來 : 원앙)

호랑이가 연설을 그치고 내려가니 또 한편에서, 형용이 단정하고
태도가 신중한 어여쁜 원앙새가 연단에 올라서서 *애연(哀然)한 목소
리로 말을 한다.

"나는 원앙이올시다. 여러분이 인류의 악행을 공격하는 것이 다
절당한 말씀이로되 인류의 제일 괴악한 일은 음란한 것이오. 하느님
이 사람을 내실 때에 한 남자에 한 여인을 내셨으니, 한 사나이와 한
여편네가 서로 저버리지 아니함은 천리(天理)에 정한 인륜(人倫)이라.
사나이도 계집을 여럿 두는 것이 옳지 않고 여편네도 서방을 여럿
두는 것이 옳지 않거늘, 세상 사람들은 다 생각하기를, 사나이는 계
집을 많이 두고 호강하는 것이 좋은 것인 줄로 알고 처첩을 두셋씩
두는 사람도 있으며, 어떤 사람은 오륙 명 두는 자도 있으며, 혹은
장가 든 뒤에 그 아내를 돌아다보지 아니하고 두 번 세 번 장가드는

자도 있으며, 혹은 아내를 소박하고 첩을 사랑하다가 패가망신하는 자도 있으니 사나이가 두 계집 두는 것은 천리에 어기어짐이라. 계집이 두 사나이를 두면 변고로 알고 사나이가 두 계집 두는 것은 예사로 아니, 어찌 그리 *편벽되며, 사나이가 남의 계집 도적함은 꾸짖지 아니하고, 계집이 남의 사나이를 상관하면 큰 변인 줄 아니, 어찌 그리 불공하오? 하느님의 천연한 이치로 말할진대 사나이는 아내 한 사람만 두고 여편네는 남편 한 사람만 좇을지라. 무론 남녀 하고 두 사람을 두든지 섬기는 것은 옳지 아니하거늘, 지금 세상 사람들은 괴악하고 음란하고 박정하여 길가의 한 가지 버들을 꺾기 위하여 백년해로하려던 사람을 잊어버리고, 동산의 한 송이 꽃을 보기 위하여 조강지처를 내쫓으며, 남편이 병이 들어 누웠는데 의원과 간통하는 일도 있고, 복을 빌어 불공한다 *가탁(假託)하고 중서방 하는 일도 있고, 남편 죽어 사흘이 못 되어 서방해 갈 주선하는 일도 있으니, 사람들은 계집이나 사나이나 인정도 없고 의리도 없고 다만 음란한 생각뿐이라 할 수밖에 없소. 우리 원앙새는 천지간에 지극히 작은 물건이로되 사람과 같이 그런 더러운 행실은 아니하오. 남녀의 법이 유별하고 부부의 *윤기(倫紀)가 지중한 줄을 아는 고로 음란한 일은 결코 없소. 사람들도 우리 원앙새의 역사를 진작하기로 이야기하는 말이 있소. 옛날에 한 사냥꾼이 원앙새 한 마리를 잡았더니 암원앙새가 수원앙새를 잃고 수절하여 과부로 있은 지 일 년 만에 또 그 사냥꾼의 화살에 맞아 얻은 바 된지라, 사냥꾼이 원앙새를 잡아 가지고 집으로 돌아와서 털을 뜯을새, 날개 아래 무엇이 있거늘 자세히 보니 거년(去年)에 자기가 잡아온 수원앙새의 대가리라. 이것은 암원앙새가 수원앙새와 같이 있다가 수원앙새가 사냥꾼의 화살을 맞아서 떨어지니, 그 *창황 중에도 수원앙새의 대가리를 집어 가지고 숨어서 일시의 난을 피하여 짝 잃은 한을 잊지 아니하고 서방의 대가리를 날개 밑에 끼고 슬피 세월을 보내다가 또한 사냥꾼에게 얻은 바 된지라, 그 사냥꾼이 이것을 보고 정절이 지극한 새라 하여 먹지 아니하고 정결한 땅에 장사를 지낸 후에 그때부터 다시는 원앙새는 잡지 아니하였다 하니, 우리 원앙새는 짐승이로되 절개를 지킴이 이러하오. 사람들의 행위를 보면 추하고 *비루(鄙陋)하고 음란하여 우리보다 귀하다 할 것이 조금도 없소. 사람들의 행사를 대강 말할 터이니 잠깐 들어 보시오. 부인이 죽으면 불쌍히 여기는 남편이 몇이나 되겠소? 상처한 후에 사나이 수절하였다는 말은 들어 보도 못 하였소. 낱낱이 재취(再娶)를 하든지 첩을 얻든지, 자식에게 못할 노릇 하고 집안에 화근을 일으키어 화기(和氣)를 손상케 하고, 계집으로 말하면 남편 죽은 후에 수절하는 사람은 많으나 속으로 서방질 다니며 상부한 지 며칠이 못 되어 개가할 길 찾느라고 분주한 계집도 있고, 또 자식을 낳아서 개구멍이나 다리 밑에 내버리는 것도 있으며, 심한 계집은 간부에게 혹하여 산 서방을 두고 도망질하기와 약을 먹여 죽이는 일까지 있으니, 저희들의 별별 괴악한 일은 이루 다 말할 수 없소. 세상에 제일 더럽고 괴악한 것은 사람이라, 다 말하려면 내 입이 더러워질 터이니까 그만두겠소.”

원앙새가 연설을 그치고 연단에서 내려오니, 회장이 다시 일어나서 말한다.

폐 회

“여러분 하시는 말씀을 들으니 다 옳으신 말씀이오. 대저 사람이라 하는 동물은 세상에 제일 귀하다 신령하다 하지마는, 나는 말하자면, 제일 어리석고 제일 더럽고 제일 괴악하다 하오. 그 행위를 들어 말하자면 한정이 없고, 또 시간이 *진하였으니 그만 폐회하오.”
하더니 그 안에 모였던 짐승이 일시에 나는 자는 날고, 기는 자는 기고, 뛰는 자는 뛰고, 우는 자도 있고, 짖는 자도 있고, 춤추는 자도 있어, 다 각각 돌아가더라.

슬프다! 여러 짐승의 연설을 듣고 가만히 생각하여 보니, 세상에 불쌍한 것이 사람이로다. 내가 어찌하여 사람으로 태어나서 이런 욕을 보는고! 사람은 만물 중에 귀하기로 제일이요, 신령하기도 제일이요, 재주도 제일이요, 지혜도 제일이라 하여 동물 중에 제일 좋다 하더니, 오늘날로 보면 제일로 악하고 제일 흉괴하고 제일 음란하고 제일 간사하고 제일 더럽고 제일 어리석은 것은 사람이로다. 까마귀처럼 효도할 줄도 모르고, 개구리처럼 분수 지킬 줄도 모르고, 여우보담도 간사한, 호랑이보담도 포악한, 벌과 같이 정직하지도 못하고, 파리같이 동포 사랑할 줄도 모르고, 창자 없는 일은 게보다 심하고,

부정한 행실은 원앙새가 부끄럽도다. 여러 짐승이 연설할 때 나는 사람을 위하여 변명 연설을 하리라 하고 몇 번 생각하여 본즉 무슨 말로 변명할 수가 없고, 반대를 하려 하나 *현하지변(懸河之辯)을 가지고도 쓸데가 없도다. 사람이 떨어져서 짐승의 아래가 되고, 짐승이 도리어 사람보다 상등이 되었으니, 어찌하면 좋을꼬? 예수 씨의 말씀을 들으니 하느님이 아직도 사람을 사랑하신다 하니, 사람들이 악한 일을 많이 하였을지라도 회개하면 구원 얻는 길이 있다 하였으니, 이 세상에 있는 여러 형제자매는 깊이깊이 생각하시오.

(황성서적조합, 1908. 1)

공진회

　총독부에서 새로운 정치를 시행한 지 다섯 해 된 기념으로 *공진회(共進會)를 개최하니, 공진회는 여러 가지 신기한 물건을 벌여놓고 모든 사람으로 하여금 구경하게 하는 것이어니와, 이 책은 소설(小說) <공진회>라. 여러 가지 기기묘묘한 사실은 책 속에 기록하여 모든 사람으로 하여금 보게 한 것이니, 총독부에서는 물산(物産) 공진회를 광화문 안 경복궁 속에 개실하였고, 나는 소설 <공진회>를 언문으로 이 책 속에 진술하였도다. 물산 공진회는 돌아다니며 구경하는 것이오, 소설 공진회는 앉아서나 드러누워 보는 것이라. 물산 공진회를 구경하고 돌아와서 여관 *한등(寒燈) 적적한 밤과 기차 타고 심심할

적과 집에 가서 한가할 때에 이 책을 펼쳐들고 한 대문 내려보면 피곤·근심 간 데 없고, 재미가 진진하여 두 대문 세 대문을 책 놓을 수 없을 만치 아무쪼록 재미있게 성대한 공진회의 여흥을 돕고자 붓을 들어 기록하니, 이때는 *대정(大正) 사년 초팔월이라.

天江 安 國 善

이 책 보는 사람에게 주는 글(贈讀者文)

사람들은 울지 말지어다, 슬픈 후에는 기꺼움이 있나니라. 사람들은 웃지 말지어다, 기꺼운 후에는 슬픔이 생기나니라. 기꺼운 일을 보고 웃으며, 슬픈 일을 보고 우는 것은 인정의 상태라 하지마는, 사람의 *국량(局量)은 좁으니라. 넓은 체하지 말지어다, 사람의 지식은 적으니라. 많은 체하지 말지어다, 하늘은 크고 큰 공중이라 누가 그 넓음을 측량하리요. 지구에서 태양을 가려면 몇 백만 리가 되는데, 태양에서 또 저편 별까지 가려면 몇 억 백만 리가 되고 그 별에서 또 저편 별까지 가려면 몇 억 천만 리가 되어, 이렇게 한량없이 갈수록 막히는 곳이 없으니 그 넓음이 얼마나 되느뇨? 세상은 가늘고 가는 이치 속이라, 누가 능히 그 아득함을 발명하리요. 사람마다 생각하라. 우리 할아버지가 우리 아버지를 낳으셨으며, 아버지가 나를 낳으셨으니 할아버지가 할머니와 혼인이 되었으므로 아버지를 낳으셨으나 그때에 만일 할머니와 혼인이 아니 되고 다른 부인과 혼인이 되었으면 그래도 우리 아버지를 낳으시고 또 내가 생겨났을는지? 또 아버지가 어머니와 혼인이 되었으므로 나를 낳으셨으나, 그때 만일 다른 부인과 혼인이 되었다면 그래도 내가 이 모양으로 이 세상에 태어났을는지? 이것으로 말미암아 증조부·고조부·오대조·육대조·시조까지 올라가며 여러 십대, 여러 백대 중에서 어느 대에서든지 한 번만 혼인이 빗되었으면 오늘 이 모양의 나는 이 세상에 생기게 되었을는지 알지 못할지니, 세상 사람이 생기어난 것부터 이렇게 요행이요, 우연한 인연이라. 그 아득함이 어떠한가? 하늘은 큰 공중이라 넓고 넓어 한량이 없고, 세상은 가늘고 가는 이치 속이라 아득하고 아득하여 알지 못할지니 사람의 국량이 아무리 넓을지라도 공중에 비할 수 없고, 사람의 지식이 아무리 많을지라도 *조화주(造化主)는 따르지 못할지라.

그러나 사람은 일정한 국량이 있고 보통의 지식이 있는 고로 기뻐하며 노여하며, 슬퍼하며 즐겨하며, 사랑하며 미워하며, 욕심내며 겁내는 인정이 있으니, 사람은 이 여덟 가지 정이 있는 고로 사람은 아무리 하여도 사람에 벗어나지 못하고, 국량은 아무리 하여도 그 국량이오, 지식은 아무리 하여도 그 지식이라. 술 취하여 미인의 무릎을 베개히고 술 깨어 천하이 권세를 주무르며, 한 번 호령하면 천지가 진동하고, 한 번 나서면 만민이 *경외(敬畏)하는 고금의 영웅들이 장하고 크다마는, 역시 한때 장난에 지나지 못하고, 물리(物理)를 연구하여 *화륜선(火輪船)·화륜차·전보·비행기 등속을 발명하여 예전에 없던 일을 지금 있게 하는 이학박사여, 용하고 가상하다 마는 세상 이치의 일부분을 깨달음에 지나지 아니하도다. 영웅의 끼친 역사(歷史)는 슬픔과 기꺼움의 종자요, 박사의 발명한 물건은 욕심과 희망의 자취라. 그러한즉 사람은 욕심과 희망으로 살고 슬픔과 기꺼움으로 *소견(消遣)하는 것인가? 사람이 아들 낳기를 바라다가 아들을 낳으면 기꺼워하고 그 아들이 죽으면 슬퍼하리니, 아들 낳기를 바라는 것은 욕심이며 희망이요, 낳을 때에 기꺼워하고 죽을 때에 슬퍼함은 사람이 세상에 살아가는 역사를 지음이요, 사람이 부자 되기를 원하다가 재물을 얻으면 기꺼워하고 그 재물을 잃으면 슬퍼하리니, 부자 되기를 원함은 욕심이며 희망이요, 얻을 때에 기꺼워하고 잃을 때에 슬퍼함은 또한 사람이 세상에 살아가는 역사를 만듦이라. 크고 넓은 천지에서 내가 지금 다른 곳에 있지 아니하고 이곳에 있으며, 가늘고 아득한 이치 속에서 내가 이왕에 나지도 아니하고 장래에 나지도 아니하고 불선불후(不善不後) 꼭 지금 요 때에 나서 입을 열어 기껍게 대소(大笑)할 때도 있고, 주먹을 두드려 슬프게 통곡할 때도 있고, 지금은 먹을 갈고 붓을 들어 눈으로 보이는 세상 사람의 슬퍼하고 기꺼워하는 여러 가지 형편을 재료로 삼아 이 책을 기록하니, 슬픈 중에 기꺼움을 얻고 기꺼운 중에 슬픔을 알아 한때를 소견하려 하는 나의 욕심이며 희망이니, 이 책 보는 여러 군자(君子)는 나와 인연이 있도다.

여러 군자가 이 책을 볼 때에 기꺼워할는지 슬퍼할는지 나는 알 수 없으나, 여러 군자의 슬퍼함이 있고 기꺼워함이 있으면 또한 여러 군자가 세상에 지나가는 역사를 지음인즉, 크고 넓은 천지와 가늘고 아득한 이치 속에서 여러 군자와 나의 사이에 한 가지 심령(心靈)이 교통함을 깨달으리로다.

기생(妓生)

문명이니 개화니 발달·진보니 하는 여러 가지 말이 지금 세상에 *행용들 하는 의례건의 말이라. 조선도 여러 해 동안을 문명진보에 열심 주의하여 모든 사물의 발달되어가는 품이 날마다 다르고 달마다 다르도다. 이번 공진회를 구경한 사람은 누구든지 조선의 문명 진보가 오륙년 전에 비교하면 대단히 발달되었다고 할 터이라. 그러나 외국의 문명을 수입하여 내지의 문명을 발달케 하는 때는 제일 먼저 들어오는 것은 사치라 하는 풍속이라. 교화의 아름다운 풍속은 별로 들어오지 아니하고 사치하는 풍속은 속히 들어오나니, 외국 사람은 상등 사람이라야 *파나마 모자를 쓰는 것인데 조선 사람은 하등 연소한 사람도 그것만 따르고자 하고, 외국 사람은 하이칼라를 즐겨하지 아니하는 경향이 있건마는 조선 사람은 도리어 하이칼라를 부러워하는 모양이라 이것은 무슨 연고인가 하면, 역시 세상의 풍조를 따라 남보다 신선한 풍채를 내고 싶은 마음이 생기는 까닭이요, 남보다 신선한 풍채를 내고 싶은 까닭은 *오입장이 *풍류랑(風流郎)을 좋아

하는 마음이 있는 까닭에서 생기어나는 법이라. 사나이가 고운 의복에 말쑥하게 차리고 버선등이나 맵시를 내고 다니는 것은 점잖은 사회교제에 자기위의(自己威儀)를 보전하려는 마음이 아니라, 기생이나 다른 계집들에게 곱게 보이기를 위하는 마음이 있음이요, 여자가 자기 지위에 상당치 아니한 사치를 하는 것도 남의 눈에 예쁘게 보이기를 바라서 그리함인즉, 사치의 풍속은 사회 이면에 말할 수 없는 이상한 관계로 인연하여 생기는 것이라.

그 중에서도 기생이라 하는 무리가 있어서 직접·간접으로 사치의 풍속을 조장하는 일대 기관(機關)이 되었도다. 기생도 여러 종류가 있어서 예전에는 약방(藥房)기생이니 하더니, 지금은 *무부기(無夫妓)·유부기(有夫妓)·삼패(三牌)·색주가(色酒家)·밀매음·은근자, 여러 무리의 계집들이 있어서 *화용월태(花容月態)를 한번 세상에 자랑하면 부랑남자는 더 말할 것이 없고 남의 집 청년자제들이 놀아나기를 시작하여 여러 대 내려오던 세전기업(世傳基業)을 일조에 *탕패(蕩敗)하는 일이 많이 있더라.

경상도 진주(晉州)라 하면 조선 안의 유명한 도회처요, 진주군에는 두 가지 명산이 있으니 파리와 기생이라. 파리의 수효와 기생의 수효를 비교하면 기생 수효가 파리보다 하나 둘 더하다 하는 말이 거짓말 같은 참말이라. 닭이 천이면 봉이 한 마리 있다더니 기생이 하도 많으니까 그 중에 절대(絶代) 미인 하나가 있던 것이라.

진주성 안에 기생이 있으니 얼굴이 절묘하고 행동이 얌전하여 사람마다 한 번 보면 두 번 보고 싶고, 두 번 보면 껴안고 싶고, 껴안으면 집어삼키고 싶을 만치 되었는데 어느 누가 한 번 보기를 원치 아니하는 자가 없으나 이 기생은 무슨 까닭인지 남자의 소원을 한 번도 들은 일이 없는 고로 진주성 안 청년남자의 경쟁거리가 되었더라.

이 기생은 성질이 다른 기생들과 다르고 언어·행동 모든 범절이 일반 기생계에 일종 특별한 광채를 빛내게 되었는데, 이름부터 다른 기생들과 같지 아니하도다. 기생의 이름은 행용 많이 산월이니 산홍이니 매월이니 도홍이니 하는 두 자 이름을 짓건마는 이 기생의 이름은 석 자 이름인 고로 또 기생계에 보지 못하던 이름이라.

이름을 향운개(香雲介)라 부르는데 어찌하여 이름을 향운개라고 지었느냐고 물은즉 처음에는 대답지 아니하더니 부득이 하여 향내 나는 입을 열어 말을 하는데 말소리만 들어도 아리따운 꾀꼬리가 버들가지에서 우는 소리 같도다.

“이름이야 아무렇게 지으면 상관 있습니까? 그러나 저는 실상 그러할 수는 없지요마는 마음으로 춘향(春香)의 절개와 춘운(春雲)의 재주와 논개(論介)의 충성을 본받기 위하여 춘향이란 향자와 춘운이란 운자와 논개라는 개자를 가지고 향운개라 하였습니다.”

이 말을 듣고 생각한즉, 춘향은 남원 기생으로 일부종사하기 위하여 정절(貞節)을 지키던 『춘향전』의 주인이요, 춘운은 김춘택 씨가 지은 *『구운몽』이라 하는 책에 있는 가춘운인데, 신선도 되었다가 귀신도 되었다가 만판재주를 부리어 양소유를 농락하던 계집이요,

논개는 진주기생으로 예전에 어느 나라 장수가 조선을 치러 왔을 때에 촉석루에서 놀음을 놀다가 그 장수를 끼어 안고 강물에 떨어져서 그 적장과 함께 죽은 충심(忠心) 있는 계집이라. 그러면 이 기생은 내력을 듣지 아니하면 알 수 없으나 절개와 재주와 충심을 *겸전(兼全)한 계집인가?

향운개의 집 이웃집에 강씨부인이 사는데 이십 전 과부로 다만 유복자 아들 하나가 있어 구차한 살림살이를 근근히 지내는데, 세상을 버리고 싶은 마음이 하루도 열두 번씩 나지마는, 어린 아들을 길러낸 마음으로 그럭저럭 살아오는 터이라. 그 아들의 이름은 유만이니 향운개보다 나이가 두 살 위가 되는 터이로되, 어려서부터 장난도 같이하고 음식도 서로 나눠 먹고 서로 자주 오락가락하며 놀다가, 향운개는 열한 살이요, 유만이는 열 세 살 되었을 때에 남녀의 교정(交情)을 알지 못하는 두 아이들이 실을 한데 대고 드러누웠다가 아이들 장난으로 남녀 교합하는 흉내를 내었더니, 그 후로는 두 아이의 정의가 더욱 깊으나 다시 놀지 못할 사유가 생겼으니, 강씨부인이 그 아들을 교육하기 위하여 천리원정(千里遠程)에 서울로 올라가서 학교에 입학을 하게하고, 강씨부인은 *방물장사를 하면서 그 학비를 대어주기로 하였는데, 이것도 사소한 까닭이 있어서 강씨부인으로 하여금 이러한 결심을 하게 함이러라.

그 까닭은 무엇이냐 하면, 향운개의 어미는 추월이라 하는 퇴기(退妓)로 젊어서 기생 노릇할 때에 여러 사람의 재산도 많이 없애어주고 사나이의 등골도 많이 뽑던 솜씨가 아직도 남아 있어서, 그 딸 향운개의 얼굴이 절묘함을 보고 큰 보물 덩어리로 생각하여, 사오 년만 지나면 조선천지의 재산 있는 집 자제들은 모두 후려들일 작정인데, 향운개는 기생 노릇하기를 싫어할 뿐 아니라, 유만이를 특별히 정 있게 굴며 상대하는 모양이 다른 아이들과 다른지라 추월이가 하루는 향운개를 꾀어가며 말을 물어 유만이와 향운개 사이에 그러한 사정이 있는 줄을 알고, 강씨부인 집에를 가서 은근히 *포달을 부리며 유만이는 남의 집 아이 사람 못되게 하는 놈이라고 대단 포학을 하는 것이 한두 번이 아니요, 또 강씨부인은 가세(家勢)가 빈한하여 추월의 집 의복빨래와 침선(針線) 등을 맡아 하여주고 살아오던 터인데 그 후로는 생명이 끊어진 것 같은지라. 강씨부인이 살아갈 생각도 하고 유만이 교육시킬 생각도 하다가 추월에게 그러한 불법의 창피한 꼴을 당하고 분김에 살림을 헤치고 유만이를 앞세우고 서울로 올라와서 방물장사도 하고, 남의 집 드난도 하여 목숨을 보전하는 동시에, 유만이는 고등학교에 입학하게 하고 돈푼이나 생기는 대로 학비를 대어주되 조금도 게으른 기색이 없더라.

세월이 흐르는 물결같이 달아나는 서슬에 향운개의 *연광이 십오세에 이르고 세상 물정은 문명개화의 풍조에 따라 사치하는 풍속이 날마다 늘어가매 사람마다 비단 옷이 아니면 입지 아니하건마는, 진주성 중에 사는 김부자는 위인이 검소하기로 짝이 없어 수백만 원 재산을 가지고도 비단옷은 한 번도 몸에 대어보지 못하였더라. 김부자는 여러 대를 내려오는 부자로되, 자손은 그리 대대로 귀하든지 일가친척 하나도 없고, 자기 집에는 자기와 그 모친과 그 부인과 두 살 먹은 딸 하나뿐이요, 아들이 없이 삼십 세나 되었는 고로 그 모친과 그 부인이 항상 첩이라도 *치가(置家)하여 자손을 보라고 권고하는 터이로되, 김부자는 위인이 재산을 애끼기 위할 뿐만 아니라, 평생에 옷 잘 입고 음식 사치하고 첩 두고 호강하는 것은 친자의 숭상(崇尙)할 것이 아닌즉, 자손 없는 것은 한탄할 바로되 첩 두는 것은 패가의 근본이라 하여 친구 상종도 별로 많이 아니하거니와 기생이나 남의 계집은 별로 구경하지 못하였더니 하루는 심심함을 견디지 못하여 촉석루(矗石樓)에서 논개의 제사를 지내는데 대단히 야단법석이라는 말을 듣고 구경을 갔더라.

이 위에 말하였거니와, 논개는 예전 기생으로 충심이 갸륵하다 하여 일 년에 한 번씩 촉석루에서 남강물을 향하여 제사를 지내는데 이 제사는 진주 기생이 모두 모여서 설비도 굉장하거니와 사람도 많이 모여들어 대단 굉장하도다. 그 중에 향운개는 원래 논개의 충심을 사모하는 터이라, 자기 재 제사는 궐할지언정 어찌 논개의 제사야 참례치 아니하리요. 수백 명 기생이며 수만 명 구경꾼이 모였는데 기생마다 사람마다 제 집에 있는 대로 *궁사극치(窮奢極侈)하여 의복도 잘들 입었거니와 맵시도 이상야릇하게 잘들 내었도다. 구경하는 모든 사나이들이 이렇게 궁사극치의 고운 모양을 내는 연고는 사람마다 필경코 수백 명 기생에게 어여삐 보이고자 하는 마음이 있는 까닭이 아닌가. 그 중에서도 보잘것없이 무명의복에 아무 모양도 내지 아니한 사람은 김부자라. 김부자는 여러 사람의 호화한 기상과 찬란한 모양을 보고 혼자 마음으로 한탄하여 말하기를,

「세상에 이렇게 사치가 늘어가다가는 나중에는 어찌되려는고? 진주 같은 지방풍속이 이러할제야 서울 같은 번화한 곳이야 오죽할꼬? 참, 한심한 일이로고!」

모든 것을 비관적으로만 생각하고 이리저리 구경할 새 어여쁘고 고운 기생을 보아도 심상하게 여기더니 한곳에 이른 즉 어떠한 기생 하나가 다른 기생과 마주 서서 이야기하는 것을 보았도다. 모든 것을 심상히 보고 다니던 김부자가 그 기생을 보더니 우두커니 서서 한참 동안을 정신없이 바라볼 때에 무슨 까닭인지 가슴이 울렁울렁하고 자기 몸뚱이가 그 기생에게로 부쩍부쩍 가까이 가는 듯하도다. 다른 이에게 수상스러이 보일까 두려워하여 고개를 돌이키고 다른 것을 보는 체하여도 눈은 자연히 그 기생에게로 가는지라. 그리할 때에 마침 아는 사람 하나 이 앞으로 오거늘 김부자가 그 사람과 두어 말 수작한 후에 저편에 있는 기생의 이름을 물어 보아 향운개라 하는 당년 십오 세의 유명한 기생인 줄도 알았으며, 가무·음률·서화의 모든 재주가 당시에 제일인 줄도 들었더라.

그날 밤에 자기 집으로 돌아와서 잠을 이루려 한즉 향운개의 형용이 눈앞에 왕래하여 가슴만 뚝딱거리고 잠은 조금도 이룰 수 없는지라, 드러누웠다가 일어앉았다가 일어서서 거닐다가 도로 드러누워

무슨 생각도 하다가 도로 일어앉아서 담배도 피우다가 다 타지 아니한 담배를 재떨이에 탁탁 털고 도로 드러누워 혼자 마음으로,

"내가 이것이 무슨 일인가. 망측하여라. 마음이 튼튼치 못하여 이러하지. 다시는 생각지 아니하리라."

하되 자연히 생각은 도로 향운개에게로 간다.

김부자가 여러 시간을 혼자 공연히 번뇌하다가 나중에는 벌떡 일어나서 의관을 정제하고 대문을 나서서 *사고무인(四顧無人) 적적한 밤에 이 골목 저 골목 돌아다니다가 향운개의 문을 두드리니 맞아들이는 사람은 향운개의 어미 추월이라. 추월이는 김부자의 얼굴도 자세히 알고 그 성질도 또한 짐작이나 하는 터인데 아닌 밤중에 자기 집을 찾아온 것을 이상스러이 생각하건마는 부자에게 아첨하는 것은 세상 사람의 보통 형편이라. 추월이는 더욱 김부자가 자기 집 대문 안에 발 한번 들여놓는 것만 하여도 얼마쯤 영광으로 생각하는 터인고로 우선 반가이 김부자를 맞아들이며 한편으로 담배를 권한다, 주안을 차린다, 들어왔다 나갔다, 얼렁얼렁하며 *분주불가(奔走不暇)한 중에도, 김부자가 어찌하여 우리 집에를 이 밤중에 찾아 왔을까 하는 의심이 가슴 속에 풀리지 아니하여 솜씨 좋은 수작을 난만(爛漫)히 벌려 놓으며 한편으로 눈치를 보고 한편으로 말귀를 살피는데 김부자가 주저주저한 모양이 저절로 나타나지마는 역시 옹졸한 사나이는 아니라 이런 말 저런 말로 추월의 말을 따라 한참 늘어놓다가,

"향운개는 어디 갔느냐? 지금 데려오너라."

한즉 추월이는 굿 들은 무당 같아서 속마음으로,

(인제 제-밀 수가 나나보다.)

하고 지급히 사람을 보내어 촉석루 논개제에서 아직 돌아오지 아니한 향운개를 불러왔더라.

김부자는 향운개를 앞에 앉히고 술잔이나 마시며 행용하는 수작으로 한참 동안을 노닐다가 취흥이 도도한 중에 아무리 하여도 그저 갈 수는 없는지라, 향운개를 대하여

"오늘밤에 좋은 인연을 맺고 내일부터는 기생 영업을 고만두고 나와 백년가약을 맺자."

하였으나 향운개는 당초에 듣지 아니하려 하여 처음에는 좋은 말로 김부자의 소청을 거절하다가, 나중에는 불쾌한 말로 김부자의 얼굴을 붉게 하기까지 이르렀더라.

김부자가 할 수 없이 그날 밤에는 향운개의 집을 사례하고 자기 집으로 돌아와서 사랑방에서 혼자 잠을 자면서 향운개와 놀던 꿈만 꾸었도다. 김부자는 향운개와 인연을 맺지 못한 것만 한탄하고 한편으로 분한 마음을 금할 수 없으나 향운개를 어여쁘게 생각하는 사랑마귀는 김부자의 가슴 속을 떠나지 아니하더라.

ㄱ 이튿날 김부자의 집에는 양반 상하 없이 괴상스럽게 생각하는 별안간 생긴 일이 있으니, 다름 아니라 김부자가 수천원 돈을 들여 *시체(時體) 비단을 필로 끊어다가 의복을 지으라 재촉이 성화같고, 금반지 · 보석반지 · 금테안경 · 금시계 · 파나마모자 · 단장, 맵시 있는

마른신까지 꾸역꾸역 사들이는 것이라. 평생에 검소하기로는 짝이 없고 세상 사람의 사치하는 풍속을 꾸짖고 비평하던 김부자가 이렇게 의복을 장만하고 사치품을 사들이는 것은 아무라도 괴상히 생각할 수밖에 없더라. 김부자가 이렇게 호사를 찬란히 하고 어디를 가느냐 하면 첫 출입이 향운개의 집이라 김부자가 향운개를 생각하는 품이 이도령이 춘향이를 생각하는 것보다 더하면 더하였지 조금도 덜하지 아니한데, 향운개와 인연을 맺고자 하다가 뜻을 이루지 못한 후로는 혼자 생각하기를,

"내가 얼굴이 남만 못한가, 돈이 없는가? 어찌하여 제가 일개 기생으로 나의 말을 듣지 아니하노? 아마도 내가 의복이 *추솔(麤率)하여 고운 모양이 없으므로 제 눈에 들지 아니하여 그러한가?"

하고 아무쪼록 향운개의 눈에 들기 위하여 의복범절을 찬란히 하고 향운개의 집을 자주자주 찾아다니게 되었더라. 말을 하여도 총채수작을 배워가며, 재담을 듣는 대로 기억하여 두고 말솜씨를 이상야릇하게 지어서 한다. 혼자 다니는 것은 심심도 할 뿐 아니라 자기 혼자 수단으로 능히 향운개의 마음을 돌리기 어려울까 하여 기생좌석에 익달한 친구 두어 사람을 데리고 다니는데 이 사람들은 모양도 썩 하이칼라요, 수작도 잘하고 노래도 잘하고 음율도 반짐작이나 하는 위인들이니, 기생집이라면 자기 집 안방으로 알고 기생을 마음대로 농락하는 사람들이라. 하루 다니고 이틀 다니고 그럭저럭 수십 일이 넘었으되 향운개의 마음은 조금도 김부자에게 따르지 아니하는 고로

김부자는 할 수 있는 대로 수단을 부리며 돈을 들이며 향운개를 집어삼키려 하고, 함께 다니는 여러 사람들도 김부자를 위하여 향운개의 마음을 돌리려고 *제갈량(諸葛亮) 같은 모든 기기묘묘한 계략을 다 부리는 터이라.

향운개의 집에서는 그 어미 추월이가 향운개를 시시로 때리며 어르며 혹간 달래기도 하여 향운개로 하여금 김부자의 소청을 들어 김부자의 재산으로 호강을 하려하니, 향운개는 *사면수적(四面受敵)이요 *고성낙일(孤城落日)의 비참한 지경에 빠졌는데 향운개는 일개 *섬섬한 약질이요, 한 사람도 도와줄 사람은 없고 대적(對敵)은 모두 위의당당(威儀堂堂)한 출출명장이라.

……이 책을 기록하는 이 사람은 향운개를 위하여 불쌍한 눈물을 뿌리노니, 향운개여, 네가 어찌하여 이 지경을 당하느냐? 네가 장차 어떻게 하려느냐? 향운개여!……

향운개는 지금 겨우 십오 세의 어린 기생이로되 숙성하기가 십칠 팔 세나 되어 보이는 고로 향운개의 어미 추월이는 어서 하루바삐 부자를 많이 상관케 하여 재물을 뺏아 먹을 작정인데, 향운개는 일향(一向) 청종치 아니하고 어미 추월이가 꼬이고 달래며 김부자와 상관하라 하면 향운개는 온순한 태도로 공손히 말하되,

"내가 불행이 기생의 몸이 되었을지라도 절개는 지킬 수밖에 없으니, 계집이 일부종사 못하고 이 사람 저 사람 뭇사람을 상관하면 짐승이나 다른 것이 무엇 있사오리까. 짐승 중에도 원앙새나 제비 같은

것은 그렇지 아니하니, 사람이 되어 미물만 못하오리까. 나는 어려서 유만이와 상종(相從)이 있었으니, 유만이는 나의 남편인즉 유만이를 만나기 전에는 결코 다른 사람과 추한 관계를 맺지 아니 하겠사오이다. 또 지금 법률에는 기생이라 하는 것이 재주를 팔아먹으라는 것이지 매음하라는 것은 아니온즉 여간 재산을 욕심하여 법률을 위범하는 것은 국민의 도리가 아니오이다. 어찌 사람이 법률을 범하고 행실을 부정히 하여 금수만 못하게 된단 말씀이오니까. 기생 노릇을 하더라도 정당하게 할 것이지 뭇사람을 상관하여 매음을 하는 것은 기생이 아니라 짐승이올시다. 나는 죽어도 어머니 말씀을 순종할 수 없어요.”

향운개의 어미 추월이가 이 말을 듣더니, 하도 기가 막히고 분하여 열 길 스무 길 반자가 뚫어지도록 날뛴다.

“잘났다. 잘났다. 우리 집안에 정절부인 났고나 이년, 정절이 다 무엇 말라죽은 것이냐? 정절, 정절! 이년, 네 어미는 뭇서방질을 하여 너를 낳았으니 네 어미도 기생 노릇을 아니하고 짐승 노릇을 하였다는 말이로구나. 이년, 유만이하고 상관이 있었다고? 계집 아이년이 남부끄럽지도 아니하여 그런 말을 하느냐? 여남은 살 먹은 어린것들이 철모르고 장난한 것이지, 상관이 다 무엇이냐? 이년아? 두 살 먹어 같이 잤어도 서방이라고 정절을 지킬 터이냐? 네가 나이 어려서 철을 몰라도 분수가 있지, 유만이 그까짓 가난뱅이 빌어먹는 놈이 네 서방이란 말이냐? 요년, 굶어죽기 똑 알맞다. 이년, 네가 아무리 하여 보아라. 내 솜씨에 내 말 아니 듣고 견디어내나? 요년, 법률은 어디서 그렇게 똑똑히 배웠느냐 이년, 법률을 그렇게 자세히 아니 변호사가 되겠구나. 이년아, 변호사는 목구멍을 팔아먹고 기생은 그 구멍을 팔아먹는다는 말을 듣지도 못하였느냐?"

입으로는 소리를 지르고 손으로는 방망이를 가지고 사정없이 때리며 금방 향운개를 죽일 것같이 날뛰는데, 향운개는 조금도 원망하는 기색도 없고 두려워하는 기색도 없고, 다만 죽으면 죽었지 그러한 행위는 아니할 터이야, 하는 기색이 자연히 그 얼굴에 나타나더라.

추월이는 날마다 날마다, 하루에도 열두 번씩 향운개를 들볶는데 향운개는 혼자 생각하기를,

'내가 아무리 철모르고 어려서 유만이와 그리 하였을지라도 그것은 잊히지 아니하니 다른 남편은 세상없어도 얻지 아니하리라.'

하고 어미가 야단을 칠수록 향운개의 결심은 더욱 단단하여지는지라, 김부자의 마음은 더욱 간절하고 어미의 욕심은 더욱 불같아서 향운개를 에워싸고 만반수단을 다부리고 일천가지 꾀를 다 써보아도 향운개의 마음은 항복받지 못하였는지라. 김부자는 추월이와 여러 사람들과 의논을 정하고 이제는 할 수 없이 배성일전(背城一戰)에 *단병접전(短兵接戰)으로 돌관(突貫)할 방침을 작정하였더라.

하루는 어미 추월이가 향운개를 대하여 말하기를,

"너는 그전부터 기생 노릇하기를 싫어하기에 오늘부터는 기생영업을 폐지하게 되었으니 그리 알아라. 경찰서에 기생 영업 폐지신고도

다하여 놓았고 기생조합에 이름도 빼었다.”

향운개는 벌써 추월의 눈치도 짐작하였으며, 김부자의 음흉한 계략인 줄로 심량(深量)하였더라.

하루는 낯모르는 사람 수삼인이 향운개의 집을 찾아와서 술도 먹고 노닥거리더니 그 중에 한 사람이 저희끼리 하는 말이,

“내가 서울 갔다가 작일에 내려왔는데 서울서 불쌍한 일을 보았거니.”

또 한 사람이 무슨 일이냐 물은즉,

“유만이라는 진주학생이 학교의 공부도 잘하고 사람도 착실하여 사람마다 칭찬이 대단하더니, 그 아이가 일전에 괴질 같은 급병으로 죽었는데, 유만이의 어미가 울고 돌아다니는 꼴은 불쌍하기가 이를 데 없어……”

저희들끼리 서로 주거니 받거니 하는 이야기로되 자연 향운개의 귀에도 들릴 만치 하는 말이라.

그 후 수십 일이 지난 후에 향운개는 김부자의 집으로 들어가게 되었는데, 이것은 향운개의 마음이 아니라 김부자와 향운개의 어미 추월이와 언약을 정하고 경찰서에 대하여 향운개가 김부자의 첩으로 들어가는 입가신고(入家申告)를 하여놓고 부지불각에 향운개를 김부자의 집으로 데려갔더라.

향운개는 아무 말 없이 김부자의 집에서 거처하게 되었는데 향운개는 김부자더러 말하기를,

“나는 유만이를 남편으로 알았더니 유만이가 죽었다 하온즉 석 달만 유만의 복을 입을 터이니 그 동안만 참아 주시면 그 후는 영감의 말씀대로 하오리다.”

하였더니, 김부자는 향운개의 소청을 의지하여 아직 몇 달은 향운개와 동침하지 아니하기로 되었는지라, 김부자의 집에서는 남녀노소 없이 향운개를 *수직(守直)하기를 감옥서에 갇힌 죄인 간수하는 것과 일반이다.

김부자 집에 침모로 있는 김씨라 하는 젊은 부인이 있는데, 당년 이십오 세의 청춘과부라. 얼굴이 어여쁘지는 아니하나 위인은 단정하고 침선범절(針線凡節)이 능란한 계집이라, 자연 향운개와 통사정할만치 가까워졌더라.

하루는 향운개가 침모더러 수작을 한다.

(향) “침모는 청춘에 과부가 되었으나 개가(改嫁)하지 아니하고 정절을 지키니 참 장한 일이요.”

(침) “나는 남편을 얻고 싶지마는 마음에 맞는 사나이를 아직 만나지 못하였어.”

(향) “그러면 이집 주인 영감의 별당마마가 되었으면 어떠하겠소?”

침모이 얼굴은 붉어지며 남부끄러워 하는 기색이 나타난다

(침) “그렇지 아니하여도 내가 이 댁에 침모로 들어온 것은 당초에 이 댁 노마님이 주인 영감의 첩을 삼아 자손을 보려고 데려온 것인데, 주인영감이 첩은 당초에 아니 둔다고 떼치는 까닭으로 첩이 되지

못하고 침모가 되었어요."

　(향) "그러면 내 말대로만 꼭 하면 주인 영감의 별실마마가 될 터이니 그리하여 보겠소?"

　(침) "어떻게 하라는 말씀이요?"

　향운개가 침모의 귀에다 입을 대고 무슨 말을 한참 수군수군 하더니 침모는 고개를 끄떡끄떡하며 하는 말이,

　(침) "그런 일은 잘할 사람이 하나 있으니 염려 마시오."

　그해는 그럭저럭 다 넘어가고 그 이듬해 이월이 되었는데, 김부자는 하루바삐 향운개의 향기 나는 이불을 함께 덮고 잠을 자고 싶어서 애를 부등부등 쓰건마는, 향운개의 마음을 사기 위하여 향운개의 소청대로 지금까지 참아오던 터이라. 향운개의 소청한 기한도 얼마 멀지 아니하였는데, 그달 초파일은 김부자의 부친 제삿날이라. 부잣집 제사라 굉장하게 제사를 *성설(盛設)하는데 집안 사람은 모두 제사 차리기에 분주하건마는, 향운개는 수일 전부터 병이 나서 제사 차리는데 조금도 내어다보지 아니하고 별당에 드러누워 한숨만 쉬고 있다. 김부자가 제사를 다 지내고 제물을 철상(撤床)하려 하는 즈음에 어떤 사람이 바깥으로부터 안마당에 썩 들어서며 김부자를 청하여, 제물을 철상하기 전에 급히 할 말씀이 있다 하거늘, 김부자가 내려다본즉 풍신 좋은 백발노인이라. 의복은 이슬 밭에 쏘다니던 사람같이 휘지르고 손바닥에는 생율(生栗) 친 밤 한 개와 잣 박은 대추 한 개를 가졌더라. 김부자가 괴상한 늙은이라 생각하고 묻는 말이,

(김) "누구시며 무슨 일로 오셨소?"

그 노인이 김부자 더러 잠깐 이리 내려오라 하여 자세히 말을 하는데,

"내가 지금 남강에서 오늘 제사 잡수시는 댁 부친의 혼령을 만났소. 댁 부친의 혼령이 나를 보고 하는 말이…… '우리 집이 여러 대를 내려오던 부자인데 내 아들 대에 와서 부자가 결단나고 집안에 큰 화란이 장차 이르겠으니, 내가 오늘 제사도 잘 먹지 못하고 그 앙화를 면하게 하여주고 싶지마는, 유명이 달라 말할 수가 없으니 당신이 내 아들을 가서 보고 말씀하여 주시오. 가서 말을 하더라도 내 아들이 믿지 아니하기 쉬우니 이것을 가지고 가서 증거를 삼으시오…….' 하고 이 밤 한 개와 대추 한 개를 내 손에다 얹어주신 것이니, 우선 이 밤·대추를 가지고 제상에 진설한 제물을 살펴보시오. 부탁하신 말씀과 전후 사정은 추후로 알게 하리라."

김부자가 그 노인이 주는 밤과 대추를 가지고 제상 앞으로 올라가서 밤 접시와 대추 접시를 살펴본즉, 과연 중간에 한 개씩 빼어낸 자리가 있고, 밤·대추가 다른 밤·대추도 아니오, 정녕히 그 접시에서 빼내인 밤·대추라. 빼어낸 구멍으로 들여다본즉, 밤·대추 고이느라고 둥그랗게 베어서 켜켜이 깔아놓은 백지준이에 무슨 글씨가 있는 듯하거늘, 밤 접시를 내려다가 밤을 쏟고 그 종이를 들고 본즉 글이 있는데 하였으되,

"김가 성을 취하여 아들을 낳으면 대대 영광이 문호를 빛내리라."

또 대추 접시를 재려다가 대추를 쏟고 종이를 본즉 거기도 글이 있는데 하였으되,

"향운개는 전생에 너와 동복이니 취하면 앙화 있으리라."

김부자는 사물에 자상한 사람이라 글씨를 자세히 살펴본즉 먹으로 쓴 것도 아니요, 붓으로 쓴 것도 아니요, 글자 체격(體格)도 이상하여 아무리 보아도 세상 사람의 글씨는 아닌 듯하다. 돌아서서 그 노인을 찾으니 그 노인은 벌써 간 곳이 없고, 그 노인 섰던 자리에는 자기 부친 생전(生前)에 쓰던 벼룻돌이 있는데, 먹을 간 형적이 마르지 아니하였다.

김부자는 원래 효성이 지극한 사람이라 부친 생전에 한 번도 그 부친의 명령을 어긴 일이 없다고 자랑하던 터인데 이번에 이러한 희한한 일을 당하여 어찌 믿지 아니하리요. 당장에 별당으로 가서 향운개를 보고 이왕에 잘못한 일을 사과하는 동시에 남매지의를 맺고, 이튿날 즉시 경찰서에 가서 신고서를 빼고 수일 후에 향운개의 권고를 의지하여 침모를 김부자의 별실로 정하게 되었으니, 이것은 향운개가 침모 김씨의 영리한 행동과 주인의 별실되기를 원하는 마음이 있는 것을 인하여 전후사를 꾸미고 자기 몸을 빼어감이러라.

향운개는 호랑이의 아가리를 벗어났으나, 이 다음에 다시 다른 호랑이 아가리에 또 들어갈는지 알지 못하는 근심이 있는 고로 마음을 결정하고 멀리 일본 동경으로 건너가서 고생도 무수히 하다가 *반연(絆緣)을 얻어 적십자사 병원의 간호부가 되었더라.

때는 마침 구라파에 큰 전쟁이 일어나 *덕국(德國)과 *오국(墺國)
두 나라가 *영국·법국(法國)·아라사에 대하여 선전을 포고하고 싸
움을 시작하니 일본은 영국과 동맹지국이라 일본도 역시 전쟁에 참
예하여 덕국과 싸우게 되었는데 일본의 *막막강병(莫莫强兵)이 청도
(靑島)를 에워싸고 덕국 군사와 죽기를 결단할 때에, 부상한 군사와
병든 군사를 구호하기 위하여 적십자사 병원이 청도 *공위군(攻圍軍)
있는 땅에 설시되고, 간호부도 많이 가게 되었는데, 향운개도 역시
자원하여 전지(戰地)에 향하였도다.

강씨부인이 그 아들 유만이를 교육하기 위하여 비상한 곤란을 무
릅쓰고 천하고 힘드는 일을 모두 하여가며 학비를 대어 준 공덕이
적지 아니하여 학교를 우등으로 졸업하였나, 그 학교를 졸업하기 전
에 강씨부인이 병이 들어 *수삭(數朔)을 꼼짝 못하는 동안에 학비를
댈 수가 없는 고로 학교 교장이 그 사정을 짐작하고, 또 유만의 위인
이 똑똑하고 근실함을 가상(嘉尙)히 여기던 터에 유만이 졸업기한도
얼마 남지 아니하였으므로, 학교에 드는 비용은 자기가 대어주기로
하고 식사와 의복은 교장의 친구 이등대좌에게 의탁하게 되었는데,
이등대좌가 유만이를 자기 집에 두고 지내본즉 마음에 대단히 합당
하여 학교를 졸업한 뒤에 동경으로 보내어 공부를 시킬 작정이었으
나 유만이가 그 혼자 사는 모친을 멀리 떠나지 못하겠다는 사정을
인연하여 졸업한 뒤에도 아직 자기 집에 두었더니, 유만이가 낮에는
이등대좌의 집에 있어 심부름도 근실히 하고 집안일도 보살펴주며

밤이면 야학을 근실히 하여 청국말을 배웠더라.

그 후에 이등대좌는 동경 참모본부로 이직(移職)이 되었다가 청도 공위군의 사령관이 되었는데 유만이가 청국말을 능란히 하게 됨을 생각하고 불러들여 *통변(通辯)으로 데리고 함께 전지(戰地)로 가서, 유만이는 항상 사령부 안에 있어서 청국 사람과 관계되는 일에 대하여는 혼자 통변하는 노무를 가지게 되었더라.

그때 향운개는 적십자사 병원에서 모든 간호부보다 출중하게 간호 사무를 보는데, 이왕 사오 년 동안을 동경에서 있었는 고로 언어·행동이 조금도 내지(內地) 여자와 다름이 없고 이름조차 내지인의 성명과 같이 부르게 되었으니, 글자로 쓰면 향운개자(香雲介子)라 쓰고 다른 사람들이 부르기는 <가구모상>(香雲樣), 혹은 <오스께상>(御介樣)이라 부르더라.

수만 명 군대 중에 향운개자의 이름이 사람의 입으로 오르내린, 첫째는 얼굴이 절묘하여 절대미인(絶對美人)이라 하는 말이요, 둘째는 향운개자가 사무에 능란하고 기운차게 일을 잘하며 부상한 병정을 간호하는 데 제일 친절하다는 말이라. 병든 군사가 한번만 향운개자의 간호함을 받으면 병이 곧 낫는 듯하고, 총 맞은 상처에도 향운개자의 손을 대면 아프지 아니한 듯하므로 향운개자의 손으로 여러 천명 군사를 살려낸 터이라.

청도 함락은 금일 명일 하는데 덕국 군사는 독안에 든 쥐와 같이 철통같이 에워싸인 중에도 대포를 놓는다, 총을 놓는다, 비행기를 타고 공중에 올라가서 폭발탄을 던진다 하여 마음 놓을 수는 없는 터이라.

하루는 밤중에 별안간 벽력소리가 나면서 사령부 근처에 폭발탄이 떨어져 여러 사람이 중상하였다 하더니, 상한 사람을 병원으로 메어온다. 메어온 사람 중에 조선 사람 하나가 있으니 성은 최가요 이름은 유만이라.

향운개자는 분주불가하여 정신없이 돌아다니며 치료에 종사하다가 조선 사람이라 하는 말을 듣고 더욱 반가와서 정성껏 간호하다가 성명 쓴 종이를 본즉 최유만이라 하였거늘, 얼굴빛이 파래지며 일신이 떨리고 정신이 아득하여 그 자리에 엎드려졌다.

최유만이는 죽었는지 살았는지 기색(氣塞)하여 아직 피어나지 못한 사람이라. 향운개자는 한참 지난 후에 정신을 차려 일어나서 최유만의 얼굴을 들여다본즉 이별한 후 근 십 년이 되었는 고로 진가(眞假)를 알 수 없으나, 비슷하다 하는 관념은 가슴 속에 품어 있어 극진 정성으로 간호하더라.

공진회 구경 마당에서 외따로 떨어진 나무 그늘 밑에 다수 사람들이 모여서서,

"참 반갑구나, 이 문둥아. 그 동안 어디 갔던고!"
하고 떠드는 사람들은 진주에서 올라온 늙은 기생 젊은 기생들이요, 그 인사를 받는 사람은 향운개와 강씨부인과 최유만이라.

인력거꾼(人力車軍)

해는 거의 서산에 넘어가고 겨울바람은 냉랭하여 남의 집 행랑채에 세로 들어, 하루 벌어 하루 먹는 노동자의 여편네가 쌀은 없고 나무 없어 구구한 살림살이 애만 부등부등 쓰는 이때에 새문 밖 냉동 좁은 골목 막다른 집 행랑 한 간 방에 턱을 고이고 수심 중에 앉아서 혼잣말로 한탄하는 여편네가 있으니, 그 남편은 *병문친구(屛門 親舊)들이 부르기를 김 서방이라 하고, 김 서방은 본시 양반의 자식으로 가세가 타락하여 할 수 없이 남의 집 행랑채를 얻어 들고 병문에 나가서 지게벌이도 하며, 남의 심부름도 하여, 하루 벌어다가 겨우 연명하는 터인데, 김 서방의 위인이 술을 좋아하여 하루라도 술을 못 먹으면 병이 되는 듯하다. 술만 먹으면 한두 잔은 평생 먹어본 일이 없고 소불하(小不下) 수십 잔이나 먹어야 겨우 갈증이나 면하는 모양이라. 그러하므로 매일장취(每日長醉) 술만 먹고 살림을 돌보지 아니하는도다. 사나이가 살림을 돌보지 아니하면 그 여편네는 물을 것 없이 고생하는 법이라.

김 서방의 아내는 *일구월심 속이 타고 마음이 상하여 하루 몇 번 죽을 마음도 먹어보았으며, 도망하여 다른 서방을 얻어 살 생각도 하여보았지마는, 오늘 이때까지 있는 것은 그 본심이 상스럽지 아니하고 얼마쯤 장래의 희망을 가지고 있는 터이라.

이 날도 김 서방의 아내는 쓸쓸한 방안에 혼자 앉아서 배가 고파도 밥 지을 양식이 없고, 방이 추워도 불 땔 나무가 없이 바느질만

종일 하다가 이따금 두 손을 입에 대고 호호 불며 발가락을 꼼작꼼작 꼼작이며 한숨만 쉬고 들창에 비취는 햇빛만 바라보더니 혼잣말로,

"애고, 벌써 해가 다 갔네. 저녁밥을 어떻게 하나……. 오늘은 얼마나 술을 자시기에 이때껏 아니 들어오시노……?"

이때에 문을 박차고 들어오는 사람은 김 서방이라. 날마다 보는 모양이라, 대단히 취한 술 냄새와 방문턱을 못 넘어서고 드러눕는 그 거동을 그 여편네는 별로이 이상히도 생각하지 아니하고 하는 말이,

"그런데 쌀도 조금 아니 팔아가지고 들어왔으니 저녁은 어떻게 하라오?"

"아! 쌀이 조금도 없나, 응? 나는 밥 생각이 없어."

그 여편네는 아무 말 없이 돌아앉아서 눈물이 그렁그렁. 김 서방의 아내는 얼굴이 동그스름하고 미목이 청수한 중에 과히 어여쁘지는 못하나, 성품이 순직하고 태도가 안존(安存)하여 아무가 보아도 밉지 아니하다. 스물 두 살이나 세 살쯤 되었는데 모양은 조금도 내지 아니하고 생긴 본바탕대로 그대로 있어 어디인지 귀인(貴人)성스러운 자태가 드러난다. 김 서방은 술기운에 걱정 없이 드러누워 씨익씨익 잠을 자는네 그 아내는 혼자 앉아서 등불만 보고 정신없이 무슨 생각을 하고 이따금 한숨도 쉬며 세상이 귀치않게 생각하는 모양이라.

'제에길할 것, 내버리고 달아나서 좋은 남편 만나가지고 살아볼까.

어디 가기로 이렇게야 고생할라구? 아니 아니, 그렇지도 못하지. 귀밑머리 맞풀고 만난 남편을 어떻게 내버리고 어디를 가나……. 고생을 하면서도 잘 공경하고 살아가면 자기도 지각이 날 때가 있겠지. 종시 이러하거던 죽어버리지.’

저녁밥도 못 먹고 곤한 몸이 밤 깊도록 앉아서 한숨으로 그 밤을 보내다가 드러누워 잠을 자려 한즉, 이런 생각 저런 생각, 눈이 더욱 말뚱말뚱, 잠은커녕 아무 것도 아니 온다. 불도 끄지 아니하고 혼자 고생고생 할 때에 씩씩거리고 잠을 자던 그 남편이 벌떡 일어앉으며,

“아이고 목말라라. 물 좀 주어, 물 좀.”

추위가 이를 데 없는 그 밤에 문을 열고 나가서 물을 따주니 꿀덕꿀덕 한 대접 물을 다 먹고 한참 드러누웠더니 하는 말이,

“여보게, 자네 저녁밥 먹었나?”

그 아내는 아무 대답도 아니 하고 고개를 푹 숙이고 눈물만 그렁그렁하다.

“응, 못 먹은 것이로고, 아, 내가 잘못하였지. 그놈의 술집이 웬수야.”

이때에 그 아내가 무엇을 감동하였는지 정색하고 돌아앉아 그 남편을 보고 하는 말이,

“여보시오, 술집이 무슨 웬수요? 당신이 오늘 나와 약조를 합시다. 우리가 일생을 이대로 지낸단 말이오? 평생을 이렇게 가난하게만 고생으로 살 것 같으면 차라리 지금 죽어 버립시다. 당신도 사람이오

나도 사람이지. 아까 집주인이 방 내놓고 어디로 나가라고 사설(辭說) 하던 일과, *일수(日收) 놓은 오생원이 돈 내라고 구박하던 일과, 쌀 가게의 외상 쌀값 스무 냥 내라고 욕설하던 일을 생각하면 저녁거리 가 있은들 밥이 어찌 목구멍으로 넘어간단 말이오? 당신이 내 말을 들으시지 못할 것 같으면 나는 오늘밤이나 내일 아침에 자결하여 죽 겠소."

말을 그치고 앉았는 모양이 엄숙하고 무섭도다. 김 서방은 아내의 정당한 말에 할 말이 없어서 일어앉아서 팔짱을 끼고 고개를 숙이고 잠잠히 있는데 그 아내는 다시 말하기를,

"우리 집안이 그전에는 그렇지 아니하던 집으로 오늘 날은 떨어져 서 이 지경이 되었으니 어떻게 하든지 돈을 모아 집을 성가(成家)하 여 남부럽지 아니하게 살아 보아야 할 것 아니요. 또 삼촌이 잘 살면 서 자기 조카를 구박하여 죽이려 하고, 나중에는 내어 쫓은 일을 생 각하면 우리가 이를 갈고 천하고 힘 드는 일이라도 아무쪼록 벌이하 여 돈을 모아 분풀이를 하여야 할 것 아니오이까. 그까진 술 좀 아니 자시면 어떠오? 내가 무슨 저녁밥을 좀 못 먹어서 분하겠소……?"

말을 다하지 못하여 목이 메어 눈에는 눈물이 핑 돈다. 한참 동안 을 두 내외가 아무 말도 없이 앉았더니, 김 서방이 컨진스럽게 하는 말이,

"자네 말을 들으면 그러한데, 아 술집 앞으로 지나면 술 냄새가 자 꾸 나를 잡아당기는 것을 어떻게 하여?"

그 아내가 이 말을 듣더니 눈물은 어디가고 빙긋 웃는다.

"여보, 당신이 집안일을 생각하면 술 냄새가 비상 냄새 같을 것이오. 시아버님이 약주를 과히 잡수시다가 끝에는 술 취하여 깊은 개천에 떨어져서 골병들어 돌아가시고, *요부(饒富)하던 재산이 다 술로 하여 없어졌으니, 술이 당신에게는 비상이오. 그러한즉 여보, 내가 아까 당신과 약조합시다 한 것은 당신이 삼 년 동안만 술을 끊고 부지런히 벌이하여 봅시다 하는 말이오. 세상에 술 아니 먹고 부지런하면 못살 이치가 어디 있겠소? 당신이 만일 못하겠다 하면 나는 죽을라오."

김 서방이 머리를 득득 긁더니 손톱에 끼인 시커먼 머리때를 엄지손톱으로 바람벽에다가 탁탁 튀기면서,

"어디 그렇게 하여볼까? 그래, 술 아니 먹으면 부자 될까?"

아내가 허허 웃으며,

"술 아니 먹는다구 부자 될 리가 있겠소? 술을 끊고도 부지런하여야지. 자, 그러면 밝는 날에는 인력거 한 채 세내 가지고 인력거를 끌어서 하루 스무 냥을 벌든지 쉰 냥을 벌든지 나한테만 맡기시오. 나도 바느질도 하고 남의 집 일도 하여 다만 한 푼씩이라도 돈을 모고 살 터이니."

김 서방이 가만히 생각하더니 별안간 하는 말이,

"그러세! 제길, 술 먹으면 개자식일쎄."

(이 책을 기록하는 이 사람이 김 서방 부인에게 감사할 말 한마디

가 있도다. 이 책 보는 세상의 모든 군자들이여, 김 서방 부인의 '술 끊고도 부지런하여야지'하는 말한 구절을 기억할지어다. 이것이 치부의 비결(致富秘訣)인가 하노라.)

김 서방 내외의 이론이 일치하여 장래에 부자 되고 잘 살 이야기로 그럭저럭 밤을 새우고 날이 밝으매 그 아내가 머리에 꽂은 귀이개를 빼어가지고 전당포에 가서 돈푼이나 얻어가지고 구멍가게에서 파는 쌀 서너 웅큼을 팔아다가 부엌 구석의 *검불을 닥닥 긁어 밥을 지어먹은 후에 김 서방은 인력거 세 얻으러 나간다.

술집 앞을 지나면 억지로 고개를 외로 두고 술집을 아니 보려 하지마는, 고개만 외로 틀었지 눈은 저절로 술집으로 간다. 이때에 어떠한 사람이 술집에서,

"한잔 더 부오!"

하는 소리가 나며 술 냄새가 김 서방의 코를 찌르니 김 서방이 깜짝 놀라며 두 손으로 코를 싸쥐고 달음박질하면서 하는 말이,

"아이고 비상 냄새야!"

종일 헤매다가 해질머리에야 겨우 인력거 한 채를 세 얻어가지고 돌아오니, 그 아내는 벌써 저녁밥을 지어놓고 기다리거늘, 두 내외가 저녁밥을 먹은 후에 지난밤에 조금도 잠을 자지 못한 까닭으로 졸음이 와서 못 견디어 어둡기 전부터 잠을 잔다. 김 서방이 하는 말이,

"여보게, 나는 늦도록 잠자기 쉬우니 내일 새벽에 어둑한 때에 나

를 깨우게. 종현 뾰죽집의 종칠 때에 곧 깨우게. 새벽부터 일찍이 나가서 벌어야지."

그 여편네는 그 남편이 술을 끊고 이렇게 부지런한 마음이 생긴 것만 좋아서 그러마 하고 허락하고, 두 내외가 전보다 유별나게 정 있어 드러누워 장래에 부자 될 꿈이나 꾸었는지,

종현 뾰죽집 종소리가 새문 밖 김 서방의 마누라의 꿈을 깨워 잠든 귀를 떵떵 울리니, 김 서방의 아내가 잠결에 깜짝 놀라 일어앉아 불을 켜고 그 남편을 깨운다.

"여보, 일어나오, 지금 종 쳤소. 창이 환하게 밝았나보. 예, 어서 일어나오."

곤하게 잠을 자던 김 서방이 벌떡 일어나며 혼잣말로 하는 말이,

"잠든 지가 얼마 아니되는 듯한데 벌써 밤이 새었나? 아이고 졸리어."

그 아내가 물을 데워서 찬밥과 함께 소반에 받쳐다가 김 서방의 앞에 놓으니 물만 조금 마시고 수건으로 귀를 싸매고 인력거를 끌고 나간다.

설상(雪上)에 부는 바람은 몸이 떠나갈 것 같고 노변에 깔린 얼음은 발목이 빠질 듯하다. 추위가 하도 지독하고 바람이 하도 몹시 불어 지나다니는 사람 하나도 없고 천지가 쓸쓸한데 김 서방은 인력거채를 가슴 위에 얹고 큰 거리에 나가서 인력거 주차장(駐車場)에 인력거를 놓고 두루마기로 몸을 싸고 앉았으니 밤은 밝지 아니하고 점

점 더 어두워간다. 김 서방은 혼잣말로 중얼거린다.

"일기가 하도 지독히 추워서 지나다니는 사람이 없으니까 다른 동무들은 그저들 아니 나오나? 이것이 웬일인고 아무리 보아도 새벽 같지 아니하고 초저녁 같으니 웬일인고? 인력거 탈 손님은 오든지 말든지 밤이나 어서 밝아야 할 터인데. 천지가 조용한데 나 혼자 여기서 이게 무슨 청승인가, 내가 도깨비한테 홀리었나? 종쳤다고 한지가 벌써 두 시간이나 지내었을 요량인데, 여태 밝지 아니하니 아마도 마누라가 다른 소리를 종치는 소리로 알고 깨운 것이나 아닌가? 이제밀, 졸리기는 퍽도 졸리네. 눈을 뜰 수가 없이 졸리네, 어찌된 셈이야? 내가 아무리 하여도 무엇에게 홀린 것이로고…… 이렇게 졸린 것 보았나, 여기서 잠을 잤다가는 *강시(僵屍) 할 걸…… 눈을 집어서 얼굴을 씻으면 잠이 달아나겠지."

이렇게 혼자 구성구성하면서 그 옆의 언덕 위로 올라가서 길가로 쌓인 눈을 한 주먹 집어서 얼굴을 씻으려 하더니 무엇에 놀랐는지 깜짝 놀라며 머리끝이 쭈뼛하여진다.

이때 그 아내는 남편이 나간 후로, 저렇게 바람이 불고 저렇게 추운데 남편을 내어 보내고 마음이 미안하여 잠도 아니 자고 앉았는데 소레지 아니하여 밝으려니 하고 밝기만 기다리되 두무지 아니 밝는도다. 가만히 생각한즉 잠든 지가 얼마 아니 되었는데 뾰죽집의 종소리는 정녕히 들었는지라, 초저녁 일곱 시 반에 치는 종소리를 잠결에 듣고 새벽인 줄 알고 그 남편을 깨워 보내었도다. 다른 날 같으면 초

저녁 이때 즈음에 사람들이 많이 지내어 다닐 터이지마는, 이날은 풍세가 대단하고 추위가 지독하여 길에 다니는 사람이 하나도 없다.

그 아내는 자기 남편을 잠도 못 자게 공연히 깨워 보내서 추운데 떨고 있을 생각을 하고 더욱 마음에 미안하여 도로 들어오기만 기다린다.

별안간 문을 두드리는 소리가 야단스럽게 나면서 무엇에게 쫓겨오는 사람 같이 문 열라는 소리가 연거푸 숨차게 난다. 나가서 문을 열어주니 김 서방이 인력거는 문 앞에 내던지고 뛰어들어와 신발도 벗지 아니하고 방으로 들어가서 헐레벌떡거리며 숨이 차서 말도 못하거늘, 그 아내는 눈이 휘둥그래서,

(처) "아, 이제 웬일이오? 글쎄 왜 이러하오?"

(김) "여보게, 문 열 때에 내 뒤에 아무도 쫓아오지 아니 하던가?"

(처) "쫓아오기는 누가 쫓아와요?"

(김) "아이고 숨차. 정녕히 아무도 아니 쫓아오던가?"

(처) "쫓아오는 사람 없어요?"

(김) "누가 내 뒤를 쫓아오는 듯하던데?"

(처) "아, 그래서 이렇게 야단이오? 신발이나 좀 벗으시오."

(김) "아니여, 이것 보아. 내가 하도 졸리기에 길옆에 쌓인 눈을 집어서 얼굴을 씻으려 한즉 눈 속에서 이것이 집혀서 깜짝 놀랐어."

(처) "그것이 무엇이오?"

(김) "문 단단히 잠갔나? 누구 들어오리. 인제는 우리 부자 되었

네."

　(처) "글쎄 문은 단단히 걸었소. 그것이 무엇이라는 말이요?"

　(김) "이것이 지전 뭉치여. 얼마나 되는가 좀 세어보아야."

　이상스러운 색 보자기에 똘똘 뭉쳐싸고 또 그 속에는 신문지로 한 겹을 쌌는데, 십 원짜리·일 원짜리 지전과 오십 원·이십 전 은전이라. 김 서방이 지폐를 들고 세어 보려 하나 손이 떨려서 세지를 못하고 지폐를 들고 성주대를 내리는 모양이라. 그 아내가 물끄러미 보고 있다가,

　"이리 주시오. 내가 세리다."

하고 십 원 지폐 이백 장, 오원 지폐 삼백 장, 일 원 지폐 오백 장, 은전 삼십 이 원 오십 전, 모두 사천 삼십 이 원 오십 전이요.

　김 서방이 사천 원을 당오(當五)풀이로 풀어보더니,

　"이십만 냥일세그랴! 단 만 냥 하나를 손에 만져보지 못하였는데 이십만 냥, 참 엄청난다. 여보게 마누라, 이것 가졌으면 자네도 고운 옷 좀 하여 입고 나도 술 좀 먹고 그리하고도 넉넉히 살겠지?"

　그 아내가 한참 생각하고 아무 말도 없다가 그 남편의 얼굴을 물끄러미 보더니 하는 말이,

　(처) "여보, 그 돈을 그대로 쓰시려오? 이 돈을 잃어버린 사람은 오죽 원통하여 하겠소?"

　(김) "별 제―밀 붙을 소리를 다 하네. 내 복으로 내가 얻은 돈인데 그럼 아니 쓰고 무엇하여?"

그 아내가 감히 남편의 말을 항거하지는 못하고 한참동안을 잠잠히 앉았더니,

"여보 지지난 밤에도 잠 한숨 못자고, 오늘밤에도 잠을 못 자서 졸리어 죽겠으니, 이 돈은 내게 맡기고 편히 잡시다."

이틀 밤이나 잠을 못 자서 곤한 김 서방이 꿈결같이 지전 뭉치를 얻어서 어찌 좋은지 잠잘 생각도 없지마는, 그 돈을 아내에게 맡기고 이불을 쓰고 드러누워 눈을 감고 내일부터 돈 쓸 생각에 그 밤을 다 보내고 다 밝기에 잠을 들어 오정 때까지나 정신 모르고 잠을 자다가 이웃집 어린 아이들 장난하다가 싸우고 우는 소리에 깜짝 놀라 잠을 깨어 벌떡 일어나서 세수도 아니 하고 곰방대에 담배 담아 왜성냥에 피워 물고 그 근처에 사는 친구들을 경사나 있는 듯이 청하여 가지고 술집으로 들어가서 모두 술을 먹이고 저도 취하도록 먹을 때에 술집 주인이 술값이나 못 받을까 염려하여 술을 잘 아니 주려고 한즉 김 서방의 하는 말이,

"구차한 사람은 일상 구차한 줄 아는가? 이따 우리집으로 오면 전후 술값 다 셈하여 줄 터이니 걱정 말고 술 부으라니."

곰방대 든 왼손으로 바른팔의 토시를 어깨까지 치키면서 고성대담으로 의기양양하여 예전 모양과 딴판이라. 눈이 게슴츠레하여 하늘인지 땅인지 분별하지 못하도록 잔뜩 취케 먹은 후에 길을 휩쓸고, 갈짓자 걸음이라더니, 이것은 강남 갈짓자 걸음으로 간신히 집에 와서 방에도 미처 못 들어가고 문지방에 걸쳐 누워 정신없이 잠들었다.

그 아내가 간신히 끌어다가 아랫목에 뉘었더니 해가 저물어도 깨지 아니하고 밤이 깊어도 깨지 아니하고, 그 이튿날 늦은 아침때 비로소 일어나서 얼굴 씻고 밥을 먹고 가만히 생각하니 어젯일이 맹랑하다. 돈 얻은 일과 술 먹은 일만 생각이 나고 그 외에는 며칠이나 잠을 잤는지 술 먹고 어떻게 집으로 돌아왔는지, 전연히 알 수 없도다. 그 아내더러 묻는 말이,

"여보게, 내가 며칠이나 잠을 잤나? 어떻게 잠을 잤는지 정신이 하나 없네."

그 아내가 하는 말이,

"인력거 세 얻어오던 날 해지기 전부터 잠자기 시작하여 어젯날 점심때에 일어나서 술 먹으면 개자식이라는 맹세는 어찌하였든지 일어나는 길로 세수도 아니 하고 바로 나가서 술을 얼마나 자셨기에 그렇게 취하여 들어오셨소? 지금이야 일어났으니 잠도 무던히 잤지마는 어저께는 어찌하여 외상술을 그렇게 많이 자셨소? 어저께 술값이 일백 팔십 냥이라고 술집주인이 와서 집에 돈이 있으니 전후 술값을 다 셈하여 주마 하였다고 왜 돈 두고 아니 주느냐고 사설하고 갔소. 무슨 돈이 집에 있다고 술값 받으러 오라고 하였읍더니까? 집에 돈을 두었는지 어쨌는지 나는 알 수 없으니 술 깨거던 와서 받아가라 하여 보내었소. 필연코 조금 있다가 또 올 것이오."

김 서방의 하는 말이,

"왜 그 돈 어찌하였나? 그 속에서 내어주지그랴."

그 아내가 새삼스러이 하는 말이,

"그 돈이 무슨 돈이오? 어느 때에 나를 돈 주었소?"

김 서방이 의아하여 말하기를,

"길에서 얻은 지전뭉치, 왜 자네가 그때 세어보지 아니하였나? 그래서 사천 삼십 이 원 오십 전, 당오풀이로 이십만 냥 자네에게 맡기고 자지 아니하였나 왜?"

그 아내가 이 말을 듣더니 어이없고 기가 막히어,

"아, 당신이 꿈을 꾸었소? 언제 어느 때에 지전뭉치를 얻어가지고 왔소? 나는 지전커녕 종이 조각도 못 보았소. 잠을 그만치나 잤으니까 꿈도 많이 꾸었겠지."

김 서방이 이 말을 듣더니 하도 기가 막히어 말 한마디 못하고 잠잠히 앉았더라. 그 아내도 아무 말 없이 앉았더라.

한참동안을 두 내외가 아무 말 없이 앉았더니 김 서방이 입맛을 다시면서 묻는 말이,

"그래 돈 얻은 것은 꿈이고 친구 데리고 술 먹은 것은 생시라는 말인가? 꿈에 돈 얻어 가지고 생시에 외상술을 먹었으니 술값을 어떻게 하나? 응, 입맛 쓰다."

어느 사람이든지 게으른 사람은 못 살고 부지런한 사람은 잘 사느니, 벌기는 적게 하고 쓰기는 많이 하여 술 먹고 노는 사람 평생이 간구(艱苟)하고, 부지런히 벌이하여 적게 쓰고 많이 모아 다만 한 푼

이라도 돈을 모아두는 사람은 아무리 하더라도 굶든 아니하는지라.

새문밖 김 서방도 일하기 싫고 술 먹기 좋아하여 자나깨나 생각하기를, 저절로 돈이 생기어 술이나 매일장취 먹었으면 이 위에 더할 낙이 없을 터인데 저절로 돈 생길 도리가 어디 있으리요. 어느 부처님이 지나가다 지전뭉치나 길에 빠뜨려서 다른 사람 보기 전에 내가 먼저 얼른 집어 한구석에 감추어두고 남 모르게 꺼내어 쓰면, 술 먹고 싶은 때에 술 먹고 옷 해입을 때에 옷 하며 입고 마음대로 하였으면 좋겠다고 항상 생각하던 차에, 꿈인지 생시인지 이십만 냥 돈을 얻어 좋아라고 하였더니, 술 먹은 것은 적실(的實)하고 돈 얻은 것은 꿈이 되어 좋은 일이 허사로다.

가만히 생각한즉 하도 맹랑하고 하도 어이없어 목침 베고 드러누우니 일신이 찌뿌드듯하다.

이리하여서는 아니 되겠다고 그날부터 부지런히 인력거 벌이할새, 새벽에 나가서 저녁까지 술도 아니 먹고 용돈 과히 아니 쓰고 한 냥을 벌든지 열 냥을 벌든지 집으로 가지고 가서 마누라에게 맡겨두고, 밥을 조금 많이 담아도 쌀 많이 없어진다고 말을 하며, 반찬을 조금 잘하여 놓아도 용돈 과히 쓴다고 잔말을 하며 아무쪼록 적게 쓰고 아무쪼록 많이 모으려 하며, 벌이를 할 때에도 동리사람에게 신실하게 보이고 동무에게 밉지 아니케 굴어 다른 인력거꾼은 열 냥 받고 다니는 데를 김 서방은 일곱 냥이나 여덟 냥을 받고 다니며 힘을 들여 인력거를 끄니, 동리 양반들이 인력거를 탈 일이 있으면 김 서방을 부르고, 심부름을 시킬 일이 있더라도 김 서방을 찾아서 그 신실하고 튼튼한 것을 어여삐 보아 삯전도 많이 주고 행하도 후히 하여, 일 년 지나 빚 다 벗고 이태 지나 인력거 사고 삼년 지나 돈 모았다.

김 서방이 이렇게 부지런히 벌이하고 열심히 돈을 모으려 하고 신실하게 일을 하려고 할 때에 그 아내도 또한 바느질하며 남의 집일도 하여 밥도 더러 얻어다가 끼니를 에우고, 반찬도 더러 얻어다가 남편을 *공대(恭待)할 새 그럭저럭 삼사 년이 지내었더라.

섣달그믐께는 새해를 맞으려고 사람마다 분주하여 빚 받으러 다니는 사람도 있고, 빚에 쫓겨 피신하는 사람도 있고, *세찬(歲饌)에 *봉물(封物)에 오락가락 세상이 번화한데, 어떠한 집에는 흰떡하고 인절미하고 차례 차리느라고 야단법석하며 어떠한 집에는 아이들 설빔 하나 못해주고 돈이 없어 쩔쩔매는 집도 있도다.

김 서방도 이삼 년 전에는 섣달그믐을 당하면 술값이니 쌀값이니 일수·월수 돈에 몰려 쫓겨 다니느라고 과세도 변변히 잘못하더니, 금년부터는 형세가 늘어서 집안이 넉넉하여 빚 한 푼 갚을 것 없고, 쌀 한 되 취한 데 없다. 김 서방이 동리 양반에게 세찬 *행하를 많이 얻어 가지고 집으로 들어가니, 그 아내는 과세하려고 흰떡을 하며 만두를 하며 혼잣몸이 분주한지라, 방으로 들어가서 심심히 앉았다가 장롱을 열고 보니 어느 틈에 벌써 두 내외의 입을 설빔 의복을 다 하여놓았더라. 김 서방의 입이 떡 벌어져서 혼자 빙긋 웃고 마음에 좋

아라고 잠깐 앉았다가 다시 일어서서 바깥으로 나와서 그 아내의 하
는 일을 거두쳐주며 이야기하는 말이,

"여보게 마누라, 이번 설에는 내 마음이 참 좋아. 재작년 설만 하
여도 우리가 남의 빚에 쫓기어 고생을 좀 많이 하였나? 술집 늙은이
가 술값 받으러 왔을 때에 돈은 없고 할 수 없어 내가 이불 개어놓은
뒤에 가서 자네 행주치마를 쓰고 숨었더니, 술집 늙은이가 자네더러
옥신각신 말하다가 나 숨은 데를 의심하였던지 늙은이가 하는 말
이……'에고 이상하여라. 저 이불 위의 행주치마가 왜 꿈지럭꿈지럭
하여?……' 하는 소리에 떠들어볼까 하여 가슴이 두근두근하였네. 그
때 만일 그 늙은이가 떠들어보았으면 내 모양이 어찌될 뻔 하였어?
지금 생각하여도 우습고 기막히지, 하하하!"

일을 다 한 후에 저녁밥을 차려가지고 방으로 들어가서 재미있게
먹은 후에 그 아내가 하는 말이,

"우리가 삼년 전보담은 형세가 늘어서 굶지 아니하고 넉넉하게 살
며 명절을 재미있게 잘 세는 것은 당신이 술을 끊고 부지런히 벌이
한 까닭인데, 그 동안에 백사를 절용(節用)하여, 쓸 것을 아니 쓰고
돈을 모아 지금은 어지간히 많이 모였소. 얼마나 되는지 시원하게 세
어보시려오?"

김 서방도 본래 자세히 알지 못하여 궁금하던 터이라 속마음으로
인력거나 두어 채 사서 다른 사람에게 세로 줄 만한 돈이나 모였는
가 생각하고 기꺼이 대답한다.

"그것 참 좋은 말일세. 아마 돈천이나 모였겠지. 당오 만 냥만 되어도 걱정 없겠는데."

그 아내가 벌떡 일어서서 장롱 안에서 무슨 뭉치를 두 손으로 무겁게 들고 꺼내어다가 김 서방 앞에 놓으며 하는 말이,

"이것을 세어보니까 모두 사천 삼백 원이니 당오풀이로 이십 일만 오천 냥입데다."

김 서방이 깜짝 놀라며,

"웬 돈이 이렇게 많이 모였나?"

그 아내는 온순한 태도로 조용히 말하되,

"오늘은 내 죄를 용서하여 주시오. 내가 남편에게 죄를 많이 지었소. 당초에 당신이 인력거를 끌고 나가서 지전뭉치를 얻어가지고 들어오셔서 그 이튿날 벌이할 생각은 아니하고 그 전날 밤에 약조한 말과 맹세한 말은 모두 잊어버리고 술 자시기를 시작하시기에, 하릴없이 당신을 속이고 당신 술 취한 것을 이용하여 꿈으로 돌려보내고 그 지전뭉치를 경찰서로 가지고 가서 모든 사정 말을 하고 임자를 찾아주라 하였더니, 경찰서에서 광고를 붙이고 지전 잃은 사람을 사면으로 찾으나 돈 임자가 나서지 아니하는 고로 수일 전에 나를 부르기에 내가 경찰서에 갔더니, 경찰서장이 그 지전뭉치를 내어주며, 이 돈은 삼 년이 지내어도 임자가 나서지 아니한즉 네게로 내어주노니, 그것 가지고 잘 살아라 하옵기 대단히 놀랍고 고마워서 가지고 나왔으나 그동안 삼 년이나 당신을 속인 일이 여편네 된 도리에 대

단히 죄송하오니 용서하시오. 경찰서에서 내어주신 돈이 사천 삼십
이 원 오십 전이오, 그 나머지는 그 동안 우리가 모은 돈이오."

김 서방은 그 아내의 말만 듣고 잠잠히 앉았더니 별안간 하는 말
이,

"아니여, 이것이 또 꿈이로군. 내가 또 지금 꿈을 꾸는 것이야."

그 아내는 김 서방의 하는 말이 한편으로는 딱하기도 하고, 한편
으로는 또 김 서방이 돈 많은 것을 보고 도로 예전 마음이 생기어 술
이나 먹고 게을러질까 염려하여 엄연한 태도로 말을 한다.

"아니오, 꿈도 아니고 정말인데, 인제는 이것 가졌으면 전답 사고
추수하여 *존절히 쓰고 먹으면 구차치 아니 하게 살 터이니 우리가
더욱 마음을 굳게 먹고 규모를 부려가며 잘 사십시다."

김 서방은 한참 동안이나 말이 없더니 눈에 눈물이 핑 돌면서 하
는 말이,

"내가 오늘 이러한 기쁘고 좋은 말하게 된 것은 모두 자네 덕일세.
마누라가 그때에 그렇게 아니하였더라면 나는 그 돈을 다 썼을 터이
오. 구차한 놈이 별안간 돈 잘 쓰는 것을 경찰서에서 가만히 있을 리
가 있는가? 징역은 갈데없이 하였을 것이오. 또 오늘 이렇게 돈이 남
을 수기 있었겠는가? 자, 나는 부자 되었다고 마음 놓을 수는 없으니,
돈은 다 자네가 가지고 논도 사고 땅도 사게. 나는 인력거 벌이는 내
어버리지 못하겠네……."

김 서방은 인력거를 끌고 병문으로 나아간다.

공진회를 개최한다는 소문이 있더니, 서울서 공진회 협찬회가 조직이 되었는데, 공진회는 총독 정치를 시행한 지 다섯 해 된 기념으로 하는 것이라 하는 말을 김 서방의 내외가 들었던지, 경찰서에서 돈을 내어 준 것을 항상 고마워하고 총독정치의 공명함을 평생 감사하게 여기던 터이라 공진회 협찬회에 대하여 돈 이백 원을 무명씨로 기부한 사람이 있는데, 이 무명씨가 아마 김 서방인 듯하다더라.

시골노인 이야기(地方老人談話)

벼루에 먹을 갈고 한 손에 붓대를 잡고 또 한 손에는 궐련초(卷煙草)에 불을 달어 입에다 대었다 떼었다 하는 동안에 입으로 궐련초 연기만 후후 내불고 앉았는데 별생각이 아니 난다. 붓방아만 찧고 있다가 궐련초는 재떨이에 내던지고 붓은 책상 위에 내던지고 벌떡 일어나서 두루마기 입고 모자 쓰고 문밖으로 썩 나서며 혼자 입속말로 중얼중얼하는 말이,

"내가 붓을 들고 책을 지을 때에 하루에 열 장 스무 장은 놀면서 만드는데, 오늘은 어찌하여 아무 생각도 아니 나고 종일 앉아 붓방아만 찧고 소설 한 장도 못 만들었으니 이렇게 아무 재료가 도모지 없을까……."

남산을 바라보니 성긴 나무 울울충충 무슨 의사(意思)있는 듯 하나 별로 신기한 생각이 아니 나고, 길거리를 내어다보니 사람들이 오락

가락 제각기 일 있는 모양이나 깊은 사정 알 수 없다. 아서라, 저기 시골서 노인 한 분 이번에 공진회 구경하러 올라왔다 하니 그 양반이나 좀 찾아보고 이야기나 들어보겠다.

그 노인 거처하는 방은 매우 정결하고 *소쇄(瀟灑)하나, 한옆에는 화로에 불을 피우고 약탕관에 약을 달이며, 한옆에는 책상이 있고, 책상 위에는 그 노인에게 당치 아니한 신학문 서책이 쌓여 있고, 떨이는 의례건이어니와 요강·타구도 그 앞에 놓여 있더라. 한 번 절하고 일어앉아 행용하는 인사를 마친 후에 역사적(歷史的) 이야기를 청하였던, 그 노인은 안경 너머로 눈을 들어 넘겨다보며 한 손으로 담뱃대에 상초(上草) 한 대를 꽉 눌러 담아 피워 물고 하는 말이

"내가 칠십 세를 살았으니 철모르고 자라난 이십 년 동안을 뺄지라도 오십 년 동안 일은 지내어 보았네. 그 동안에 별별 이상한 일도 보았고 고생도 하여 보았고 세상 변천하는 것도 여러 번 지내어 보았네. 그런 고로 자네 같은 소년들은 나를 오십 년 역사(五十年歷史) 책으로 알고 성가시게 구네그랴…… 하……하……그런데 무슨 할 이야기가 어디 있나? 그러나 이것은 참 재미있는 이야기인데 자네한테나 이야기하는 것인, 행여나 소설책이나 그러한 데에 내지 말게, 부디. 이것은 몇 해 아니된 일일세."

한 시골사람이 어린 조카자식을 서울로 올려 보내며 당부하는 말이라.

"용필아, 잘 가거라. 서울은 시골과 달라서 대단히 번화하여 길에

잘못 다니다가는 말에게 밟히기도 쉬우니 조심하여라. 사동 김갑산 영감은 나와 죽마고우로 어려서부터 사이가 좋게 지내었다가 근래 칠팔 년을 서로 소식 없이 지내었는데, 그 집을 찾아가서 내 편지를 전하고 보이면 그 사람이 필연 반가와할 것이오, 또 너를 위하여 출세할 길도 열어 줄 것이니 그런 데를 가서 있더라도 똑똑하게 하여라."

이렇게 당부하고 말하는 사람은 용필의 삼촌이니 만초 선생이라면 그 동리 근처에서 모르는 사람이 없는 사람이오, 그 동리는 강원도 철원 고을 북편으로 십 리쯤 되는 땅이라. 무슨 까닭으로 자기 조카를 서울로 보내느냐 할지면, 좋은 일에 보내는 것이 아니오, 사세 부득이한 일이 있어서 집에 있을 수 없는 형편이 있는 고로 서울로 보내는 터이라. 당초에 용필의 조부는 상당한 재산이 있어서 요부하게 살 뿐 아니라, 그 근처에서 세력이 남에 지지 아니하고 행세도 점잖게 하는 고로 사람마다 존경하더라. 아들은 둘이나 있으되 손자를 못 보아 대단히 바라더니 맏아들에게서 용필이를 낳은지라, 아이도 대단히 탐스럽고 똑똑하게 생겼거니와 늦게 본 손자라 더욱 귀애하여 *금지옥엽같이 사랑할 새, 이때 그 친구로 항상 서로 *추축(追逐)하는 박감역이 있으니 역시 가세가 넉넉하고 세력도 있고 문벌도 비등한데 늦게 손녀딸을 보아 대단히 사랑하여 이름을 명희라 부르고, 아침이든지 저녁이든지 명희를 품에 인고 용필의 조부되는 김도사 집에 가서 담배도 먹고 이야기도 하고 놀다 오는 터이다.

용필이는 돌이 지내어 아장아장 걸어오고 걸어가며 김도사가 귀애하여 재미를 보느라고 사랑마당 양지쪽에 앉아서 용필의 걸음 걷는 양을 보려고 손에 들었던 담뱃대를 멀지 않게 집어내던지고,

"오, 내 손자야, 저기 가서 저어 담뱃대 가져온. 옳지 옳지, 아이고 기특하다."

김도사가 이리할 즈음에 박감역이 명희를 품에 안고 나와서 역시 내려놓고 손을 붙들고 귀염을 본다. 두 어린아이가 빵긋빵긋 웃으며 혹 걷기도 하고 혹 기기도 하여 둥실둥실 노는 모양 남이 보아도 귀엽고 대견하여 어여삐 여길 터인데, 김도사와 박감역이야 오죽 귀여워 하리요. 두 늙은이가 어떻게 마음에 귀엽든지 그 자리에서 서로 언약을 맺고 혼인을 예정하여, 용필이 열일곱 살 되거던 성례하기로 작정한지라. 남녀가 일곱 살만 되면 한자리에 앉지 않는 것이 우리 조선의 예법이로되, 용필이와 명희는 예혼을 언약한 터인고로, 십여 세가 되도록 한방에 함께 앉기도 하며, 어른들이 실없이 구느라고 한 자리에 앉히고,

"명희가 네 아내다."

"용필이가 네 남편이다."

하니 새비를 보고 웃고 지내더니, 세상만시기 뜻대로 되기 어려운은 옛적이나 지금이나 일반이라. 박감역이 세상을 이별한 후 일 년이 못 되어서 김도사가 역시 별세하니, 김도사의 집에는 환란이 그치지 아니하여 해마다 초상이 아니 나는 해가 없어, 김도사의 맏아들 죽고

그 둘째아들 만초 선생의 내외도 중병으로 죽을 뻔 하다가 겨우 살아나니, 어언간 가산이 탕패하여 용필이는 부모 없는 고아가 되고 간난(艱難)한 살림살이로 궁하게 지내는 그 삼촌에게 의탁하여, 숙모가 뒤를 거두어 길러내니, 수삼 년 전에는 철원 고을에서 일반이 부러워하던 김도사 집이 지금은 아주 보잘것없이 되어 사람마다 세상의 부귀영욕(富貴榮辱)이 일장춘몽과 같다 하는 말을 믿게 하는도다.

어제까지는 사람마다 떠받들고 집집마다 귀여워하던 용필이가 지금은 간데 족족 천대꾸러기가 되어 헐벗고 주리고 모양이 아주 말못되는데, 그 삼촌 숙부되는 만초 서생은 평생에 좋아하는 것이 글뿐이오, 돈 같은 것은 변리도 따질 줄 모르고, 집안 살림은 당초에 상관치 아니하여 그 아내가 어찌어찌하여 지내어가는 터이라. 그러한 고로 용필이는 더욱 말못되게 지내어 어떠한 때는 끼니도 굶고 의복은 남루하여 불쌍한 경우에 이르렀는데, 세상 사람이 하나도 돌보아 주는 사람이 없으되 오직 남모르게 속으로만 불쌍히 여기고 마음속으로만 애닯게 여기는 사람 하나가 있으니, 이는 다른 사람이 아니라 박감역의 손녀 명희라. 박감역이 죽은 후로 박감역의 아들 명희의 아버지 박참봉은 원래 인색하고 돈만 아는 사람이라, 빈궁한 사람은 사람으로 여기지 아니하고, 부자나 세력 있는 사람을 보면 그 앞에서 감히 얼굴을 들지 못하고 아첨하는데, 당초에 김도사가 살아 있을 때에는 김도사 집이 요부하고 세력이 있어 자기 집보다 나은 고로 자기 딸 명희와 용필이와 예혼 언약한 것을 좋아하였으나, 지금은 김도사 집이 망하고 용필이가 말못되게 있음을 보니 혼인할 마음이 없는데, 명희의 얼굴이 절묘하고 침선범절과 언어·행동이 세상 사람같이 아니하고 하늘에서 내려온 선녀인 듯하여 원근간에 칭찬이 자자하고 소문이 널리 나서, 아들 있고 혼처 구하는 사람은 청혼하지 아니하는 자 없는 고로 박참봉은 더욱 용필이와 성혼하기를 싫어하여 만초 선생에게 돈을 얼마 주고라도 파약하였으면 좋겠다고 생각하나, 만초 선생은 원래 전재(錢財)를 탐내는 사람이 아닌 고로 말도 하여 보지 못하고 어떻게 하여 세력으로 내리눌러서 파혼할 마음이라.

명희는 나이가 아직 어리되 지각이 어른보다 출중한 고로 자기 부친의 눈치를 알아채었도다. 출중한 사람은 출중한 마음이 있나니, 명희의 마음은 용필이를 장래 자기의 배필로 알고 천하 없는 일이 있을지라도 이것은 변치 못하겠다 하여, 이따금 담 너머로 용필이 지나가는 것을 보면 말은 못하되 속으로만 간이 사라지는 듯이 불쌍하고 사랑스러운 마음이 저절로 나서 옷이라도 하여 주고 밥이라도 먹였으면 좋겠다고 생각하는 터이라.

하루는 명희가 그 모친과 함께 일갓집 혼인 잔치에 갔다가 저물게 돌아오는데, 만초 선생의 집 앞으로 지나갈 새 어떤 아이가 담 모퉁이에 서서 눈물을 흘리고 무슨 생각을 하며 대단히 슬퍼하는 모양인데, 자세히 보니 용필이라. 명희의 오장이 녹는 듯하고 눈물이 저절로 흐르는 것을 모친 모르게 씻고 집으로 돌아와 그날 밤에 잠을 못 자고 *규중(閨中)에서 방황하다가 달은 희미한데 후원으로 들어가서 높은 곳에 올라서서 용필이 섰던 곳을 바라보니 마침 용필이가 어디를 가는지 집 앞으로 지나가는지라, 큰 소리로 부를 수는 없는 고로 담 너머로 지나갈 즈음에 명희가 담을 넘겨다보고 가는 목소리로 용필이를 부른다.

"용필아, 용필!"

용필이가 돌아다보고 조용히 단둘이 만나, 하나는 담 너머 서고 하나는 담 안에 있어 나직나직한 말소리로 이야기를 하려 하는데, 저편에서 기침 한 번을 에헴 하고 이리로 향하여 오는 사람이 있는지라, 깜짝 놀라 명희는 제방으로 들어가고 용필이는 갈 데로 갔으나, 기침하고 오던 사람은 명희의 부친 박참봉인데, 자기 딸이 용필이와 무슨 이야기를 하는 것을 보고 마음에 대단히 괘씸하고 분이 나서 용필이를 죽여 없이하였으면 좋겠다 하는 생각까지 나는도다.

이때 철원읍에 사는 유승지는 가세가 심히 요부하여 강원도 안의 제일가는 부자요, 돈이 많으면 세력이 있는 것은 세상의 상태라. 서울 재상가(宰相家)에도 반연(絆緣)은 있어 벼슬을 승지까지 얻어 하고 철원고을 안에서는 호랑이 노릇을 하는 터인데 아들의 혼처를 구하되 적당한 데가 없어 경향(京鄉)으로 구혼하더니, 절묘하고 범절이 갸륵하다는 소문을 듣고 일부러 사람을 보내어 탐지하여 본 후에, 바싹 욕심이 나서 중매를 놓아 청혼한즉 박참봉의 생각도 매우 좋이 여기지마는, 용필이가 있는 까닭에 허락지 못하고 그 사연 이야기를

말한 후에 중매장이 귀에다가 박참봉의 입을 대고 수군수군하는 말
이,

"그 아이를 어떻게 없이하였으면, 내 마음에도 유승지의 아들과
혼인하는 것이 매우 좋겠소."

중매장이가 박참봉의 하던 말을 유승지에게 전한즉 유승지가 하는
말이,

"그까짓것, 내 수단으로 그것이야 못 없앨라구?"

유승지가 그 고을 육방관속을 자기 집 하인 부리기보다 더 쉽게
부리는 터인데, 즉시 *이방과 *호장을 불러 분부하니 이방과 호장이
감히 거역치 못하여,

"그리하오리다."
하고 물러가더라.

이방이 유승지의 소청을 듣고 나와서 생각하기를,

'내가 호장과 부동하여 용필이라 하는 아이의 무슨 죄에든지 얽어
몰아 죽이기 어렵지 아니하나, 무죄한 사람을 애매히 죽이는 것이 옳
지 못할 뿐 아니라, 우리 선친이 용필의 조부 김도사 그 양반에게 은
덕을 입은 일이 있은즉 내가 이 아이를 살려내는 것이 옳다.'
하고 즉시 만초 선생의 집을 찾아가서 용필이 살려낼 일을 의론한다

(이방) "유승지 영감의 분부가 이러하니 감히 거역할 수는 없고 그
리할 수도 없어서 하는 말씀이오. 어떻게 하려 합니까?"

(만초) "큰일났네그려! 그러니 박참봉이 그리 할 수가 있나. 이 연

유로 *관찰부(觀察府)에 고발하면 어떠하겠나?"

(이방) "그러면 나는 이방도 못 다니게요? 그뿐 아니라 유승지는 돈이 많고 사람이 간사하고 세력이 있으니까 아무리 하여도 댁에서 질 터인즉 고발하여도 쓸데없지요. 내 생각 같으면 도련님을 서울이나 어디로 멀리 보내는 것이 좋을 듯하오이다."

(만초) "자네 말이 옳은 말일세. 그러면 그리하세. 서울 가서 *상노(床奴) 노릇을 하더라도 여기서 이 고생하는 것보다는 나을 것이요, 또 내 친구도 더러 서울 있으니 *세의(世誼)로 하더라도 뒤를 보아줄 터이지."

(이방) "세의 말씀 마시오. 지금 세상 인심이 세의를 압니까? 박참봉은 댁과 세의가 없어서 그렇게 마음을 먹습니까? 어찌되었든지 멀리 보내시오."

이방이 간 후에 만초 선생이 용필이를 불러 앉히고 전후 이야기를 자세히 말하여 들리고 서울로 가라 하니, 용필이도 하릴없이 자라나던 고향산천을 떠나서 산도 설고 물도 선 서울로 가게 되었도다.

용필이가 그 삼촌 숙부 만초 선생을 하직하고 서울로 찾아가서 동대문을 들어서니, *만호장안(萬戶長安)에 인가가 즐비하고 *거마(車馬)가 도로에 연락부절하여 사동 김갑산 집이 어디인지 알 수 없어 길거리에서 방황하다가, 사동으로 가는 장작 실은 말몰잇꾼을 만나서 사동까지는 함께 왔으나, 김갑산 집을 물은즉 하나도 아는 사람이 없어 사동 천지를 집집마다 *상고(詳考)하여 김갑산 집을 찾되 알 수 없는지라, 길 바를 알지 못하여 낙심 천만하고 길에 서서 어찌할꼬 하고 정신없이 걸음 걸어 안동 네거리에 이르러, 이상한 복색에 칼 차고 말 탄 사람이 말을 달려오는데, 또 한편에서는 *사륜남여(四輪藍輿)에 검은 복색 입은 *구종(驅從)들이 늘어서서 비키라고 소리를 지르는 서슬에, 그것을 보고 비키려 하다가 달려오는 말에게 다닥드려 용필이는 넘어지니 말은 용필의 가슴을 밟고 지나가니 그 말 탄 사람이 말에게서 뛰어내려 넘어진 용필이를 붙들어 일으키니 단단히 다쳐서 까물쳤는지라, 급히 *교군(轎軍)을 얻어 태워가지고 자기 집으로 데리고 가서 의원 불러 치료하니 그럭저럭 여러 날이 되었더라.

말께 상한 용필이가 다친 데도 대강 나아서 일어앉고 걸어 다닐 만하니, 주인은 집을 알아 보내주려고 거주·성명을 묻는데 용필이 대답하기를,

"내 고향은 강원도 철원인데 서울로 올라와서 김갑산 집을 찾으려 하다가 길에서 말께 다쳤나이다."

하거늘 주인이 이 말을 듣고 즉시 하인을 불러,

"작은 댁 영감 오시라고 여쭈어라!"

하더니 조금 있다가 얼굴이 거무스름하고 눈에는 흰자위가 많은 한 사람이 들어오는데, 주인이 용필이를 대하여 말하기를,

"네가 이 양반을 찾느냐? 이 양반이 지금은 *진주병사(晉州兵使)라 는 벼슬을 하였는 고로 김병사라 하지마는, 이왕에 갑산(甲山) 원을 다녀와서 김갑산이라 하였더니라."

용필이가 김갑산을 찾기는 하지마는 삼촌의 편지를 전하려 함이오. 제가 김갑산의 안면을 아는 것이 아니라 자기 삼촌의 이름과 올라온 사정 이야기를 대강 하고, 우리 삼촌과 죽마고우로 친분이 자별한 김갑산 영감을 찾노라 하니 그 사람이 깜짝 놀라며 하는 말이,

"아, 그러면 네가 만초의 조카냐? 김도사의 손자로구나! 오, 만초를 만난 지가 벌써 칠팔 년이나 되었지."

이때 철원읍에서는 유승지가 박감역의 딸 명희와 자기 아들의 혼인을 맺으려고 김도사의 손자 용필이를 무슨 죄에 얽어서 나모르게 죽여 없이하려 하였더니, 용필이가 집을 떠나 *부지거처 소식이 없다. 한 달이 지내어도 소식이 없고 일 년이 지내어도 돌아오지 아니하며 박참봉을 졸라서 성혼하자 하니, 박참봉도 용필이가 없음을 다행히 여기어 유승지의 아들과 혼인하려 하나, 혼인에는 무엇이 제일이라던가, 제일 긴요한 새악시가 병이 들어 작년 봄부터 이불 덮고 드러누운 사람이 여름이 지나고 가을이 지나고 겨울이 지내어 다시 봄철이 돌아오도록 방문 밖에를 나와 보지 못하여 병 낫기만 기다리고 그럭저럭 지내더니, 세월이 차차 *소요(騷擾)하여 난리가 난다, 피난을 간다, 서학군(西學軍)을 죽이느니, *동학(東學)이 일어나느니 하고 예제 없이 소동하여, 밤이면 좀도적, 낮이면 불한당(不汗黨), 어디 어느 곳이 안정한 땅이 없더라. 동학난리가 지나고 의병(義兵) 난리가 일어나서 각 지방이 소동하는 그 동안에 유승지는 강원도의 부자라 하는 소문으로 동학에게 잡혀가서 여간 재산 다 빼앗기고 생명만

겨우 보존하여 집으로 돌아온즉, 실인심(失人心)한 사람은 난리세상
에 더욱 살기 어렵도다.

동학이 가장 창궐(猖獗)한 곳은 삼남지방이라. *경군(京軍)이 내려
가서 겨우 진멸(殄滅)하매 강원도 일경으로는 의병이 또한 창궐하여
서울서 병정을 파송하여 의병을 토멸하려 할 새, 연대장은 원주(原州)
에 앉아서 작전계획을 만들어내고 각 대대장과 중대장·소대장이 각
고을에 출주(出駐)하여 연대장의 명령을 받아 의병 진정하기에 힘쓰
니, 철원고을에 출주한 군대는 대대장이 김창령이오, 소대장이 참위
(參尉) 김용필이라.

당초에 김용필이가 김창령의 백씨 김부령의 말께 다쳐서 김부령집
에서 여러 날 치료하고, 김창령을 만나서 만초 선생의 편지를 전하고
김창령의 집에서 *유련(留連)하니, 김부령은 위인이 대단히 인자하여
용필이를 사랑하나, 바라고 찾던 김창령은 도리어 성품이 표독하고
마음이 음흉하여 별양 반갑게 여기지 아니하는 모양이라. 눈칫밥을
얻어먹으며 천대를 받고 지내되 그 큰 집에를 가면 김부령이 항상
말 한마디라도 친절하게 하고 불쌍히 여기는 모양인즉 자연히 김부
령에게 따르더라.

용필의 위인이 똑똑하고 문필이 유려(流麗)하고 매사에 영리하여
시골아이의 태도가 도무지 없는 고로 김부령이 매양 사랑하더니, 자
기 아우 김창령이 강원도 의병 진멸차로 대대장으로 출주하게 되니,
그 아우 수하(手下)에 사람스러운 보좌원이 없음을 한탄하여 김용필

이를 병정에 넣어서 김참령의 수하병이 되게 하여 강원도로 출진할 새, 의병과 수삼차 접전하여 김용필이가 접전할 때마다 비상한 대공(大功)을 이루니 이 일이 자연 연대장에게 입문(入聞)되어 연대장이 대단히 김용필의 공로를 가상히 여기어 서울로 보고하였더니, 특별히 참위 벼슬에 임명하여 소대장이 되게 하며, 항상 김참령의 하관이 되어 병정을 거느리기를 *제제창창(濟濟蹌蹌)하게 하고 의병 진정하기를 귀신같이 하여 명예가 더욱 나타나더라.

한번은 의병 *간련(干連)한 사람들이라고 잡아왔는데 그 중에 박참봉이 있거늘 자세히 조사한즉, 당초에 유승지와 박참봉이 부자의 득명(得名)으로 의병에게 잡히어가서 돈과 재물을 빼앗겨가며 붙들려 다니다가 의병이 패하여 달아나는 서슬에 유승지는 총을 맞아 죽고 박참봉은 자기 집으로 돌아와 있더니, 동리사람 중에 그 인색하고 더러움을 평생 미워하던 사람이 있어 김참령에게 말을 하여 잡히어왔는지라, 김용필이가 대대장 앞에 가서,

(용) "여쭐 말씀이 있삽나이다. 저 의병 간련으로 잡히어 온 박 아무는 자세히 *사실(査實)하온즉 의병에게 붙잡혀 다니기는 하였으나 죄는 실상 없사오니 무죄방송하옴이 어떠하오리까?"

(대) "그래도 의병에게 건재를 대어주고 함께 따라다닌 놈을 백방(白放)할 수가 있나?"

말을 하면서 용필에게 눈짓을 하여 잠깐 이리로 오라 하더니 사람 없는 조용한 곳으로 가서 입을 귀에다 대고 수군수군 말을 한다.

(대) "내가 들으니 박가의 딸이 지금 열아홉 살인데 대단히 절묘한 미인이라데. 아직 시집도 아니 갔대여. 자네 알다시피 내가 아들이 없어서 첩을 하나 두려 하던 차인즉 박가를 살려주고 그 대신에 내가 첩장가를 들겠네. 그리하여서 내가 일부러 병정을 보내어 탐문하여 가지고 잡아온 것이니 내놓지 말게."

(용) "에엣? 아이고, 가슴이야!"

용필이가 대대장의 말을 듣고 깜짝 놀라 가슴이 꼭 막히고 목이 메어 말을 못하더니, 한참만에 억지로 정신을 가다듬어 전후 일을 자초지종 모두 설파할 새, 자기 조부와 박참봉의 부친 박감역이 예혼을 언약한 일로부터 칠팔 세를 지내어 십여 세가 되도록 같이 자라나던 이야기와, 자기 조부 죽은 후에 집안이 결단난 일과 박참봉이 예혼을 파약하려 하는 심술과 명희가 저를 생각하고 서로 아끼던 정의와, 한 번 담 너머로 넘겨다보고 이야기하려다가 박참봉한테 들키던 일과, 유승지와 박참봉이 동모(同謀)하여 저를 죽이려 하던 일과, 제가 부득이하여 서울로 올라간 일을 낱낱이 이야기하고 나중에 하는 말이,

"하관은 영감의 아들이나 진배없는 터인즉 하관과 이러한 관계 있는 것을 아시면 그 아이는 며느리같이 생각하시옵소서."

김참령의 시커먼 얼굴이 무안을 보아 붉어지며 마치 아메리카 토인의 홍색인종 같은지라, 검은 얼굴이 새카매지며 코를 실룩실룩하고 증(症)을 내어 하는 말이,

"어린 연놈들이 상사라니, 으응!"

그리한 후 이삼 일이 지난 후에 김용필이 거느린 소대병정 하나가 촌에 나가서 술 먹고 행패한 일이 있는데, 다른 때 같으면 그 병정을 포살(砲殺)을 하든지 벌을 주든지 할 터이오, 또 김용필이가 그리하였더라도 이 다음에는 그리하지 말라는 한마디 훈계로 용서할 터인데, 김용필이가 시킨 것이라고 억지로 죄목을 잡아 이러한 사람은 부하로 둘 수 없다는 연유로 즉시 보고서를 써서 연대소(聯隊所)로 보내어 김용필은 갈고 다른 소대장을 보내어 달라 하니, 연대장은 그 보고서를 보고 드디어 참위 김용필을 서울 본대로 상환(相換)시키고 다른 소대장을 파송하다.

하루는 김참령이 병정 수십 명을 거느리고 박참봉의 집으로 나가서 조사할 일이 있다 하고 집안 구석구석이 가택수색을 할 새, 안방에서 박참봉의 딸이 나오는 것을 본즉 참 일색이라, 김참령이 정신을 잃고 물끄러미 보고 섰다가 조사할 것을 다 마친 후에 박참봉을 불러 앉히며 하는 말이,

(대) "박참봉 죽고 사는 것은 오늘 내 손에 달렸지."

(박) "살려주십시오."

(대) "내가 나이가 사십여 세가 되도록 아들이 없어서 자손을 보기 위하여 다시 한번 장가들려 하는데 마땅한 데가 없더니, 들은즉 박참봉의 따님이 과년하고 또 유승지 집과 혼인하려다가 지금은 못하게 되었다 하니, 내 말을 들으면 박참봉이 목숨도 살고 우리 집과 척분을 맺어 좋을 일이 많을 터이니 어떠한가?"

(박) “…….”

(대) “내 말을 아니 들으면 지금 당장 포살이여. 자, 어서 좌우간 대답을 하여.”

박참봉의 생각은 그렇게라도 하여주고 목숨이나 살아났으면 하고 허락을 하려 하나, 딸의 마음을 짐작하는 고로 딸의 말을 들어보아야 하겠는지라, 그 연유로 말을 한즉, 김참령은 제 욕심만 채워서 하는 말이,

(대) “물어볼 것 무엇 있나? 박참봉의 허락이면 고만이지. 물어볼 터이면 이리로 나오래서 물어볼 일이지.”

이 때에 박참봉의 부인과 명희는 어찌 되는 일인고 염려하여 뒷문 밖에서 엿듣던 차이라. 명희가 김참령이 자기 부친을 위협하는 거동을 보고 분함을 이기지 못하나 부친 목숨에 해가 될까 염려하여 온순한 언사로 문밖에서 하는 말이,

(명희) “아버님께 여짜옵나이다. 대대장 영감께서 나라의 왕명을 몸받아 지방인민을 안돈시키시려고 이 고을에 내려오사, 무죄한 사람은 죽이실 리 없고 유죄한 사람이라도 회개하면 용서하실 터인데, 일개 소녀로 인연하여 그 말씀을 듣지 아니하면 무죄한 아버님의 목숨을 취하겠나 하시오나, 소녀는 이왕 정혼한 곳이 있어 말하자면 남편 있는 기집이오니, 왕명을 몸받아 오신 그 영감께서 이렇게 하시는 것은 국가의 불충이요, 소녀로 하여금 정절을 깨트리게 함이온즉 옳지 못한 일인가 하나이다. 그에 말씀은 결단코 봉행할 수 없사오니

돌려 생각하십사고 말씀하시옵소서.”

김참령이 처음에는 허락하는 말인가 하고 아리따운 목소리에 그 향기로운 살결이 자기 등어리에 대어 있는 듯하여 등이 간질간질하더니, 나중에 결단코 봉행할 수 없다 하는 말에 화증이 와락 나서, 내친 걸음이라 병정 불러 호령하되,

“이놈 내다 포살하여라!”

하니 병정 십여 명이 우르르 들어와서 박참봉을 끌어내어 결박을 하는 지라, 명희가 이 광경을 보고 정신이 산란하여 어찌할 줄 모르다가 방문을 펄쩍 열고 들어가서 김참령 앞에 두 손으로 땅을 짚고 머리를 푹 숙이고 하는 말이,

(명) “소녀가 지금 영감의 말씀을 듣자 하오면 두 번 시집가는 음녀가 될 것이오, 아니 듣자 하면 부친의 목숨을 구완치 못하는 불효가 될 터이오니, 효와 열을 쌍전(雙全)할 수 없는 지경이면 차라리 효도나 지킬 수밖에 없사오니 소녀의 부친을 살리시옵소서. 소녀가 영감의 말씀을 봉행하오리다.”

(대) “아, 기특하다. 진작 그리할 일이지. 어라, 그만 두어라. 박참봉을 풀어놓아라.”

병정이 박참봉의 결박하였던 것을 풀어놓고 나간다. 명희가 일편단심을 내어보일까 하다가 다시 돌쳐 생각하고 말을 온순하게 한다.

(명) “소녀가 허락하는 자리에 따로 또 청할 말씀이 있사오이다.”

(대) “응, 무엇? 무엇이든지 소청은 다 들어주지. 채단 말인가?”

(명) "아니올시다. 그런 말씀이 아니오라, 혼인은 인간대사요, 또 영감께서는 부인이 계신 터이니, 소녀가 댁에 들어가면 이렇듯이 어엿하게 행세할 수 있겠삽나이까? 지금 여기서 병정들이라도 이러한 형편을 눈으로 보았은즉 서울 가서 소문새라도 흉하게 나오면 영감 전정(前程)에 관계가 적지 아니할 터이오니, 원주에 출주하여 계신 연대장 영감과 소녀의 부친과 영감이 한자리에 합석하여 앉으시고 정중하게 혼인을 정하는 것이 좋을 듯하오니, 그리하신 후에 연대장 영감으로 증인을 삼고 혼인하는 것이 옳을까 하나이다. 그렇지 아니하면 영감께서 위협으로 혼인하였다고 소문이 괴악하오리다."

(대) "아, 그것 참 명철한 말이로고. 연대장은 나와 대단히 친한 어이오, 또 이달 보름께는 이리로 오실 터이니까 원주로 갈 것 없이 그때 연대장이 오거던 그렇게 하지, 며칠 안되니까."

원주에 있는 연대장이 각 대대를 시찰할 차로 돌아다니다가 철원읍에 이르니, 김참령은 연대장 오기를 잔뜩 기다리던 터이라, 배반(杯盤)을 성설(盛設)하여 간곡히 대접한 후에 첩장가 드는 말을 한다.

(대) "하관이 간절히 청할 말씀이 있습니다."

(연) "응, 무슨 말이오?"

(대) "다른 말씀이 아니라 하관이 지금까지 혈속이 없어 항상 걱정하던 터에 상당한 처녀가 있으면 치첩(置妾)을 하여 자손을 볼까 하더니, 마침 이 고을에 사는 박참봉이라 하는 사람의 딸이 있는데 하관도 마음이 간절하고 박참봉도 허락이 된 터이오니 상관께서 한번

수고하시와 중매되시면 혼인이 영광스럽겠사오이다.”

(연) “그것이야 어려울 것 무엇 있나, 그리하지. 그러면 박참봉을 지금 이리로 부르시오.”

박참봉의 집에서는 연대장이 철원 고을에 들어와서 대대장과 만나서 이야기한다는 말을 듣고 명희의 혼인수작이 되려니 짐작하였으며, 명희도 역시 말은 아니하나 속마음에 작정한 일이 있는 모양이라.

하루는 연대장과 대대장이 합석하여 앉고 박참봉을 청좌(請坐)한다는 말을 듣고 명희가 그 부친 박참봉에게 말을 하여, 자기 집에서 주안을 차리고 연대장을 오라 하여 혼사를 말하게 하였더라.

연대장과 대대장도 또한 좋은 일이라 하고 박참봉 집으로 나와서 술잔씩이나 먹은 후에 혼인 이야기가 시작되며, 사랑방 뒷문이 열리며 향내가 방안에 가득하고 *옹용(雍容)한 태도로 윗방자리에 나와 섰는 사람은 명희라.

(명) “연대장 영감께 여짜올 말씀이 있삽나이다. 소녀는 일개 미혼 전 처녀로 감히 존전에 말씀하옵기 황송하오나, 소녀는 조부 생존시부터 김도사 손자 되는 지금 본대(本隊) 소대장으로 있다가 서울로 갈려간 김용필이와 혼인을 정하여 성례만 아니하였다 뿐이지 성혼한 지 이미 오래오니, 소녀는 남편 있는 기집이온즉 다시 다른 곳에 시집갈 수 없사온데, 대대장은 속에 짐승 같은 음흉한 마음을 품고 위협으로 소녀를 탈취하려 하여 부친을 의병에 간련있다고 얽어 몰아 가두고, 김참위가 소녀의 예혼한 남편인 줄 안 후에 김참위를 무고하

여 서울로 올리쫓고 병정을 거느리고 소녀의 집에 와서 부친을 위협하고 소녀를 탈취하려 하옵기, 소녀가 부친의 생명을 염려하와 거짓 허락하고 연대장 영감의 중매를 청하온 것은, 저 금수 같은 김참령의 행위를 연대장 영감께 말씀한 후 죽기로 자처함이오니 살피시기를 바라나이다.”

고운 목소리는 녹음(綠陰) 중에서 나는 꾀꼬리 소리 같고, 엄숙한 태도는 심산 중에 앉은 호랑이의 위엄 같도다. 김참령은 얼굴이 붉다 못하여 숯검정 같고, 박참봉은 죽어가는 사람같이 벌벌 떨고 있으며, 연대장은 귀를 기울이고 자세히 듣는다. 연대장이 이 말을 듣더니 김참령을 돌아보며 하는 말이,

“나라의 명을 받아 백성을 안돈시키러 내려온 사람이 마음을 이렇게 음흉하게 먹고 행위를 이렇게 부정하게 하면 저 처녀로 하여금 정절을 깨트리게 하는 동시에 영감은 나라에 대하여 역적됨을 면치 못하겠소”

경사로 이루려 하던 혼인담판은 살풍경으로 깨어지고, 김참령은 도망하여 서울로 가고, 연대장은 원주로 돌아가서 보고서를 써서 서울로 보고하니, 김참령은 파면을 당하여 육군법원에 갇히고, 김용필은 내내장으로 승자뇌어 절원에 줄수하고 세상이 평정한 후에 명희와 김용필은 성례하여 지금 화락한 가정을 이루었는데, 세상이 잠깐이라, 벌써 아들을 형제나 낳았지……

"이리 오너라! 너 아낙에 들어가서 영감 내외분더러 아기네들 데리고 이리 나오라 하여라."

하인이 안으로 들어가더니 조금 있다가 기우헌앙(氣宇軒昂)한 장부 사나이가 요조숙녀 부인을 데리고 아들 형제를 앞세우고 나온다.

그 노인이 나더러 인사를 붙인다.

"자네 인사하게, 이 사람은 김용필인데 내 조카요, 저기 저는 내 조카며느리, 아명이 명희인데 박참봉의 딸이오, 이 아이들은 그 아들들⋯⋯."

이야기하던 노인은 만초 선생인 줄을 그제서야 깨달았도다.

자체에 <탐정순사(探偵巡査)>라 명칭한 1편(編)과 <외국인(外國人)의 화(話)>라 칭한 1편(編)이 유(有)하나 경무총장(警務總長)의 명령에 의하여 삭제하였사오며, 본 책자의 체제가 완미(完美)치 못함은 독자 제군의 *서량(恕諒)하심을 요함.

이 책 본 사람에게 주는 글

예전 성인이 말씀하시되 사람은 일곱 가지 정이 있으니 희(喜)·노(怒)·애(哀)·낙(樂)·애(愛)·오(惡)·욕(慾)이라 하였도다. 기꺼워하며 노여워하며 슬퍼하며 즐거워하며 사랑하며 미워하며 욕심내는 것이라. 그러나 나는 여기 한 가지를 더하여 여덟 가지 정이라 하노니, 겁내는 것이 즉 이것이라. 사람이 반가운 일을 보면 기꺼워하고, 분한 일을 보면 노여워하고, 궂은 일에 슬퍼하며, 좋은 일에 즐거워하며, 어여쁜 것을 사랑하고, 미운 것을 미워하고, 고운 것을 욕심내며, 두려운 것을 겁내는 것이 인정은 일반이라. 넓고 넓은 천지에서 우리가 한세상 한나라에 살며 전으로 몇 천 년 후로 몇 만 년 오래고 오랜 세월 중에서 우리가 지금 한 세상 한 시대에 났으니 인연이 지중하도다.

그 사이에 무슨 슬퍼하며 노여워하며 겁낼 까닭이 있으리요. 또 사람이 천하를 움직이는 영웅이오, 고금에 이름 있는 호걸이라도 넓고 넓은 천지간에 한낱 작은 인생이요, 사람이 백 년이나 천 년을 산다 하여도 오래고 오랜 세월 중에 꿈결같이 잠깐 있는 인생이라. 그동안에 무슨 기꺼워하며 즐거워하며 사랑하며 욕심낼 것이 있으리요. 그러나 사람은 국량이 좁고 지식이 적은 고로 하늘의 넓은 뜻을 몸받지 못하고 세상의 요행을 깨닫지 못하여, 희·노·애·낙·애·오·욕·겁(怯), 여덟 가지 정으로 꼼작거리는도다.

예전 성인이 희·노·애·낙을 얼굴빛에 드러내지 아니한다 하였으나, 이것은 생각건대 형용에 나타내지 아니할 뿐이오, 속마음에는 반드시 기꺼워하며 노여워하며 슬퍼하며 즐거워하는 정이 있음은, 성인도 사람은 사람이라 능히 면치 못할지니, 공자님 같은 성인도 그 도가 행치 아니함을 한탄하여 슬퍼하였으며, 소정묘를 미워하다가 국법으로 죽인 뒤에 이를 기꺼워하였으니, 어느 사람이 이 정이 없는 자 어디 있는가. 볼지어다. 세상은 울고 웃는 사이에 지나가고, 사람은 옳으니 그르니 하는 동안에 늙지 아니하는가!

한편에는 눈물을 뿌리고 대성통곡하는 사람이 있는 동시에, 한편에는 즐거워서 웃고 지껄이는 사람이 있으며, 한때는 사랑하느니 귀여워하느니 하여 죽을지 살지 모르다가 별안간 미워하고 노여워하여 죽일 놈이니 살릴 놈이니 하는 사람도 있고, 한편에는 천동지진(天動地震)·전쟁·질병 등의 두렵고 무서운 일이 있어 사람마다 겁내건마는, 그중에서도 일만 가지 욕심이 불같아서 분주불가한 사람도 있지 아니한가!

그러한즉 사람은 기꺼움과 즐거움과 사랑과 욕심으로 인연하여 슬퍼하며 노여워하며 미워하며 겁내는 중간에서 꼼작거리는 동물이라. 그러한 고로 사회이면(社會裏面)에는 이상야릇한 별별 사정이 많이 생기어나는도다.

이 책을 기록한 이 사람도 국량이 넓지 못하고 지식이 많지 못하여, 희·노·애·낙·애·오·욕·겁의 여덟 가지 정을 가진 사람이라. 이 여덟 가지 정을 가진 사람의 눈으로 이 여덟 가지 정에서 꼼작거리는 세상사람 사이에 생기어나는 모든 사정을 관찰하여 이 책 속에 기록하여, 이 여덟 가지 정을 가진 모든 사람으로 하여금 보게 한 것인즉, 이 책에 기록한 모든 사실은 기꺼워하며 노여워하며 슬퍼하며 즐거워하며 사랑하며 미워하며 욕심하며 겁냄으로 생기어 일어난 사정이라.

그러나 마음의 옳고 그름으로 인연하여 나중 결과가 다르니, 마음을 옳게 먹은 사람은 슬프고 겁나는 중에 있을지라도 나중에는 즐겁고 기꺼운 결과를 보고, 마음을 옳지 않게 가진 사람은 그 마음을 고치지 아니하면 항상 슬프고 겁나는 걱정·근심 중에서 몸을 마치는지라, 이 책 읽은 여러 군자는 책 속에 기록한 여러 가지 사정을 가지고 각기 자기의 마음을 비치어 볼지어다.

30년 전쟁 1618년에서 1648년까지 독일을 중심으로 유럽의 여러 나라 사이에서 일어난 종교 전쟁. 합스부르크가의 구교에 의한 독일 통일책에 대하여 신교의 대제후들이 반란을 일으킨 것이 시초가 되어 여러 나라 간의 전쟁으로 번졌다가, 베스트팔렌 조약에 의하여 프랑스의 승리로 끝났는데, 그 결과 네덜란드, 스위스가 독립하였으며, 독일의 신·구 양교는 동등한 권리를 획득하게 되었다.

가린하고 아니꼬울 만큼 몹시 인색하다.

가석可惜. 몹시 아깝다. / 몹시 애석하다

가정맹어호苛政猛於虎. 가혹한 정치는 호랑이보다 무섭다는 뜻으로, 혹독한 정치의 폐가 큼을 이르는 말. ≪예기≫의 〈단궁편(檀弓篇)〉에 나오는 말이다.

가탁假託. 거짓 핑계를 댐.

간난艱難. 몹시 힘들고 고생스러움.

간련干連. 남의 범죄에 관련됨.

강감찬 고려 초기의 명장(948~1031). 현종 9년(1018) 거란의 장수 소배압(蕭排押)이 쳐들어왔을 때, 서북면 행영 도통사로서 상원수가 되어 흥화진에서 적군을 대파하였다. 이듬해에는 회군하는 적을 귀주에서 크게 격파하여 추충협모안국공신의 호를 받았다.

강감찬

강시僵屍. 얼어 죽은 송장.

개모성蓋牟城. 고구러 때에, 랴오허 유역의 심양(瀋陽) 북동쪽에 있던 성. 보장왕 4년(645)에 중국 당나라의 이세적(李世勣)이 군사를 이끌고 와서 안시성(安市城)을 공격하기 전에 먼저 이 성을 함락하였다.

개자추介子推. 중국 춘추 시대의 은인(隱人)(?~?). 진(晉)나라 문공(文公)이 공자(公子)일 때 19년 동안 함께 망명 생활을 하며 고생하였으나, 문공이 귀국하여 왕이 된 후 자신을 멀리하자 면산(緜山)에 들어가 숨어 살았다. 문공이 잘못을 뉘우치고 자추가 나오도록 하기 위하여 그 산에 불을 질렀으나, 나오지 않고 타 죽었다고 한다.

거마車馬. 수레와 말을 아울러 이르는 말.

거칠부居柒夫. 신라의 장군 상대등(?~579). 성은 김(金). 진흥왕 6년(545)에 ≪국사(國史)≫
　　를 편찬하였고, 진흥왕 12년(551)에 백제와 연합하여 고구려 영토 10군을 점령하였
　　다.

걸桀. 중국 하나라의 마지막 왕(?~?). 성은 사(姒). 이름은 이계(履 癸). 은나라의 탕왕에
　　게 멸망하였다. 은나라의 주왕과 더불어 동양 폭군의 전형으로 불린다.

걸물傑物. 뛰어난 사람이나 잘난 사람을 비유적으로 이르는 말.

검모잠劍牟岑. 고구려 부흥 운동의 지도자(?~?). 신라 문무왕 10년(670)에 고구려 유민을
　　규합하여 대동강 남쪽으로 진출하여, 안승(安勝)을 왕으로 옹립하고 고구려 부흥에
　　힘썼다. 신라와 협조하여 당나라 세력을 몰아내려다 안승에게 살해되었다.

검불 가느다란 마른 나뭇가지, 마른 풀, 낙엽 따위를 통틀어 이르는 말.

결총結總. 조선 시대에, 토지세 징수의 기준이 된 논밭 면적의 전체 수.

겸전兼全. 여러 가지를 완전하게 갖춤.

경군京軍. 조선 시대에, 서울의 각 영문(營門)에 소속되어 임금의 호위를 주로 맡아보던 군
　　사.

경륜經綸. 일정한 포부를 가지고 일을 조직적으로 계획함. 또는 그 계획이나 포부.

경외敬畏. 공경하면서 두려워함.

계림鷄林. ‘신라’의 다른 이름. 숲 속에서 이상한 닭 울음소리가 들리기에 가 보니, 나뭇가
　　지에 흰 닭과 금빛의 궤 속에 신라 김씨 왕조의 시조가 되는 김알지가 있었다는 설
　　화에서 유래한다.

계백階伯. 백제 말기의 장군(?~660). 의자왕 20년(660)에 나당(羅唐) 연
　　합군이 백제로 쳐들어오자, 결사대 오천을 이끌고 황산벌에서 신라
　　장수 김유신과 네 차례 싸운 끝에 전사하였다.

계월향桂月香. 조선 시대의 기생(?~1592). 임진왜란 때 적장(敵將)을 유인
　　히여 김응서(金應瑞)로 하여금 목을 베게 한 후 자결하였다.

계월향

고구考究. 자세히 살펴 연구함.

고국천왕故國川王. 고구려 제9대 왕(?~197). 이름은 남무(男武). 을파소를 재상으로 등용
　　하여 선정을 베풀었으며 빈민 구제책으로 진대법을 실시하였다. 재위 기간은 179~
　　197년이다.

고대광실高臺廣室. 매우 크고 좋은 집.

고래희古來稀. 예로부터 매우 드묾.

고려사高麗史. 조선 시대에, 세종의 명으로 정인지, 김종서 등이 편찬한, 고려조에 관한 기
　　전체 역사책. 문종 원년(1451)에 완성되었다. 139권.

고변告變. 반역 행위를 고발함.

고성낙일孤城落日. 외딴 성과 서산에 지는 해라는 뜻으로, 세력이 다하고 남의 도움이 없는
　　매우 외로운 처지를 이르는 말.

고연固然. 본디부터 그러하다.

곡속穀粟. 곡물.

곤룡포袞龍袍. 임금이 입던 정복. 누런빛이나 붉은빛의 비단으로 지
　　었으며, 가슴과 등과 어깨에 용의 무늬를 수놓았다.

골육상잔骨肉相殘. 가까운 혈족끼리 서로 해치고 죽임.

공담公談. 공평한 말.

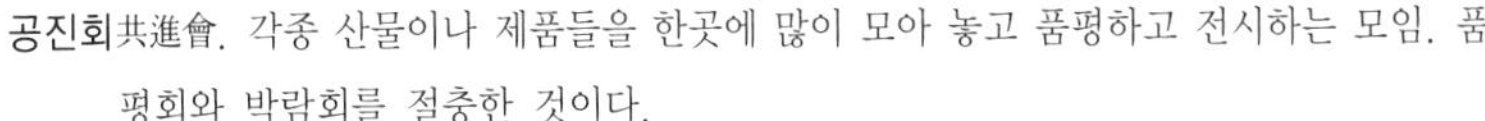

곤룡포

공대恭待. 공손하게 잘 대접함.

공위군攻圍軍. 공격하여 포위하는 군대.

공진회共進會. 각종 산물이나 제품들을 한곳에 많이 모아 놓고 품평하고 전시하는 모임. 품
　　평회와 박람회를 절충한 것이다.

공후箜篌. 하프와 비슷한 동양의 옛 현악기. 활 모양의 틀에 21개의 줄
　　을 매어 세워 놓고 뜯는 수공후(竪箜篌), 타원형의 공명통에 13개
　　의 줄을 매어 눕혀 놓고 뜯는 와공후(臥箜篌), 공명통에 나무대를
　　가로 꽂아 거기에 13개의 줄을 매어 놓은 소공후(小箜篌) 따위가
　　있다.

공후

관우關羽. 중국 삼국 시대 촉한의 무장(?~219). 자는 운장(雲長). 장비,
　　유비와 의형제를 맺고 적벽전에서 조조의 군대를 격파하는 등 많은 공을 세웠다. 뒤
　　에 위나라와 오나라의 동맹군에게 패한 뒤 살해되었다.

관찰부觀察府. 조선 시대에, 관찰사가 직무를 보던 관아.

교군轎軍. 가마.

구라파歐羅巴. '유럽(Europe)'의 음역어.

구운몽九雲夢. 조선 숙종 때의 문인 김만중이 지은 장편 소설. 육관 대사(六觀大師)의 제자
　　인 성진(性眞)이 양소유(楊少游)로 환생하여 여덟 선녀의 환신인 여덟 여인과 인연을
　　맺고 입신양명하여 부귀영화를 누리나 깨어 보니 꿈이었다는 내용이다. 인간의 부귀

영화가 한낱 꿈에 지나지 않는다는 불교적 인생관을 주제로 하고 있다.

구밀복검口蜜腹劍. 입에는 꿀이 있고 배 속에는 칼이 있다는 뜻으로, 말로는 친한 듯하나 속으로는 해칠 생각이 있음을 이르는 말.

구종驅從. 벼슬아치를 모시고 따라다니던 하인.

구주歐洲. 유럽.

국량局量. 남의 잘못을 이해하고 감싸주며 일을 능히 처리하는 힘.

국수國粹. 한 나라나 민족이 지닌 고유한 정신적 물질적인 장점.

국적國賊. 나라를 어지럽히는 역적. 또는 나라에 해를 끼치는 자.

굴신屈伸. 팔, 다리 따위를 굽혔다 폈다 함.

궁사극치窮奢極侈. 사치가 극도에 달함. 또는 아주 심한 사치.

궁예弓裔. 후고구려의 건국자 왕(?~918). 송도에 도읍을 정하고, 901년에 스스로 왕이 되어 국호를 후고구려라고 하였다. 뒤에 왕건에게 패위되었다. 재위 기간은 901~918년이다.

권면勸勉. 알아듣도록 권하고 격려하여 힘쓰게 함.

규중閨中. 부녀자가 거처하는 곳.

금계金鷄. 꿩과의 새. 꿩과 비슷한데 수컷은 광택 있는 황금색 우관(羽冠)과 뒤 목에는 누런 갈색, 어두운 녹색의 장식깃이 있어 매우 아름답다. 암컷은 엷은 갈색 바탕에 검은 점이 있다. 번식이 쉽고 추위에 강하여 관상용으로 기르며 중국이 원산지이다.

금계

금수禽獸. 날짐승과 길짐승이라는 뜻으로, 모든 짐승을 이르는 말.

금와金蛙/金蝸. 동부여의 왕. 고대 난생 설화상의 인물로, 부여 왕 해부루에게 발견되어 그의 태자가 되었으며, 유화를 아내로 맞아 고구려의 시조 주몽을 낳았다.

금지옥엽金枝玉葉. 귀한 자손을 이르는 말.

금화절풍건金花折風巾. 折風巾. 삼국 시대에, 머리에 쓰던 고깔 모양의 건. 새의 깃털을 꽂거나 붉은 비단으로 만들어 금은 장식을 하였다.

기화요초琪花瑤草. 옥같이 고운 풀에 핀 구슬같이 아름다운 꽃.

김대문金大問. 통일 신라 초기의 귀족 학자(?~?). 당대 으뜸가는 문장가이며, 《계림잡전》, 《고승전》, 《화랑세기》 등 수많은 저서는 후일 김부식이 《삼국사기》를 편찬하는 데 귀중한 사료(史料)가 되었으나, 모두 전하지 않는다.

김부식金富軾. 고려 시대의 학자 정치가(1075~1151). 자는 입지(立之). 호는 뇌천(雷川). 묘청의 난을 평정하여 수충정난정국공신(輸忠定難靖國功臣)의 호를 받았으며 인종 23년(1145)에 《삼국사기》를 편찬하였다.

김유신金庾信. 신라의 명장(595~673). 가야국의 시조 수로왕의 12대 손으로, 태종 무열왕 7년(660)에 당나라의 소정방과 함께 백제 를 멸망시키고, 문무왕 8년(668)에 고구려를 정벌한 후 당나라 군사를 축출하는 데 힘써 삼국 통일의 기반을 다졌다.

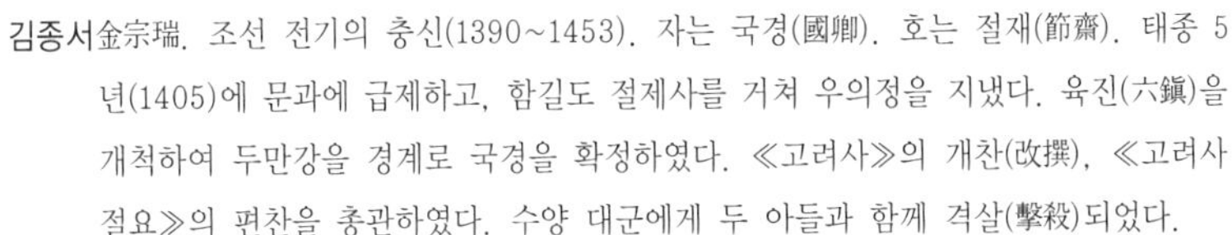

김유신

김윤후金允侯. 고려 고종 때의 승장(僧將)(?~?). 백현원(白峴院)에서 수도하다가, 고종 19년(1232) 몽고가 침입했을 때에 몽고 제국 의 장군 살리타를 사살하였다.

김종서金宗瑞. 조선 전기의 충신(1390~1453). 자는 국경(國卿). 호는 절재(節齋). 태종 5 년(1405)에 문과에 급제하고, 함길도 절제사를 거쳐 우의정을 지냈다. 육진(六鎭)을 개척하여 두만강을 경계로 국경을 확정하였다. 《고려사》의 개찬(改撰), 《고려사 절요》의 편찬을 총관하였다. 수양 대군에게 두 아들과 함께 격살(擊殺)되었다.

김준金俊. 고려 시대의 무신(?~1268). 초명은 인준(仁俊). 고종 45년(1258)에 최의(崔竩) 를 살해함으로써 최씨의 무단 정치를 타도하고 왕권을 회복하였다.

나폴레옹(1769~1821) 프랑스의 황제. 1804년에 황제의 자리에 올라 제1제정을 수립하고 유럽 대륙을 정복하였으나 트라팔가르 해 전에서 영국 해군에 패하고 러시아 원정에도 실패하여 퇴위하 였다. 엘바 섬에 유배되었다가 탈출하여 이른바 '백일천하'를 실현하였으나 다시 세인트헬레나 섬으로 유배되어 그곳에서 죽 었다. 재위 기간은 1804~1815년이다.

나폴레옹

낙화암落花巖. 충청남도 부여군 부여읍 부소산에 있는 큰 바위. 백제 가 망할 때 삼천 궁녀가 이 바위에서 백마강에 몸을 던져 죽었다는 전설이 있다.

난병亂兵. 규율이 잡히지 아니한 군대.

남생男生. 고구려의 재상(?~679). 연개소문의 맏아들로 아버지를 이어 대막리지(大莫離支) 가 되었으나 아우 남건, 남산에게 쫓겨났다.

내림來臨. 왕림(枉臨).

노기충천怒氣衝天. 성이 하늘을 찌를 듯이 머리끝까지 치받쳐 있다.

노래자老萊子. 중국 춘추 시대 초나라의 학자(?~?). 70세에 어린아이 옷을 입고 어린애

장난을 하여 늙은 부모를 위안하였다고 한다. 저서에 ≪노래자≫
15편이 있다.

노령老齡. 늙은 나이.

논개論介. 조선 선조 때의 의기(義妓)(?~1592). 진주의 관기(官妓)로,
임진왜란 때에 진주성이 함락되자 촉석루의 술자리에서 당시 왜
장(倭將)이었던 게야무라 후미스케(毛谷村文助)를 껴안고 남강에
떨어져 죽었다.

논개

논다니 웃음과 몸을 파는 여자를 속되게 이르는 말.

논어論語. 유교 경전인 사서(四書)의 하나. 공자와 그의 제자들의 언행을 적은 것으로, 공
자 사상의 중심이 되는 효제(孝悌)와 충서(忠恕) 및 '인(仁)'의 도(道)에 대하여 설명
하고 있다. 7권 20편.

누리 '세상(世上)'을 예스럽게 이르는 말.

누항陋巷. 좁고 지저분하며 더러운 거리.

늑탈勒奪. 폭력이나 위력을 써서 강제로 빼앗음.

능라주의綾羅紬衣. 비단옷과 명주옷을 아울러 이르는 말.

단근질 불에 달군 쇠로 몸을 지지는 일.

단병접전 短兵接戰. 칼이나 창 따위의 단병으로 적과 직접 맞부딪쳐 싸움. 또는 그런 전투.

당태종 중국 당나라의 제2대 황제(598~649). 성은 이(李). 이름은 세민
(世民). 삼성 육부와 조용조 따위의 제도를 정비하였고, 외정(外征)
을 행하여 나라의 기초를 쌓았다. 재위 기간은 629~649년이다.

당태종 이세민

대정大正. '다이쇼'를 우리 한자음으로 읽은 이름.

대조영大祚榮. 발해의 시조(?~719). 고구려의 유민으로, 699년에 진(震)
을 세워 왕이 되고, 713년에 고구려의 옛 영토를 회복하여 국호를
발해라 고쳤다. 재위 기간은 699~719년이다.

댕댕이 댕댕이덩굴. 새모래덩굴과의 여러해살이 넝쿨풀. 줄기는 목질에 가깝고 잔털이 있
으며 물체에 감기어 뻗는다. 잎은 어긋나고 달걀 모양이다. 초여름에 황백색의 잔꽃
이 잎겨드랑이에 취산(聚繖) 꽃차례로 피고, 열매는 핵과(核果)로 10월에 푸른 흑색
으로 익는다. 뿌리는 약용하고 줄기는 바구니 제조용으로 쓴다. 산기슭 양지나 들에
절로 나는데, 한국의 황해도 이남, 일본, 대만, 중국, 필리핀 등지에 분포한다.

덕국德國. 예전에, '독일'을 이르던 말.

도륙屠戮. 사람이나 짐승을 함부로 참혹하게 마구 죽임.

도선道詵. 통일 신라 말기의 중. 풍수지리설의 대가(827~898).
속성은 김(金). 혜철 대사에게 무설설(無說說) 무법법(無
法法)을 배워 크게 깨달았으며, 참선 삼매의 불도를 닦았

댕댕이덩굴

다. 그의 음양지리설과 풍수 상지법(風水相地法)은 고려
와 조선 시대에도 큰 영향을 주었다. 저서에 ≪도선비기≫가 있다.

도조賭組. 남의 논밭을 빌려서 부치고 논밭을 빌린 대가로 해마다 내는 벼.

도척盜跖. 중국 춘추 시대의 큰 도적(?~?). 현인 유하혜(柳下惠)의 아우로, 수천 명을 거
느리고 천하를 횡행하였다고 한다.

독선기신獨善其身. 남을 돌보지 아니하고 자기 한 몸의 처신만을 온전하게 함.

동맹東盟. 고구려 때에, 해마다 10월에 지내던 제천 의식. 온 나라 백성이 추수에 대한 감
사로 하늘에 제사하고 춤과 노래로 즐기었다.

동명성왕東明聖王. 고구려의 시조(B.C.58~B.C.19). 성은 고(高).
이름은 주몽 또는 추모(鄒牟). 해모수의 아들. 동부여의 금
와왕의 아들 대소(帶素)의 모해(謀害)를 피하여 졸본에 나

동명성왕릉

라를 세우고 국호를 고구려라 하였다. 재위 기간은 기원전
37년에서 기원전 19년까지이다.

동사강목東史綱目. 조선 영조 때 안정복이 지은 역사책. 기자 조선에서부터 고려에 이르기
까지의 역사를 주희의 ≪통감강목≫을 참고로 하여 편년체로 기록하였다. 정조 2년
(1778)에 완성되었다.

동양진수東洋鎭守. 군대를 주둔시켜 군사적으로 중요한 곳을 지킴.

동종동문同種同文. 동문동종(同文同種), 서로 다른 두 나라가 같은 문자를 사용하고 인종도
같음.

동천왕東川王. 고구려의 제11대 왕(?~248). 이름은 우위거(憂位居). 동황성(東黃城)으로
천도하고 신라와 화친하였다. 재위 기간은 227~248년이다.

동학東學. 19세기 중엽에 탐관오리의 수탈과 외세의 침입에 저항하여 수운 최제우가 세상
과 백성을 구제하려는 뜻으로 창시한 민족 종교. 유불도 삼교를 흡수하고 인내천 사
상을 기본 교리로 삼아 민중으로부터 크게 환영을 받아 교세가 확장되었으나, 1894
년 동학 농민 운동 이후에 정부의 탄압을 받았고, 제3대 교주 손병희 때 천도교로
이름을 바꾸었다.

두문동杜門洞. 이성계가 조선을 건국한 것에 반대한 고려 유신이 모여 살던 곳. 경기도 개풍군 광덕면 광덕산 서쪽 기슭에 있다.

마치니Mazzini, Giuseppe(1805~1872). 이탈리아의 혁명가 통일 운동 지도자. 1831년 망명지인 마르세유에서 청년 이탈리아당을 결성하여 이탈리아를 공화 정치로 통일할 것을 호소하고, 1849년에는 로마 공화국을 수립하였으나 프랑스군의 간섭으로 실패한 후 망명하였다.

막막강병莫莫强兵. 아주 강한 군사.

만물상萬物相. 금강산에 있는 바위산. 바위가 여러 가지 물체의 형상을 나타내고 있어 기묘한 경관을 이루고 있다.

만호장안萬戶長安. 집이 아주 많은 서울.

망국노亡國奴. 나라가 망하여 침략자에게 예속되어 있는 국민.

면류관冕旒冠. 제왕(帝王)의 정복(正服)에 갖추어 쓰던 관. 거죽은 검고 속은 붉으며, 위에는 긴 사각형의 판이 있고 판의 앞에는 오채(五彩)의 구슬꿰미를 늘어뜨린 것으로, 국가의 대제(大祭) 때나 왕의 즉위 때 썼다.

면류관

명림답부明臨答夫. 고구려의 재상(67~179). 고구려 최초의 국상(國相)이 되어 정치와 병권을 도맡았다. 신대왕 8년(172)에 중국 한나라의 경림(耿臨)이 대군을 이끌고 쳐들어왔을 때 농성 작전(籠城作戰)을 써서 전멸시켰다.

명사십리明沙十里. 함경남도 원산시의 동남쪽 약 4km 지점에 있는 모래톱. 모래가 곱고 부드러운 해수욕장과 해당화로 유명하다.

모란봉牡丹峯. 평양 북쪽에 있는 작은 산. 꼭대기에 모란대(牡丹臺), 최승대(最勝臺), 을밀대 따위의 누각이 있고, 동쪽은 절벽을 이루어 대동강을 굽어보고 있어서 경치가 빼어나다. 높이는 96미터.

모사謀士. 남을 도와 꾀를 내는 사람.

몽치 짤막하고 단단한 몽둥이. 주로 사람이나 동물을 때리는 데에 쓰며, 예전에는 무기로도 썼다.

묘청妙淸. 고려 인종 때의 중(?~1135). 도참설로 중앙 정계에 진출하여, 서경 천도 따위의 개혁 정치와 금국정벌론을 주장하다가 반대에 부딪치자 난을 일으켰으나 실패하였다.

무던할 정도가 어지간하다.

무부기無夫妓. 정해진 기둥서방이 없는 기생.

무산민중無産民衆. 무산자인 인민 대중.

무쇠두멍 물을 많이 담아 두고 쓰는 큰 가마나 독.

무쌍한지라 서로 견줄 만한 것이 없을 정도로 뛰어나다.

무장공자無腸公子. 창자가 없는 동물이라는 뜻으로, '게'를 이르는 말. 기개
　　나 담력이 없는 사람을 놀림조로 이르는 말.

두멍

무학無學. 고려 말기에서 조선 초기의 중(1327~1405). 속성은 박(朴). 이름은 자초(自超).
　　이성계의 스승으로, 법천사 영암사에 수년 간 머물다가 양주(楊州) 회암사(檜巖寺)에
　　서 계속 지냈다. 새 수도의 지상(地相)을 보러 계룡산, 한양 등지를 돌아다녔다. 저
　　서에 ≪인공음(印空吟)≫이 있다.

문교文敎. 문화와 교육을 아울러 이르는 말.

문묘文廟. 공자를 모신 사당. 원래 선사묘(先師廟)라고 하였다가 중국 명나라 성조 때 문묘
　　(文廟) 또는 성묘(聖廟)라고 하였으며, 청나라 이후 공자묘(孔子廟)라 하였다. 중국
　　산둥 성(山東省) 취푸(曲阜)에 있는 것이 가장 크고 유명하다. 우리나라에는 성균관
　　과 향교에 있는데 곳에 따라 사성(四聖), 공자의 제자, 역대의 거유(巨儒) 및 신라
　　이후의 우리나라의 큰선비들을 함께 모신 곳도 있다.

문무대왕文武大王. 신라 제30대 왕(?~681). 성은 김(金).
　　이름은 법민(法敏). 태종 무열왕의 맏아들로 김유신
　　과 함께 백제, 고구려를 멸망시키고 중국 당나라 세
　　력을 몰아내어 삼국 통일을 이룩하였다. 당악(唐
　　樂), 신력(新曆) 따위의 당나라 문화를 수입하는 데
　　에 노력하였고, 죽은 후 유언에 따라 동해의 대왕암
　　에 수장되었다. 재위 기간은 661~681년이다.

문무왕릉

문왕 중국 주나라 무왕의 아버지(?~?). 이름은 창(昌). 기원전 12세기경에 활동한 사람으
　　로 은나라 말기에 태공망 등 어진 선비들을 모아 국정을 바로잡고 융적(戎狄)을 토
　　벌하여 아들 무왕이 주나라를 세울 수 있도록 기반을 닦아 주었다. 고대의 이상적인
　　성인 군주의 전형으로 꼽힌다.

문하시랑門下侍郞. 문하시랑 평장사(門下侍郞平章事). 고려 시대에, 내사문하성에 둔 정이
　　품 벼슬. 성종 때 처음으로 두었으며 문종 때 정원과 품계를 정하였는데, 충렬왕 1
　　년(1275)에 중서시랑평장사와 합쳐 첨의시랑찬성사로 고쳤다.

물외한인物外閑人. 세상사에 관계하지 않고 한가롭게 지내는 사람.

미덥게 믿음성이 있다.

미리 '용(龍)'의 방언(경상, 제주).

미혹迷惑. 무엇에 홀려 정신을 차리지 못함.

민영휘閔泳徽. 조선 고종 때의 문신(1852~1935). 초명은 영준(泳駿). 자는 군팔(君八). 호는 하정(荷汀). 갑신정변을 진압하였고, 국권 강탈 후 일본 정부의 자작(子爵)이 되었으며, 천일 은행(天一銀行)과 휘문 학교를 설립하였다.

밀우密友. 고구려 동천왕 때의 무장(武將)(?~?). 중국 위나라 장수 관구검(毌丘儉)이 침입하였을 때에, 죽령(竹嶺)에서 결사대를 조직하여 남옥저(南沃沮)로 피신하는 임금을 도와 후에 일등 공신이 되었다.

바울Paul. 기독교 최초의 전도자(?~?). 열렬한 유대교도로서, 기독교도를 박해하러 가다가 다메섹에서 예수의 음성을 듣고 믿음을 바꾸어 전 생애를 전도에 힘쓰고 각지에 교회를 세웠다. 로마에서 순교하였으며, 〈로마서〉〈고린도서〉〈갈라디아서〉 따위를 썼다.

박제상朴堤上. 신라 눌지왕 때의 충신(?~?). 고구려에 볼모로 가 있던 왕제(王弟) 복호(卜好)를 데려왔으며, 왜(倭)에 볼모로 간 왕제 미사흔(未斯欣)을 돌려보내고 자신은 체포되었는데, 왜의 협박과 회유에도 굴하지 않고 충절을 지키다가 피살되었다. 부인은 그를 기다리다 망부석이 되었다는 전설이 있다.

박제상 순국비

반연絆緣. 얽히어 맺어지는 인연.

반포지효反哺之孝. 까마귀 새끼가 자라서 늙은 어미에게 먹이를 물어다 주는 효(孝)라는 뜻으로, 자식이 자란 후에 어버이의 은혜를 갚는 효성을 이르는 말.

발해渤海. 699년에 고구려의 장수였던 대조영이 고구려의 유민과 말갈족을 거느리고 동모산에 도읍하여 세운 나라. 수도는 건국 초기를 제외하고 상성 용천부에 두고 '해동 성국'이다 불릴 만큼 국세를 떨쳤으나 926년 요나라에게 망하였다.

방기放棄. 내버리고 아예 돌아보지 아니함.

방명미사芳名美事. 꽃다운 이름을 떨칠 아름다운 일이라는 뜻으로, 이름을 떨쳐 칭찬을 받을 만한 좋은 일을 이르는 말.

방물 여자가 쓰는 화장품, 바느질 기구, 패물 따위의 물건.

배향配享. 학덕이 있는 사람의 신주를 문묘나 사당, 서원 등에 모시는 일.

백낙천白樂天. 백거이(白居易). 중국 당나라의 시인(772~846). 자는 낙천(樂天). 호는 향산거사(香山居士) 취음선생(醉吟先生). 일상적인 언어 구사와 풍자에 뛰어나며, 평이하고 유려한 시풍은 원진(元稹)과 함께 원백체(元白體)로 통칭된다. 작품에 〈장한가〉, 〈비파행〉이 유명하고, 시문집에 ≪백씨문집≫ 따위가 있다.

백거이

백이숙제伯夷叔齊. 백이(伯夷). 중국 은나라 말에서 주나라 초기의 현인(?~?). 이름은 윤(允). 자는 공신(公信). 주나라 무왕이 은나라의 주왕을 치려고 했을 때, 아우인 숙제(叔齊)와 함께 간하였으나 받아들여지지 않고 주나라가 천하를 통일하자 수양산으로 들어가 굶어 죽었다.

백학白鶴. 두루미

버러지 벌레.

법국法國. 예전에, '프랑스'를 이르던 말.

변한弁韓. 삼한의 하나. 경상도의 서남 지방에 십여 개의 소국으로 이루어졌으며, 후에 가야로 발전하였는데, 농업과 양잠을 주로 하고 철과 직포(織布)의 산출로 유명하였다.

병문친구屛門親舊. 골목 어귀의 길가에 모여 막벌이를 하는 사람.

복벽復辟. 물러났던 임금이 다시 왕위에 오름.

복신福信. 백제 무왕의 조카(?~663). 나당 연합군의 침략으로 백제가 망하자 승려 도침(道琛)과 함께 부흥을 꾀하였다. 일본에 가 있던 풍장(豐璋)이 귀환하자 그를 왕으로 추대하였다. 내분으로 도침을 죽였으나 풍장과의 알력으로 피살되었다.

복희씨伏羲氏. 고대 전설상의 제왕. 삼황오제의 우두머리이며, 팔괘를 처음으로 만들고 그물을 발명하여 고기잡이의 방법을 가르쳤다고 한다.

복희씨의 팔괘

본초강목本草綱目. 1590년에 중국 명나라의 이시진(李時珍)이 지은 본초학의 연구서. 종래의 본초학에 관한 책을 정리하여, 약의 올바른 이름을 강(綱)이라 하고 해석한 이름을 목(目)이라 하였다. 약이 되는 흙, 옥(玉), 돌, 초목(草木), 금수(禽獸), 충어(蟲魚) 따위의 1,892종을 7항목으로 분류하고 형상(形狀)과 처방을 적었다. 52권.

봉물封物. 예전에, 시골에서 서울 벼슬아치에게 선사하던 물건.

봉상왕烽上王. 고구려 제14대 왕(?~300). 이름은 상부(相夫) 삽시루(歃矢婁). 일명은 치갈

왕(雉葛王). 창조리를 국상(國相)에 등용하여 2년(293)과 5년(296)에 중국 연나라 모용외의 침입을 격퇴하였으나, 사치와 방탕에 빠져 폐위되었다. 재위 기간은 292~300년이다.

부복俯伏. 고개를 숙이고 엎드림.

부여夫餘/扶餘. 기원전 1세기 무렵에 부여족이 북만주 일대에 세운 나라. 농경 생활을 주로 했고, 중국으로부터 철기 문화를 받아들이고 은력을 사용하는 등 진보된 제도와 조직을 갖추었으나, 3세기 말에 선비족의 침입으로 크게 쇠퇴한 후, 그 영토가 대부분 고구려에 편입되었다.

부지거처不知去處. 간 곳을 모름.

분규憤叫. 이해나 주장이 뒤얽혀서 말썽이 많고 시끄러움.

분주불가奔走不暇. 몹시 바빠서 겨를이 없음.

불고不顧. 돌아보지 아니함.

불란서佛蘭西. '프랑스'의 음역어.

불무깐 '대장간'의 방언(경남, 전남, 충남).

불상不祥. 상서롭지 않다. 또는 상서롭지 못하다.

불무깐(대장간)

붕崩. 붕어(崩御), 임금이 세상을 떠남.

붕당朋黨. 조선 시대에, 이념과 이해에 따라 이루어진 사림의 집단을 이르던 말.

비거飛去. 날아가 버림.

비루(鄙陋)**하고** 행동이나 성질이 너절하고 더럽다.

비류比流/沸流. 고구려 동명 성왕의 둘째 아들(?~?). 이복형 유리가 북부여에서 와 세자가 되고 후에 왕이 되자, 아우 온조와 함께 고구려를 떠나 미추홀에 도읍을 정하였으나 땅이 습하고 살 곳이 못 되어 백성이 흩어지니, 온조에게 부끄럽게 생각하여 스스로 목숨을 끊었다.

비상砒霜. 비석(砒石)에 열을 가하여 승화시켜 얻은 결정체. 거담제와 학질 치료제로 쓰였으나 독성 때문에 현재는 쓰지 않는다.

빈천지교貧賤之交. 가난하고 천할 때 사귄 사이. 또는 그런 벗.

사고무인四顧無人. 주위에 사람이 없어 쓸쓸함.

사다함斯多含. 신라의 화랑(?~?). 성은 김(金). 진흥왕 23년(562)에 가야국 정벌에 종군하여 큰 공을 세웠으며, 무관랑(武官郎)과의 우정으로 유명하다.

사륜남여四輪藍輿. 의자와 비슷하고 뚜껑이 없는 작은 가마. 승지나 참의 이상의 벼슬아치가 탔다.

사면수적四面受敵. 사방으로부터 적의 공격을 받음.

사명당四溟堂. 유정(惟政)의 호. 조선 중기의 중(1544~1610). 속명은 임응규(任應奎). 자는 이환(離幻). 호는 사명당(四溟堂) 송운(松雲) 종봉(鍾峯). 유정은 법명(法名)이다. 승과에 급제하였으며, 임진왜란 때는 승병을 이끌고 왜군과 싸워 공을 세우고, 1604년에 사신으로 일본에 건너가 전란 때 잡혀간 3,000여 명의 포로를 구해 돌아왔다.

사실査實. 사실을 조사하여 알아봄.

사은謝恩. 받은 은혜에 대하여 감사히 여겨 사례함.

사의私議. 사사로이 의논함. 또는 그런 의논.

사자후獅子吼. 사자의 우렁찬 울부짖음이란 뜻으로, 크게 부르짖어 열변을 토하는 연설을 이르는 말.

사적事蹟. 역사적으로 중요한 사건이나 시설의 자취.

사전赦典. 국가적인 경사가 있을 때 죄인을 용서하여 놓아주던 일.

산군山君. '호랑이'를 달리 이르는 말.

산포山砲. 차량이 통행할 수 없는 산악 따위의 전투에서 쓸 수 있도록 분해하여 운반할 수 있게 만든 가벼운 대포. 야포(野砲)보다 작으며 포신(砲身), 포가(砲架), 바퀴 따위를 분해할 수 있다.

산포

산해경山海經. 고대 중국의 지리 책. 작가 연대 미상이며, 뤄양(洛陽)을 중심으로 한 산맥, 하천과 신화, 전설, 산물 따위를 수록하였다. 중국의 자연관과 신화 연구에 중요한 자료이다. 18권.

『산해경』

살수薩水. '청천강'의 옛 이름.

살수싸움 살수대첩(薩水大捷). 고구려 영양왕 23년(612)에 고구려와 중국 수나라가 살수에서 벌인 큰 싸움. 수나라의 양제가 고구려를 정복하려고 200만의 대군을 인솔하고 쳐들어왔으나, 을지문덕 장군이 지휘한 고구려 군사가 살수를 건너온 수나라의 별동대 30만 5000여 명을 몰살하였다.

삼국사기三國史記. 고려 인종 23년(1145)에 김부식이 왕명에 따라 펴낸 역사 책. 신라, 고구려, 백제 세 나라의 역사를 기전체로 적었다. 본기(本紀) 연표(年表) 지류(志類) 및 열전(列傳)으로 되어 있으며, ≪삼국유사≫와 더불어 우리나라에서 현존하는 가장 오래된 역사책이다. 50권 10책.

삼십육계三十六計. 서른여섯 가지의 꾀. 많은 모계(謀計)를 이른다.

삼인검三寅劍. 인년(寅年), 인월, 인일에 만든 칼. 칼의 몸에

    북두칠성을 새기었다.

삼인검

삼패三牌. 기생의 한 부류. 이패(二牌)보다 한층 낮은 부류

    에 속한다.

상거相距. 떨어져 있는 두 곳의 거리.

상고詳考. 꼼꼼하게 따져서 검토하거나 참고함.

상노床奴. 밥상을 나르거나 잔심부름을 하는 어린아이.

상무尚武. 무예를 중히 여겨 받듦.

상서祥瑞. 복되고 길한 일이 일어날 조짐.

상오上午. 밤 0시부터 낮 12시까지의 동안.

상주上奏. 임금에게 말씀을 아뢰던 일.

상책上策. 가장 좋은 대책이나 방책.

서경덕徐敬德. 조선 중종 때의 학자(1489~1546). 자는 가구(可久). 호는 복재(復齋) 화담

    (花潭). 이기론(理氣論)의 본질을 연구하여 이기 일원설을 체계화하였으며, 수학 역

    학도 깊이 연구하였다. 저서에 ≪화담집≫이 있다.

서량恕諒. 사정을 헤아려 용서함.

서산대사西山大師. 휴정 대사(休靜大師)의 다른 이름. 조선 선조 때의 중

    (1520~1604). 속성(俗姓)은 최(崔). 자는 현응(玄應). 법호는 청

    허(淸盧) 서산(西山). 임진왜란 때 승병(僧兵)의 총수가 되어 서울

    을 수복하는 데 공을 세웠으며, 유(儒) · 불(佛) · 도(道) 3교 통합

    설의 기반을 마련하고 교종(教宗)을 선종(禪宗)에 포섭하였다. 저

    서에 ≪청허당집≫, ≪선가귀감≫ 따위가 있다.

서산대사

서역 페스트(pest).

석왕사釋王寺. 함경남도 안변군 설봉산에 있는 절. 조선 태조 때에 무학 대사가 창건한 것

    으로, 태조 이성계와 깊은 인연이 있어 조선 왕실로부터 상당한 보호를 받았으며,

    지금은 선교 양종의 본산이 되었다. 원나라의 영향을 받은 응진전(應眞殿)이 유명하

    다. 일제 강점기에 삼십일 본산의 하나였다.

선랑仙郎. 신라 말기에, 화랑을 달리 이르던 말.

선양宣揚. 명성이나 권위 따위를 널리 떨치게 함.

선왕宣王. 발해의 제10대 왕(?~830). 성은 대(大). 이름은 인수(仁秀). 고구려 옛 땅의 대부분을 회복하고 중국 당나라 제도를 모방하여 행정 구역을 개편하여 발해의 전성기를 이룩하였다. 재위 기간은 818~830년이다.

설총薛聰. 신라 경덕왕 때의 학자(?~?). 자는 총지(聰智). 시호는 홍유후(弘儒侯). 국학(國學)에서 학생들을 가르쳐 유학의 발전에 공헌하였으며, 이두(吏讀)를 정리하고 집대성하였다.

섬섬纖纖. 갸날프고 여리다.

성복成服. 초상이 나서 처음으로 상복을 입음. 보통 초상난 지 나흘 되는 날부터 입는다.

성설盛設. 잔치 따위를 성대하게 베풂. 또는 그런 차림.

성제대聖帝帶. 천사 옥대(天賜玉帶). 신라의 세 가지 보배 가운데 금과 옥으로 만든 띠. 진평왕 1년(579)에 하늘에서 주었다고 한다.

성충成忠. 백제 의자왕 때의 충신(?~656). 좌평(佐平)으로 있으면서 왕의 방탕을 여러 번 간하다가 투옥되자, 옥에서 외적의 침입을 예언하면서 육로는 탄현(炭峴)에서, 수로는 기벌포(伎伐浦)에서 적을 막으라는 말을 남기고 죽었다.

성탕成湯. 중국 은나라의 초대 왕(?~?). 원래 이름은 이(履) 또는 대을(大乙). 박(亳)에 도읍을 정하고 국호를 상(商)이라 칭하였으며, 제도와 전례(典禮)를 정비하였다. 13년간 재위하였다.

세의世誼. 대대로 사귀어 온 정(情).

세찬歲饌. 설에 세배하러 온 사람들을 대접하는 음식.

소견消遣. 어떠한 것에 재미를 붙여 심심하지 아니하게 세월을 보냄.

소쇄(瀟灑)**하다** 기운이 맑고 깨끗하다.

소요騷擾. 여럿이 떠들썩하게 들고일어남. 또는 그런 술렁거림과 소란.

소하蕭何. 중국 전한의 정치가(?~B.C.193). 유방을 도와 한(漢)나라의 기틀을 세웠으며, 율구장(律九章)이라는 법률을 만들었다.

소회所懷. 마음에 품고 있는 회포.

속사포速射砲. 탄알을 쉽게 장전하여 빨리 발사할 수 있는 포.

솔거率居. 신라 진흥왕 때의 화가(?~?). 황룡사의 벽화 〈노송도〉와 분황사의 〈관음보살〉, 진주 단속사의 〈유마거사상〉 따위를 그렸으나 지금은 전하지 않는다.

수隋. 581년에 중국 북주(北周)의 양견(楊堅)이 정제(靜帝)의 선양(禪讓)을 받아 세운 왕조. 581년에 개국하였으며, 589년에 진(陳)나라를 합쳐 중국을 통일하였으나, 618년에 당나라 고조 이연(李淵)에게 망하였다.

수범首犯. 범인 가운데 우두머리.

수삭數朔. 몇 달.

수양제隋煬帝. 중국 수나라의 제2대 황제(569~618). 성은 양(楊). 이름은 광(廣). 대운하(大運河)를 비롯한 토목 공사를 크게 일으켰고, 대군을 보내어 고구려를 침입하였다가 을지문덕에게 패배하였다. 재위 기간은 604~618년이다.

수용산출水湧山出. 물이 샘솟고 산이 솟아나온다는 뜻으로, 생각과 재주가 샘솟듯 풍부하여 시나 글을 즉흥적으로 훌륭하게 짓는 것을 비유적으로 이르는 말.

수직守直. 건물이나 물건 따위를 맡아서 지킴. 또는 그런 사람.

숙제叔齊. 중국 은나라 말기의 현인(賢人)(?~?). 이름은 지(智). 자는 공달(公達). 주나라 무왕(武王)이 은나라 주왕(紂王)을 치려고 할 때 형 백이(伯夷)와 함께 간하였으나, 받아들여지지 않자 형과 함께 수양산에 숨어 살다가 굶어 죽었다.

순무사巡撫使. 조선 시대에, 반란과 전시(戰時)의 군무(軍務)를 맡아보던 임시 벼슬.

시랑豺狼. 승냥이와 이리를 아울러 이르는 말.

시체時體. 그 시대의 풍습 유행을 따르거나 지식 따위를 받음. 또는 그런 풍습이나 유행.

승냥이

시호諡號. 제왕이나 재상, 유현(儒賢) 들이 죽은 뒤에, 그들의 공덕을 칭송하여 붙인 이름.

시전詩傳. ≪시경≫의 내용을 알기 쉽게 풀이한 책.

신원伸冤. 가슴에 맺힌 원한을 풀어 버림.

심복지인心腹之人. 마음 놓고 부리거나 일을 맡길 수 있는 사람.

십자군十字軍. 중세 유럽에서, 기독교도가 팔레스타인과 예루살렘을 이슬람교노로부터 다시 찾기 위하여 일으킨 원정. 또는 그 원정대. 종군자(從軍者)가 십자의 기장(記章)을 단 데서 유래하는데, 1096년부터 13세기 후반까지 7회에 걸쳐 약 700만을 동원하였으나 목적을 달성하지 못하였다.

십자군

쌍거쌍래雙去雙來. 쌍쌍이 오고 감.

씨 중국 하나라의 우임금(禹, 중국 고대 전설상의 임금. 곤(鯀)의 아들로서 치수에 공적이 있어서 순(舜)으로부터 왕위를 물려받아 하(夏)나라를 세웠다고 한다)을 이르는 말.

아라사俄羅斯. '러시아'의 음역어.

아사餓死. 굶어 죽음.

악머구리 잘 우는 개구리라는 뜻으로, '참개구리'를 이르는 말.

안승왕安勝王. 安勝. 고구려 부흥 운동 때 추대된 왕(?~?). 고구려 보장왕의 서자로, 검모
　　잠에 의하여 왕으로 추대되어 고구려 재건을 꾀하다가 신라에 귀순하여 보덕왕에 봉
　　해지고, 뒤에 소판(蘇判)의 벼슬과 김씨(金氏) 성을 받았다.

안시성安市城. 삼국 시대에, 고구려가 랴오허(遼下) 유역에
　　설치한 성. 고구려와 당나라의 싸움(645)에서 당군의
　　침략을 저지한 곳으로 유명하다.

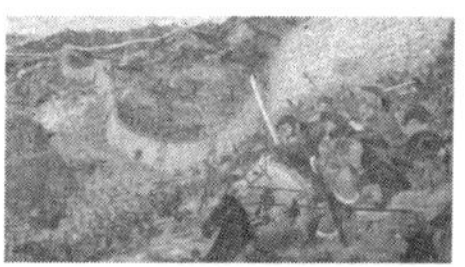

안자顔子. 안회(顔回)의 높임말. 안회는 중국 춘추 시대의
　　유학자(B.C.521~B.C.490)로, 자는 자연(子淵). 공
　　자의 수제자로 학덕이 뛰어났다.

안시성전투기록화

안중근安重根. 독립 운동가(1879~1910). 남포에 돈의 학교를 설립하
　　여 인재 양성에 힘쓰다가 1907년 연해주로 망명하여 의병 운동
　　에 참가하고, 1909년 만주의 하얼빈 역에서 이토 히로부미를
　　암살하였다.

안중근

안출案出. 생각해 냄.

애연哀然. 슬픈 듯하다.

야소기독耶蘇基督. '예수 그리스도'의 음역어.

야포野砲. 야전에서 주로 쓰는 야전 유탄포나 산포(山砲) 따위의 대포.

양만춘楊萬春. 고구려의 명장(?~?). 보장왕 4년(645) 안시성에서 중국 당 태종의 30만 대
　　군을 맞아 격전 끝에 이를 물리쳤다.

양비대담攘臂大談. 소매를 걷어 올리고 큰소리를 침.

양호유환養虎遺患. 범을 길러서 화근을 남긴다는 뜻으로, 화근이 될 것을 길러서 후환을 당
　　하게 됨을 이르는 말.

어린魚鱗. 물고기의 비늘.

어사화御賜花. 조선 시대에, 문무과에 급제한 사람에게 임금이 하사하던 종이꽃.

얼 탈이나 사고.

얼된 사람됨이 좀 모자라다.

에덴Eden. 구약 성경 〈창세기〉에 나오는 지상 낙원. 인류의 시조인 아담과 하와가 하나님
의 명령을 거역하여 추방당하기 전까지 살았던 곳이다.

여불위呂不韋. 중국 전국 시대 말기 진(秦)나라의 재상(宰相)(?~B.C.235). 조(趙)나라에
인질이 되어 있었던 진나라 장양왕(莊襄王)을 도와 그 공로로 승상(丞相)이 되고 시
황제로부터 중부(仲父)로 존칭되었지만 밀통(密通) 사건에 연루되어 실각(失脚)하였
다. ≪여씨춘추≫를 편찬하였다.

여염閭閻. 백성의 살림집이 많이 모여 있는 곳.

여하한 '성질이나 형편, 상태 따위가 어찌 되어 있건'의 뜻을 나타내는 말.

연개소문淵蓋蘇文. 고구려의 정치가 장군(?~666). 대대로(大對盧)가
된 후 영류왕을 죽이고 보장왕을 추대하고 스스로 대막리지(大
莫離支)가 되어 정권을 장악하였다. 보장왕 3년(644)에 당 태
종의 17만 대군을 안시성에서 격파하였다.

연개소문

연광年光. 젊은 나이.

연나椽那. 고구려 오부(五部)의 하나. ≪삼국지≫〈고구려전〉에서 전
하는 절노부(絶奴部)를 ≪삼국사기≫에서 달리 이른 것이다.

연소하다 나이가 어리다.

열사烈士. 나라를 위하여 절의를 굳게 지키며 충성을 다하여 싸운 사람.

영계靈界. 사람이 죽은 뒤에 영혼이 가서 산다는 세계.

영영營營. 세력이나 이익 따위를 얻기 위하여 몹시 분주하고 바쁘다.

예종睿宗. 고려의 제16대 왕(1079~1122). 이름은 우(俁). 자는 세민(世民). 윤관에게 여진
을 치게 하여 9성을 쌓았으며 학교를 세우고 국학(國學)에 양현고를 설치하는 등 학
문을 진흥시켰다. 재위 기간은 1105~1122년이다.

오국墺國. 예전에, '오스트리아'를 이르던 말.

오대주五大洲. 지구 상의 다섯 대륙. 아시아 주, 유럽 주, 아프리카 주, 오세아니아 주, 아
메리카 주를 이른다.

오얏 '자두'의 잘못.

오인誤認. 잘못 보거나 잘못 생각함.

오입장이 오입질(아내가 아닌 여자와 성관계를 가지는 짓)하는 사람을 낮잡아 이르는 말.

옥보고玉寶高. 신라 경덕왕 때의 악사(?~?). 지리산의 운상원(雲上院)에 들어가 50년 동안
거문고의 기법을 닦고, 30여 곡의 거문고 곡조를 지어 속명득(續命得)에게 전하였

다.

옥수獄囚. 옥에 갇힌 사람.

온조왕溫祚王. 백제의 시조(?~28). 위례성에 도읍을 정하고 나라를 세웠다. 기원전 11년
에 말갈(靺鞨)의 침입을 받았으며, 기원전 5년에 서울을 남한산으로 옮기고, 9년에
는 마한을 병합하여 국토를 확장하였다. 재위 기간은 기원전 18~기원후 28년이다.

옹용(雍容)한 마음이나 태도 따위가 화락하고 조용하다.

완악頑惡. 성질이 억세게 고집스럽고 사납다.

왕가도王可道. 고려 초기의 문신(?~1034). 본명은 이자림(李子林). 현종 1년(1010)에 경군
(京軍)의 영업전을 몰수한 데에 반발하여 난을 일으키고 정권을 잡은 무신들을 제거
하여 무신 전권(武臣專權)의 폐를 없앴다. 후에 딸이 덕종의 비가 되자 내사문하평장
사(內史門下平章事)를 지냈다.

왕망王莽. 중국 전한의 정치가(B.C.45~A.D.23). 자는 거군(巨君). 자신이 옹립한 평제(平
帝)를 독살하고 제위를 빼앗아 국호를 신(新)으로 명명하였다. 한(漢)나라 유수(劉秀)
에게 피살되었다. 재위 기간은 8~23년이다.

왕인박사 백제 근초고왕 때의 학자(?~?). 285년에 일본의 오오진(應神) 천황의 초청으로
≪천자문≫과 ≪논어≫ 10권을 가지고 일본에 건너가 일본에 한학을 알리는 한편,
태자의 사부가 되었다.

왜루하지만 몸집이 작고 보기에 흉하다.

요부(饒富)하던 살림이 넉넉하다.

요해지要害地. 요충지.

요행僥倖/徼幸. 뜻밖에 얻는 행운.

용력勇力. 씩씩한 힘. 또는 뛰어난 역량.

용무勇武. 날쌔고 용맹스럽다.

용봉龍鳳. 용과 봉황을 아울러 이르는 말.

용사用事. 권세를 부림.

우륵于勒. 신라의 가야금 명인(?~?). 대가야 가실왕 때 쟁(箏)을 본떠
가야금을 만들고, 〈상가야(上伽倻)〉와 〈하가야(下伽倻)〉 등 12곡
을 지었다. 본디 가야 사람이나 551년 신라에 귀화하였다.

우륵

웅진熊津. '공주(公州. 충청남도의 동부 중앙에 있는 시. 농업과 양잠 낙
농 양돈 따위가 성하다. 명승고적으로 백제의 유적지 및 계룡산 국립공원 따위가 있

다. 1995년 1월 행정 구역 개편 때 공주군을 통합하여 도농 복합 형태의 시를 이루었다)'의 옛 이름.

워싱턴Washington, George. 미국의 초대 대통령(1732~1799). 건국의 아버지로 불린다. 대통령 취임 후에는 연방 정부의 기초 확립에 노력하였고, 프랑스 혁명에 따른 영불(英佛) 전쟁 때는 중립을 지켰다. 3선을 끝내 사양하고 은퇴하였다. 재임 기간은 1789~1797년이다.

원세개 '위안스카이(Yuan Shikai, 중국의 정치가(1859~1916). 자는 웨이팅(慰亭). 호는 룽안(容庵). 조선의 임오군란 갑신정변, 중국의 무술정변에 관여하였으며, 의화단 사건 후 총독, 북양(北洋) 대신이 되었다. 신해혁명 때는 전권을 장악하여 선통제를 퇴위시키고, 1913년에 대총통에 취임하였으며, 1916년에 제위에 오르겠다고 선언하였으나 반대에 부딪쳐 실각하였다)'의 잘못.

원효

원효元曉. 신라의 중(617~686). 속성은 설(薛). 신라 십성의 한 사람으로 꼽히며, 해동종(海東宗)을 제창하여 불교의 대중화에 힘썼으며, 불교 사상의 융합과 그 실천에도 노력하였다. 저서로 《금강삼매경논소(金剛三昧經論疏)》, 《십문화쟁론(十門和諍論)》, 《화엄경소(華嚴經疏)》 따위가 있다.

위만衛滿. 위만 조선의 창시자(?~?). 중국 연나라의 관리로서 천여 명의 무리를 이끌고 고조선에 망명하여 준왕(準王)으로부터 변경 수비의 임무를 맡았다. 유망민을 기반으로 힘이 커지자 준왕을 몰아내고 위만 조선을 세웠다. 재위 기간은 기원전 194년부터이나 언제까지인지는 분명하지 않다.

유련留連. 객지에 묵고 있음.

유유紐由. 고구려의 충신(?~246). 동천왕 20년(246)에 중국 위나라 관구검이 침입하자 단신으로 적진에 나가 위장(魏將) 왕기(王頎)를 죽이고 자신도 죽었다.

유전流傳. 세상에 널리 퍼짐. 또는 그렇게 퍼뜨림.

육계內界. 육신(肉身)의 세계. 육체 또는 육체가 작용하는 범위를 이른다.

윤관尹瓘. 고려 예종 때의 학자 장군(?~1111). 자는 동현(同玄). 본관은 파평(坡平). 어사대부 한림학사 이부상서 등을 지내고 예종 2년(1107)에 여진 정벌을 하고 구성(九城)을 쌓았다.

윤기倫紀. 윤리와 기강(紀綱)을 아울러 이르는 말.

을지문덕乙支文德. 고구려 영양왕 때의 장군(?~?). 영양왕 23년(612)에 중국 수나라 양제가 고구려에 대군을 이끌고 쳐들어오자 이를 살수에서 물리쳤다. 지략과 무용에 뛰어났으며 시문에도 능하였다. 살수 대첩에서 적장 우중문에게 전한 전략적인 오언 절구의 시 〈유우중문시(遺于仲文詩)〉가 전한다.

을파소乙巴素. 고구려의 재상(?~203). 고국천왕 13년 국상(國相)으로 추대되어, 농민 구제책인 진대법을 실시하였다.

음덕蔭德. 조상의 덕.

읍揖. 인사하는 예(禮)의 하나. 두 손을 맞잡아 얼굴 앞으로 들어 올리고 허리를 앞으로 공손히 구부렸다가 몸을 펴면서 손을 내린다.

의상義湘. 통일 신라 시대의 중(625~702). 속성은 김(金). 신라 십성의 한 사람으로, 당나라에 건너가 화엄(華嚴)을 공부하고 귀국 후 왕명(王命)을 좇아 부석사를 세우고 화엄종을 강론하여 우리나라 화엄종의 창시자가 되었다. 전국 열 군데에 화엄종의 사찰을 세웠으며, 많은 제자를 길러 냈다. 저서로 ≪화엄일승법계도(華嚴一乘法界圖)≫ 따위가 있다.

의종毅宗. 고려의 제18대 왕(1127~1173). 이름은 현(晛). 자는 일승(日升). 인종의 맏아들로, 문학을 좋아하여 문신을 우대하고 무신을 천대하다 24년(1170)에 정중부의 난이 일어나 폐위되고 명종 3년(1173)에 경주에서 살해되었다. 재위 기간은 1146~1170년이다.

이강년李康年. 대한 제국 때의 의병장(1858~1908). 자는 낙인(樂仁). 호는 운강(雲岡). 고종 때 무과에 급제하여 선전관이 되었으나 1884년에 갑신정변이 일어나자 사직하고, 동학 농민 운동 때는 문경의 동학군을 지휘하여 왜병과 탐관오리를 물리쳤다. 1895년 을미사변 때에는 문경에서 의병을 일으켜 활약하다가 체포되어 사형되었다.

이강년

이문진李文眞. 고구려 영양왕 때의 학자(?~?). 태학박사를 지냈으며, 영양왕 11년(600) 왕명으로 ≪유기≫ 100권을 재편찬하여 ≪신집≫ 5권을 만들었는데 모두 전하지 않는다.

이방吏房. 지방 관아의 이방에 속하여 인사 비서(祕書) 따위에 관한 일을 맡아보던 구실아치.

이색李穡. 고려 말기의 문신 학자(1328~1396). 자는 영숙(穎叔). 호는 목은(牧隱). 중국 원나라에 가서 과거에 급제하고, 귀국하여 우대언(右代言)과 대사성 따위를 지냈다. 삼은(三隱)의 한 사람으로, 문하에 권근과 변계량 등을 배출하여 학문에 큰 발자취를 남겼다. 조선 개국 후 태조가 여러 번 불렀으나 절개를 지키고 나가지 않았다. 저서에 ≪목은시고(牧隱詩藁)≫, ≪목은문고(牧隱文藁)≫ 따위가 있다.

이솝Aesop. 그리스의 우화 작가(?B.C.620~?B.C.560). 그리스 사모스 왕의 노예였는데 우화를 재미있게 이야기하여 해방되었다고 한다. 작품에 우화집 ≪이솝 이야기≫가 있다.

이술異術. 요술이나 마술 같은 이상한 술법.

이완용李完用(1858~1926). 조선 고종 때의 친일파. 자는 경덕(敬德). 호는 일당(一堂). 1910년에 총리대신으로 정부의 전권 위원이 되어 한일 병합 조약을 체결하는 등 민족을 반역하였으며, 일본 정부로부터 백작(伯爵)을 받고 조선 총독부 중추원 고문을 지냈다.

이징옥李澄玉. 조선 세종 때의 무인(?~1453). 육진 개척에 공이 커서 함길도 도절제사가 되었다. 단종 원년(1453)에 수양 대군이 김종서 쪽의 인물임을 꺼려 파직하자, 이에 불만을 품고 의병을 모아 반란을 일으켰으나 실패하여 피살되었다.

인판印板. 인쇄판.

인후하다 어질고 후덕하다.

일구월심日久月深. 날이 오래고 달이 깊어 간다는 뜻으로, 세월이 흐를수록 더함을 이르는 말.

일수日收. 본전에 이자를 합하여 일정한 액수를 날마다 거두어들이는 일. 또는 그런 빚.

임경업林慶業. 조선 인조 때의 명장(1594~1646). 자는 영백(英伯). 호는 고송(孤松). 이괄의 난에 공을 세우고, 병자호란 때 중국 명나라와 합세하여 청나라를 치고자 했으나 뜻을 이루지 못하고 김자점의 모함으로 죽었다.

자긍自矜. 스스로에게 긍지를 가짐. 또는 그 긍지.

자담自擔. 스스로 맡아서 하거나 부담함.

잔결殘缺. 헐리어 없어짐.

잔나비 '원숭이'의 방언(상원, 충북).

장건壯健. 기골이 장대하고 튼튼하다.

장상將相. 장수와 재상을 아울러 이르는 말.

장속裝束. 입고 매고 하여 몸차림을 든든히 갖추어 꾸밈. 또는 그런 차림새.

장지壯志. 마음에 품은 장하고 큰 뜻.

재세在世. 세상에 살아 있음. 또는 세상에 살아 있는 동안.

재예才藝. 재능과 기예를 아울러 이르는 말.

저 가로로 불게 되어 있는 관악기를 통틀어 이르는 말.

적서嫡庶. 적자와 서자, 또는 적파와 서파를 아울러 이르는 말.

전국책戰國策. 중국 한나라의 유향(劉向)이, 전국 시대에 종횡가(縱橫家)
가 제후(諸侯)에게 논한 책략을 나라별로 모아 엮은 책. 주나라의
안왕에서 진나라의 시황제까지의 250년 동안의 소진(蘇秦), 장의
(張儀) 등의 변설(辯說)과 책략을 동주(東周), 서주(西周), 진(秦)
등 12개국으로 나누어서 엮었다. 33권.

전국책

전령傳令. 명령을 전하는 사람.

전우치田禹治. 전우치전(田禹治傳). 조선 시대의 소설. 담양(潭陽)에 실존
하였던 전우치를 주인공으로 하고 있으며, 도술을 배운 전우치가 탐관오리를 괴롭히
고 빈민을 구제하다가 서경덕에게 혼난 후 그의 제자가 되어 태백산에 들어갔다는
내용이다. 작자와 연대는 알 수 없다. 전우치는 이 작품의 주인공이다.

전정前程. 앞길.

정기룡鄭起龍. 조선 선조 때의 무신(1562~1622). 초명은 무수(茂壽). 자는 경운(景雲). 호
는 매헌(梅軒). 곤양 정씨의 시조로, 임진왜란 때에 별장(別將)이 되어서 왜군을 격
파하여 통정대부에 오르고, 정유재란 때에 큰 공을 세워 뒤에 삼도(三道) 수군통제
사가 되었다.

정몽주鄭夢周. 고려 말기의 충신 유학자(1337~1392). 초명은 몽
란(夢蘭) 몽룡(夢龍). 자는 달가(達可). 호는 포은(圃隱). 오
부 학당과 향교를 세워 후진을 가르치고, 유학을 진흥하여
성리학의 기초를 닦았다. 명나라를 배척하고 원나라와 가
깝게 지내자는 정책에 반대하고, 끝까지 고려를 받들었다.
문집에 ≪포은집≫이 있다.

정몽주

정문부鄭文孚. 조선 선조 때의 문신 의병장(1565~1624). 자는 자허(子虛). 호는 농포(農
圃). 시호는 충의(忠毅). 임진왜란이 일어나자 의병을 일으켜 국경인(鞠景仁) 등의
반란을 평정하였다. 저서에 ≪농포집≫이 있다.

정봉수鄭鳳壽. 조선 선조 인조 때의 무신 의병장(1572~1645). 자는 상수(祥叟). 임진왜란
때 선전관(宣傳官)으로 왕을 호종(扈從)하였고, 정묘호란 때는 의병장이 되어 포로로
잡혀 있던 백성 수천 명을 구출하였다.

정세운鄭世雲. 고려 공민왕 때의 무신(?~1362). 홍건적의 난 때 왕을 모시고 피난하였으며, 또 총병관(摠兵官)으로서 압록강 변에서 홍건적을 물리쳐 공을 세웠으나, 이를 시기하던 안우(安祐)에게 살해되었다.

정양문正陽門. 중국 베이징 쯔진청(紫禁城)의 정문. 남쪽으로 나 있다.

정양문

정여립鄭汝立. 조선 중기의 역신(逆臣)(1546~1589). 자는 인백(仁伯). 수찬(修撰)을 지냈다. 정권을 잡으려는 야심으로 대동계(大同契)를 조직하고 도참설을 퍼뜨려 모반을 꾀하려다 탄로 나자 도주하여 자살하였다.

정인지鄭麟趾. 조선 전기의 문신 학자(1396~1478). 자는 백저(伯雎). 호는 학역재(學易齋). 시호는 문성(文成). 대제학, 영의정을 지냈다. 대통력(大統曆)과 역법(曆法)을 개정하였으며 많은 책을 편찬하고, ≪고려사≫를 찬수하였다. 훈민정음 창제에 크게 공헌하였으며, 안지, 최항(崔恒) 등과 〈용비어천가〉를 지었다. 저서에 ≪자치통감훈의≫, ≪치평요람≫ 따위가 있다.

정지鄭地. 고려 말기의 무신(1347~1391). 초명은 준제(准提). 부패한 수군을 쇄신하였고, 여러 번 왜구의 침입을 막았으며, 이성계의 위화도 회군에 동조하여 이등 공신이 되었다.

정평구鄭平九. 조선 선조 때의 발명가(?~?). 임진왜란 때 오늘날의 비행기와 유사한 비거(飛車)를 발명하여 진주성 싸움에서 사용하였다.

정지 장군 환삼

정포은鄭圃隱. 정몽주(鄭夢周), 고려 말기의 충신 유학자(1337~1392). 초명은 몽란(夢蘭) 몽룡(夢龍). 자는 달가(達可). 호는 포은(圃隱). 오부 학당과 향교를 세워 후진을 가르치고, 유학을 진흥하여 성리학의 기초를 닦았다. 명나라를 배척하고 원나라와 가깝게 지내자는 정책에 반대하고, 끝까지 고려를 받들었다. 문집에 ≪포은집≫이 있다.

제갈량諸葛亮. 중국 삼국 시대 촉한의 정치가(181~234). 자(字)는 공명(孔明). 시호는 충무(忠武). 뛰어난 군사 전략가로, 유비를 도와 오(吳)나라와 연합하여 조조(曹操)의 위(魏)나라 군사를 대파하고 파촉(巴蜀)을 얻어 촉한을 세웠다. 유비가 죽은 후에 무향후(武鄕侯)로서 남방의 만족(蠻族)을 정벌하고, 위나라 사마의와 대전 중에 병사하였다.

제제창창濟濟蹌蹌. 몸가짐이 위엄이 있고 질서가 정연함.

제후諸侯. 봉건 시대에 일정한 영토를 가지고 그 영내의 백성을 지배하는 권력을 가지던 사람.

조강지처糟糠之妻. 지게미와 쌀겨로 끼니를 이을 때의 아내라는 뜻으로, 몹시 가난하고 천할 때에 고생을 함께 겪어 온 아내를 이르는 말. ≪후한서≫의 〈송홍전(宋弘傳)〉에 나오는 말이다.

조고趙高. 중국 진나라의 내시(?~B.C.207). 시황제가 죽은 뒤에 시황제의 장자 부소(扶蘇)를 죽이고, 둘째 아들 호해(胡亥)를 제이 세 황제로 삼았다. 그 뒤, 이 세 황제를 죽이고 자영(子嬰)을 즉위시킨 후에 정승이 되어 권력을 휘두르다 자영에게 일족이 살해되었다.

조서詔書. 임금의 명령을 일반에게 알릴 목적으로 적은 문서.

조의朝衣. 공복(公服). 삼국 시대부터 관원(官員)이 평상시 조정(朝廷)에 나아갈 때 입던 제복. 신라 진덕 여왕 2년(648)부터 착용하기 시작하였는데, 머리에는 복두를 쓰고, 곡령(曲領)에 소매가 넓은 옷을 입었으며, 손에는 홀(笏)을 들었다.

조조曹操. 삼국 시대 위나라의 시조(始祖)(155~220). 자는 맹덕(孟德). 황건의 난을 평정하여 공을 세우고 동탁(董卓)을 벤 후 실권을 장악하였다. 208년에 적벽(赤壁) 대전에서 유비와 손권의 연합군에게 크게 패하여 중국이 삼분된 후 216년에 위왕(魏王)이 되었다. 권모에 능하고 시문을 잘하였다.

조조

조화주造化主. 세상 만물을 만들어 낸 주인이라는 뜻으로, '하느님'을 이르는 말.

족당族黨. 족속.

존봉尊奉. 존경하여 높이 받듦.

존절히 존절히-씀씀이를 절약함.

주紂. 중국 은나라의 마지막 임금(?~?). 이름은 제신(帝辛). 주(紂)는 시호(諡號). 지혜와 체력이 뛰어났으나, 주색을 일삼고 포학한 정치를 하여 인심을 잃어 주나라 무왕에게 살해되었다.

주구走狗. 앞잡이.

주마간산走馬看山. 말을 타고 달리며 산천을 구경한다는 뜻으로, 자세히 살피지 아니하고 대충대충 보고 지나감을 이르는 말.

주색잡기酒色雜技. 술과 여자와 노름을 아울러 이르는 말.

주시경周時經. 국어학자(1876~1914). 호는 한힌샘. 조선문 동식회(朝鮮文同式會)를 조직하여 한글 기사체의 통일과 연구에 힘썼고, 국문 연구소의 연구 위원이 되어 국어학을 중흥하는 데 선구적 역할을 하였다. 저서에 ≪국어문법≫, ≪국어문전음학≫, ≪말의소리≫ 따위가 있다.

주원장朱元璋. 중국 명나라의 제1대 황제(1328~1398). 자는 국서(國瑞). 묘호(廟號)는 태조(太祖). 창장(長江) 강 일대를 평정하고 국호를 명(明), 연호를 홍무(洪武)라 하였다. 중국을 통일하였으며, 과거 제도의 정비, 대명률의 제정, 전국의 토지 호구 조사와 같은 많은 업적을 남겼다.

주초 '주추(기둥 밑에 괴는 돌 따위의 물건)'의 잘못.

죽장망혜竹杖芒鞋. 대지팡이와 짚신이란 뜻으로, 먼 길을 떠날 때의 아주 간편한 차림새를 이르는 말.

지공무사至公無私. 지극히 공정하여 사사로움이 없음.

지사志士. 나라와 민족을 위하여 제 몸을 바쳐 일하려는 뜻을 가진 사람.

주추

지통止痛. 통증이 멈춤.

진단震檀. 단향목(檀香木). 자단, 백단 따위의 향나무를 통틀어 이르는 말.

진단震檀. 우리나라를 예스럽게 이르는 말. '震'은 중국의 동쪽을 뜻하고, '檀'은 우리나라의 시조인 단군을 뜻하는 말이다.

진문공晉文公. 중국 춘추 시대 진(晉)나라의 왕(B.C.697~B.C.628). 이름은 중이(重耳). 춘추 오패의 한 사람으로, 선정을 펴서 국력을 충실히 하였다. 재위 기간은 기원전 636~기원전 628년이다.

진봉進奉. 진귀한 물품이나 지방의 토산물 따위를 임금이나 고관 따위에게 바침.

진시황秦始皇. 중국 진(秦)나라의 제1대 황제(B.C.259~B.C.210). 이름은 정(政). 기원전 221년에 중국을 통일하고 스스로 시황제라 칭하였다. 중앙 집권을 확립하고, 도량형 화폐의 통일, 만리장성의 증축, 아방궁의 축조, 분서갱유 따위로 위세를 떨쳤다. 재위 기간은 기원전 247~기원전 210년이다.

진언眞言. 진실하여 거짓이 없는 말이라는 뜻으로, 비밀스러운 어구를 이르는 말.

진영眞影. 주로 얼굴을 그린 화상(畫像). 또는 얼굴을 찍은 사진.

진작振作. 떨쳐 일으킴. 또는 떨쳐 일어남.

진주병사晋州兵使. 병마절도사(兵馬節度使, 조선 시대에, 각 지방의 병마를 지휘하던 종이품의 무관 벼슬. 세조 12년(1466)에 병마도절제사를 고친 것이다).

진평왕眞平王. 신라 제26대 왕(?~632). 성은 김(金). 이름은 백정(白淨). 중국 수나라와 친교를 맺고 불교의 진흥을 꾀하였다. 609년에 수나라의 도움을 받아 고구려를 원정하였고, 당나라가 선 뒤에도 계속 친교를 맺어 고구려를 견제하였다. 재위 기간은 579~632년이다.

진평왕릉

진하였으니 다하여 없어지다.

진한辰韓. 삼한 가운데 경상북도를 중심으로 한 동북부 지역에 있던 12국. 일본에 진출하여 그곳 문화 발전에 큰 영향을 주었으나 4세기 중엽에 진한 12국 가운데 하나인 사로(斯盧)에게 망하여 신라에 병합되었다.

진흥대왕眞興王. 신라 제24대 왕(534~576). 성은 김(金). 이름은 삼맥종(三麥宗) 심맥부(深麥夫). 한강 하류 지역을 빼앗아 삼국 통일의 기반을 마련하였고, 변경에 순수비를 세웠다. 팔관회를 처음 열었으며, 황룡사를 지어 불교 진흥에 힘썼다. 또 화랑 제도를 창시하고 ≪국사(國史)≫를 편찬케 하였으며, 가야금을 제작 연주하게 하는 등 문화 창달에도 이바지하였다. 재위 기간은 540~576년.

진흥왕순수비

참람僭濫. 분수에 넘쳐 너무 지나치다.

참정권參政權. 국민이 국정에 직접 또는 간접으로 참여하는 권리. 선거권, 피선거권, 공무원이 될 수 있는 권리 따위가 있다.

참척慘慽. 자손이 부모나 조부모보다 먼저 죽는 일.

창황蒼黃. 미처 어찌할 사이 없이 매우 급작스러움.

채수염 숱은 그리 많지 않으나 퍽 길게 드리운 수염.

천애天涯. 까마득하게 멀리 떨어져 있는 곳을 비유적으로 이르는 말.

천추千秋. 오래고 긴 세월. 또는 먼 미래.

천폐天陛. 제왕이 있는 궁전의 섬돌.

철옹성鐵甕城. 쇠로 만든 독처럼 튼튼하게 둘러쌓은 산성이라는 뜻으로, 방비나 단결 따위가 견고한 사물이나 상태를 이르는 말.

철주자鐵鑄字. 쇠를 부어 만든 활자.

첨앙瞻仰. 우러러 사모함.

초고대왕肖古大王. 백제의 제5대 왕(?~214). 신라의 서쪽을 침범하여 관산성과 모산성을
　　함락하고, 원산향과 요차성을 공격하였다. 적현성과 사도성을 쌓고 동부의 민호(民
　　戶)를 이주시켰다. 재위 기간은 166~213년이다.

초란이焦蘭伊. 초라니. 나자(儺者)의 하나. 기괴한 계집 형상의 탈을 쓰고 붉은 저고리에
　　푸른 치마를 입고 긴 대의 깃발을 흔든다.

최영崔瑩. 고려 말기의 명장 재상(1316~1388). 친원파(親元派)로서 1388년에 팔도(八道)
　　도통사가 되어 명나라를 치러 출정하였으나 이성계의 회군(回軍)으로 실패하고 후에
　　그에게 피살되었다.

추솔麤率. 거칠고 차분하지 못하다.

추축追逐. 친구끼리 서로 오가며 사귐.

치가置家. 첩을 얻어 따로 살림을 차림.

코뚜레 소의 코청을 꿰뚫어 끼는 나무 고리. 좀 자란 송아지 때부
　　터 고삐를 매는 데 쓴다.

쿠리 '쿨리(coolie, 육체노동에 종사하는 하층의 중국인 인도인
　　노동자. 19세기에 아프리카 인도 아시아의 식민지에서 혹
　　사당하였다)'의 북한어.

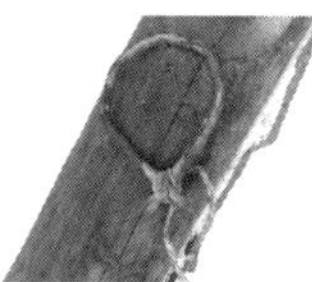

코뚜레

탁지대신度支大臣. 대한 제국 때에 둔, 탁지부의 으뜸 관직. 대신의 청으로 임금이 임명하
　　였다.

탕패蕩敗. 탕진.

태평연太平宴. 전쟁에서 이긴 뒤에 베푸는 잔치.

토우 흙으로 만든 사람이나 동물의 상. 종교적 주술적 대상
　　물, 부장품, 완구 따위로 사용하였다. 유럽에서는 신석
　　기 시대에 광범위한 지역에서 만들어졌는데, 동부 유
　　럽의 후기 구석기 시대 유적에서 나온 것이 세계에서
　　가장 오래된 것이라고 한다.

토우

토적 도둑을 침. 또는 적을 토벌함.

통변通辯. 통역.

퇴거退去. 있던 자리에서 옮겨 가거나 떠남. '물러감'으로 순화.

퇴계退溪. 이황(李滉)의 호. 조선 시대의 유학자(1501~1570). 자는 경호(景浩). 호는 도옹

(陶翁) 퇴계(退溪). 벼슬은 예조 판서, 양관 대제학 등을 지냈다. 정주(程朱)의 성리
학 체계를 집대성하여 이기 이원론(理氣二元論), 사칠론(四七論)을 주장하였다. 작품
에 시조 〈도산십이곡(陶山十二曲)〉, 저서에 ≪퇴계전서(退溪全書)≫ 따위가 있다.

트러스트trust. 같은 업종의 기업이 경쟁을 피하고 보다 많은 이익을
얻을 목적으로 자본에 의하여 결합한 독점 형태. 가입 기업의
개별 독립성은 없어진다.

파나마 모자panama 帽子. 파나마풀의 잎을 잘게 쪼개어서 만든 여
름 모자.

파리하다 몸이 마르고 낯빛이나 살색이 핏기가 전혀 없다.

파초선芭蕉扇. 정승이 외출할 때 쓰던, 파초 잎 모양처럼 만든 부채.
또는 넓은 파초 잎을 구부려 드리운 것. 머리 위를 가리기 위
하여 썼다.

파초

판탕板蕩. 나라의 형편이 정치를 잘못하여 어지러워짐을 이르는 말.

팔관회八關會. 통일 신라 고려 시대에, 해마다 음력 10월 15일은 개경에서, 11월 15일은
서경에서 토속신에게 제사를 지내던 의식. 술, 다과, 놀이로써 즐기고 나라와 왕실
의 안녕을 빌었다.

팔괘八卦. 중국 상고 시대에 복희씨가 지었다는 여덟 가지의 괘. 〈주역〉에서 세상의 모든
현상을 음양을 겹치어 여덟 가지의 상으로 나타낸 ◎[건(乾)], ◎[태(兌)], ◎[이
(離)], ◎[진(震)], ◎[손(巽)], ◎[감(坎)], ◎[간(艮)], ◎[곤(坤)]을 이른다.

편벽偏僻. 한쪽으로 치우쳐 공평하지 못하다.

포달 암상이 나서 악을 쓰고 함부로 욕을 하며 대드는 일.

폭포 경기도 개풍군 영북면 천마산록에 있는 폭포. 근처의 가을 단풍이 아름다워 송도삼절
(松都三絶)의 하나로 꼽힌다. 또 금강산의 구룡폭포, 설악산의 대승폭포와 함께 한국
의 3대 명폭포 가운데 하나이다.

풍류風流. 멋스럽고 풍치가 있는 일. 또는 그렇게 노는 일.

풍류랑風流郎. 풍치가 있고 멋진 젊은 남자.

풍신수길豊臣秀吉. 도요토미 히데요시(일본의 무장 정치가, 1536~1598). 일본을 통일하고
중국 대륙 침략의 야망을 실현하기 위하여 우리나라를 공격하여, 임진왜란을 일으켰
으나 실패하였다.

프랭클린Franklin, Benjamin. 미국의 정치가 과학자(1706~1790).

피뢰침의 발명과 번개의 방전(放電) 현상 증명 등 과학 분야를 비롯하여 고등 교육 기관 설립 따위의 문화 사업에도 공헌하였다. 미국 독립 선언 기초 위원 헌법 제정 위원 등을 지냈으며 문학적으로 높이 평가되는 ≪자서전≫을 남겼다.

프랭클린

핍박逼迫. 바싹 죄어서 몹시 괴롭게 굶.

한고조漢高祖. 중국 한(漢)나라의 제1대 황제(B.C.247~B.C.195). 성은 유(劉). 이름은 방(邦). 자는 계(季). 시호는 고황제(高皇帝). 고조는 묘호. 진시황이 죽은 다음해 항우와 합세하여 진(秦)나라를 멸망시켰다. 그 뒤 해하(垓下)의 싸움에서 항우를 대파하여 중국을 통일하고 제위에 올랐다. 재위 기간은 기원전 206~기원전 195년.

한등寒燈. 쓸쓸히 비치는 등불.

한산사寒山寺. 중국 장쑤 성(江蘇省) 쑤저우 시(蘇州市) 교외의 펑차오(楓橋鎭)에 있는 절. 당나라 장계(張繼)의 〈풍교야박(楓橋夜泊)〉의 시로 유명하다.

한산사

한신韓信. 중국 전한의 무장(武將)(?B.C.~B.C.196). 한(漢) 고조를 도와 조(趙) 위(魏), 연(燕), 제(齊)나라를 멸망시키고 항우를 공격하여 큰 공을 세웠다. 한나라가 통일된 후 초왕에 봉하여졌으나, 여후에게 살해되었다.

해모수解慕漱. 북부여의 시조(始祖)(?~?). 전설상의 인물로, 흘승골성에 도읍하고 나라를 세워 국호를 북부여라 칭하였다. 천제(天帝)의 아들로 하백(河伯)의 딸 유화와 사통하여 고구려의 시조 주몽을 낳았다고 한다.

행용行用. 널리 퍼뜨려 씀. 또는 두루 씀.

행하行下. 심부름을 하거나 시중을 든 사람에게 주는 돈이나 물건.

허허탄식歔歔歎息. 몹시 탄식함.

헌안왕憲安王. 신라의 제47대 왕(?~861). 이름은 의정(誼靖) 우정(友靖). 제방을 쌓아 농사를 장려하였으며, 후사가 없어 왕족 응렴(膺廉)을 사위로 삼고 왕위를 물려주었다. 재위 기간은 857~861년이다.

헌안왕릉

현상賢相. 어진 재상.

현신賢臣. 어진 신하.

현종顯宗. 고려 제8대 왕(992~1031). 이름은 순(詢). 자는 안세(安世). 거듭된 거란의 침
　　입으로 혼란을 겪었으나 1022년 강화(講和)하여 국내가 안정되었으며, 제도를 정비
　　하고 대장경의 조판과 실록의 찬수 등으로 문화를 발전시켰다. 재위 기간은 1010~
　　1031년이다.

현판懸板. 글자나 그림을 새겨 문 위나 벽에 다는 널조각.
　　흔히 절이나 누각, 사당, 정자 따위의 들어가는 문
　　위, 처마 아래에 걸어 놓는다.

화엄사 현판

현하지변懸河之辯. 물이 거침없이 흐르듯 잘하는 말.

혈穴. 풍수지리에서, 용맥(龍脈)의 정기가 모인 자리.

형구刑具. 형벌을 가하거나 고문을 하는 데 쓰는 여러 가
　　지 기구.

혜자선사慧慈禪師. 고구려 영양왕 때의 중(?~622). 595년 일본에 건너가 쇼토쿠(聖德) 태
　　자의 스승이 되었으며, 백제의 중 혜총과 함께 호코사(法興寺)에서 포교에 힘썼다.

호가호위狐假虎威. 남의 권세를 빌려 위세를 부림. ≪전국책≫의 〈초책(楚策)〉에 나오는
　　말로 여우가 호랑이의 위세를 빌려 호기를 부린다는 데에서 유래한다.

호외號外. 특별한 일이 있을 때에 임시로 발행하는 신문이나 잡지.

호장戶長. 고을 구실아치(조선 시대에, 각 관아의 벼슬아치 밑에서 일을 보던 사람.)의 우
　　두머리.

홍건적紅巾賊. 중국 원나라 말기에, 허베이(河北)에서 한산동(韓山童)을 두목으로 하던 도
　　둑의 무리. 머리에 붉은 수건을 쓴 까닭에 이렇게 이르며, 두 차례에 걸쳐 고려에까
　　지 침범하였다.

홍보석紅寶石. 루비.

화랑세기花郎世紀. 신라 성덕왕 때에 김대문이 쓴 화랑에 대한 전기.

화륜선火輪船. 예전에, ‘기선(汽船, 증기 기관의 동력으로 움직이는 배를 통틀어 이르는
　　말)’을 이르던 말.

화륜차火輪車. 예전에, ‘기차(汽車)’를 이르던 말.

화용월태花容月態. 아름다운 여인의 얼굴과 맵시를 이르는 말.

화육化育. 천지자연의 이치로 만물을 만들어 기름.

화환禍患. 화난(禍難), 재앙과 환난을 아울러 이르는 말.

황룡사皇龍寺. 경상북도 경주에 있던 절. 신라 진흥왕 때에 착공하여 선덕 여왕 14년(645)

에 완성한 것으로, 신라 호국 신앙의 중심지였다. 고
려 고종 때에 몽골군의 침입으로 소실되어 지금은 터
만 남아 있다.

황룡사 터

황해黃海. 한반도와 중국에 둘러싸인 바다. 북으로 발해, 남
으로 동중국해(東中國海)와 이어지며, 지금은 해양 유
전 개발이 한창이다. 면적은 13만 6500㎢.

회군 고려 우왕 14년(1388), 명나라의 랴오둥(遼東)을 공략하기 위하여 출정하였던 이성계
등이 위화도에서 회군하여 왕을 내쫓고 최영을 유배한 뒤 정권을 장악한 사건. 조선
왕조 창건의 기반이 되었다.

효박淆薄. 인정이나 풍속이 어지럽고 아주 각박하다.

흥수興首. 백제 의자왕 때의 대신(?~?). 660년 성충과 함께 사치와 유흥에 빠져 가는 의
자왕에게 간하다가 유배되었으며, 나당(羅唐) 연합군이 백제를 침공하였을 때에, 그
방어책을 진언하였으나 받아들여지지 않았다.

희랍希臘. '그리스'의 음역어.

1880년(1세)　　충북 청주 산동에서 출생함.

1907년(28세)　신민회 가입.

1908년(29세)　평론 「국한문의 경중」(『대한매일신보』, 3.17~19), 평론 「근
　　　　　　　금(近今) 국문소설의 주의」(『대한매일신보』, 7.8) 등을 발표
　　　　　　　하였고, 소설 「수군제일 위인 이순신」(『매일신보』(5.2~8.18)
　　　　　　　을 연재함. 5월에는 『을지문덕』(광학서포) 간행함. 「이순신
　　　　　　　전」(『대한매일신보, 6.11~10.24)을 연재하였고, 「이순신 실
　　　　　　　기」(『대한매일신보』, 9.10)를 발표함. 평론 「문법의 의(宜)통
　　　　　　　일」(『기호흥학보』, 12월호) 발표함.

1909년(30세)　소설 「최도통전」(대한매일신보』, 12.5~1910.5.27)을 연재함.
　　　　　　　평론 「천희당시화」(『대한매일신보』, 11.9~12.4) 연재함. 평
　　　　　　　론 「소설가의 추세」(『대한매일신보』, 12.2) 발표

1910년(31세)　블라디보스토크로 망명함.

1913년(34세)　소설 「고락유수」(『시천교월보』, 4월호)를 발표함.

1919년(40세)　상해임시정부에서 활동함.

1921년(42세)　시 「자탄 2절(絶)」(『신민공론』, 11월호)을 발표함.

1924년(45세)　평론 「조선 고래(古來)의 문자와 시가의 변천」(『동아일보』,
　　　　　　　1.1)을 발표함.

1925년(46세)　평론 「낭객의 신년만필」(『동아일보』, 1.2)을 발표함.

1926년(47세)　동방아나키스트연맹에 가입함.

1929년(50세)　일제에 피검됨.

1936년(57세)　2월 21일 옥사함.

1977년　　　　단재신채호선생기념사업회에서 단재 신채호 전집을 간행함.

　　　　　　　평론집 『단재 신채호 문집』을 범우사에서 간행함.

1878년(1세)　　경기도 안성 출생

1894년(16세)　향리에서 한학을 수학함.

1895년(17세)　관비유학생으로 도일하여 게이오 의숙(慶應義塾)에서 수학함.

1897년(19세)　도쿄전문학교에서 정치과 졸업함.

1899년(20세)　귀국

1907년(29세)　대한협회 가담하였고 이미 해산된 독립협회 간부인 이승만, 이상재 등과 관계를 맺다가 모종의 정치사건에 연루되어 실형을 선고받은 뒤 진도에 유배됨. 진도에서 이숙당과 결혼함. 재산정리국 사무관에 임명되어 잠시 근무함. 평론집 『연설법방』을 간행함.

1908년(30세)　탁지부 관리로 복직됨. 소설집 「금수회의록」(황성서적조합)을 발간함.

1911~1913년(33~35세)　경상북도 청도 군수로 임명되어 그곳에 체류함.

1914년(36세)　상경하여 대동전문학교에서 강의함.

1915년(37세)　소설집 『공진회』(수문관)을 발간함.

1916년(38세)　안성으로 낙향함. 이후 경제계에 투신하여 금광, 미두사업에 손을 댔으나 실패함.

1926년(48세)　병사함.

신채호와 안국선의 작품세계

양 문 규(강릉원주대)

1. 신채호의 소설 — 일제에 저항하는 투쟁론과 민중혁명론

1910년 조선이 일본에 강제로 병합된 이후 국내에서 민족운동이 어려워지게 됨에 따라 독립 운동가들 중 많은 이들이 중국, 러시아 등 해외로 망명하여 민족운동을 전개한다. 이 시기 민족운동은 방책과 입장에 따라 크게 둘로 나눠지는데, 하나는 산업, 교육에 힘을 써 독립을 얻고자 하는 준비론이고, 또 다른 하나는 무장투쟁 등을 앞세워 독립을 찾고자 하는 투쟁론이 그것이다. 신채호가 발표한 일련의 소설들은 이중 투쟁론 또는 무장 투쟁론의 입장을 반영하고 있다. 그가 1916년 봄 망명지인 중국 북경에서 탈고한 「꿈하늘」은 이를 보여주는 대표적인 작품이라 할 수 있다.

「꿈하늘」은 1907년을 시점으로 잡아 주인공 '한놈'이 무궁화 위에 앉아 천관(天官)의 소리를 듣는 환상적인 배경 및 상황에서 사건이 시작된다. 이어 고구려와 수나라가 전쟁을 하는 장면들이 나오는데 여기서 작가는 "인간에게는 싸움뿐이니라, 싸움에 이기면 살고 지면 죽나니 신의 명령이 이러하다."며 강렬한 투쟁의식을 고취한다. 그리고 수나라와의 전쟁에서 승리한 을지문덕 장군이 등장하여 '무궁화'와 노랫말을 나누는데 무궁화의 답가에는 '영웅의 시원한 눈물'과 '열사의 매운 핏물'로 자신의 갈증을 해소해달라는 구절이 등장한다. 이는 식민지 망국민들에게 피 흘려 적과 싸울 것을 당부하는 암시로 간주할 수 있다. 을지문덕은 과거 우리의 역사가 '종교적 무사혼'으로 시작되어 강렬한 투쟁의 전통으로 이어져 왔음을 역사적 사례를 통해 설명하며 투쟁의 원리를 한놈에게 제시한다.

4장에서는 조국의 상징인 님(신)과 외국의 침략을 상징하는 도깨비의 싸움에서 한놈이 출정하는 내용으로 이뤄진다. 무궁화는 출정하는 한놈에게 '칼부름'이라는 전송가를 부른다. 이 노래는 신채호의 역사관인 '아(我)'와 '비아(非我)'의 투쟁이라는 이른바 투쟁사관을 보여준다. 그리고 한놈은 전장에 나가면서 여섯 동지들과 동행을 하게 되는데 그 동지들을 싸움터로 가는 도정에서 모두 잃는다. 작가는 한놈이 동지들을 잃게 되는 사건들을 통해 당시 민족 운동가들이 독립운동 과정에서 어떻게 좌절하고 변신하는지를 보여준다.

5장은 적의 유혹에 넘어가 지옥으로 떨어진 한놈이 강감찬 장군을 만나게 되는 이야기이다. 이 장에서는 민족운동 전개 과정에서 나타난 여러 문제점들을 나열하는데 예컨대 독립운동을 빌미 삼아 파벌을 일삼는 자, 사대주의자, 외교론자, 준비론자 등이 비판의 대상이 된다. 특히 그 중에서도 준비론과 외교론을 집중적으로 비판하고 있어 이 시기 신채호가 가졌던 무장 투쟁론의 입장을 명백하게 보여주고 있다.

6장은 한놈이 그리던 님나라의 이야기이다. 님나라에는 나라가 생긴 이후 근세에 이르기까지의 열혈 애국지사들이 도열해 있다. 이 중에는 왕조사의 측면에서 볼 때는 흔히 역신(逆臣)이라 부르는 묘청, 정여립, 의적 전우치, 한말의 의병장들도 있는데 반사대적(反事大的) 인물 또는 혁명적 인물을 높이 평가하는 신채호의 역사의식을 짐작해볼 수 있다. 작가는 여기서도 역시 한국역사가 묘청의 난(1135년)을 전후로 중화사상의 노예로 전락했다고 주장한다.

「꿈하늘」은 미완인 채로 끝났는데 이 작품은 이 시기 어느 소설에서도 찾아볼 수 없는 기법과 방식으로 독립운동의 방책을 이야기해나간다. 그리고 역사적 사실을 근거로 하고 있으면서도 상징적이며 환상적인 방식으로 자유분방한 표현을 구사한다. 그러나 때로는 소설적 형상화에 의존하지 않고 직설적인 진술을 토로하기도 하여 주의주장이 강한 신채호 문학의 약점을 보여주기도 한다. 그런데 이러한 형식적 약점은 작가의 세계관의 한계와 관련된다고도 볼 수 있다.

「꿈하늘」의 기조가 된다고 볼 수 있는 영웅 중심 사관 등은 실제로 근대적 민족운동의 구체적 방략을 제시하는 것과 거리가 있다. 독자들에게 역사상의 영웅적 위인을 통해 애국 애족에 대한 즉각적인 열정을 고취시킬 수는 있을지언정, 그것이 영웅적인 열정 자체를 숭배하는 것 그 이상을 뛰어넘는 것을 기대하기가 힘들다. 작품의 재료 역시 한국의 과거 역사에서 취해져 이 작품의 감수성은 현대적인 것과 일정한 거리를 가지며 현재의 독자에게 실감과 호소력을 발휘하지 못하는 한계도 있다. 그리고 작가는 「꿈하늘」에서 강경한 무장투쟁론을 일관되게 주장하는데, 그 투쟁이 대중과의 연결점이 발견되지 않는 한놈의 고독한 투쟁이라는 인상만을 심어준다. 작가가 이렇게 양심적인 민족운동가의 영웅적이며 자기희생적인 투쟁만을 강조하는 것은 실제로도 독립 운동가만의 협소한 민족운동을 주장하는 데 그치게 된다. 요컨대 한놈이라는 주인공은 작가 신채호의 이상을 대변하는 애국자의 형상이기는 하지만 이는 현실에서 모범으로 될 인물의 투쟁을 찾지 못한 데서 나온 결과로 이 시기 신채호 문학의 시대적 제약성을 보여주는 것이라 할 수 있다.

신채호는 1910년대를 지나고 1920년대 초 무정부주의의 영향을 받으면서 이전의 민족운동 방식과는 달리 '민중직접혁명론'의 입장을 드러낸다. 「꿈하늘」보다 12년 뒤에 씌어진 「용과 용의 대격전」은 이를 역시 알레고리적 수법으로 형상화한 작품이다. 이 작품의 줄거리는 천국의 상제와 지국의 민중의 싸움이 주요한 뼈대가 된다. 천국의 상제와 그의 하수인인 동양의 총독 용 미리는 지배계급을 상징한다. 이들 지배계급은 공자, 석가, 예수 등의 종교가 또는 학자, 예술가 등을 사주하여 민중들의 반항심을 억누르고 그들을 착취한다. 종교가들의 경우 민중들에게 명분설이나 사후보장설을 퍼트려 가난한 자들의 의식을 마비시킨다. 과학자, 문학자 역시 지배계급의 권리를 옹호하며 그들의 권위를 찬양토록 하여 지배층이 민중을 지배하는데 도움을 주게 한다. 가령 미리는 민중들의 반역과 혁명을 진압하기 위해 '문화정치'를 베풀어 민중

들을 회유하고자 한다. 이는 바로 1919년 3·1 운동 직후 일제가 무단
정치를 대신하여 시행한 문화정치의 기만적인 통치 방식을 풍자하는
것이라 할 수 있다.

　이에 맞서 미리와 쌍둥이로 태어난 용 드래곤은 도덕의 굴레를 받지
않고 혁명, 파괴 등을 내세워 민중을 조직하여 상제의 아들인 예수를 처
단하고 모든 착취자와 압박자를 전복하고자 한다. 예수는 늘 '고통을 받
는 자가 복을 받는다.'는 거짓말로 민중을 속여 지배자가 민중을 통치하
는데 편의를 주고자 하기 때문이다. 그리하여 이러한 자들을 타도한 민
중은 식민지 민중의 해방과 전 세계에서의 혁명의 승리를 전망하게 된
다. 「용과 용의 대격전」은 이 시기 신채호의 세계관이 1923년의 「조선
혁명선언」을 거쳐 무정부주의로 나가는 궤적을 보여주고 있다. 「조선혁
명선언」은 외교론, 준비론과 같은 독립운동의 방책을 비판할 뿐만 아니
라 민중 스스로의 폭력에 의하여 혁명을 하여야 한다고 주장하고 있다.
신채호는 이러한 주장을 토대로 1920년대 후반 일제의 침략이 더욱 교
묘하고 가혹해지는 상황에서 이를 직시하여 이에 대한 맹렬한 공격과
풍자를 하는 것이다.

　「용과 용의 대격전」은 「꿈하늘」과 마찬가지로 알레고리와 환상적 방
식으로 작가가 주장하는 비를 그리면서 독자들에게 뚜렷한 주제의식을
고취시킨다. 단지 「용과 용의 대격전」의 주제의식이 「꿈하늘」과 차이가
나는 점은 종래의 영웅숭배의 사관을 벗어나 역사에서 민중의 역할과
민중의 위력을 기대하고 있다는 점이다. 그런데 이 작품 역시 「꿈하늘」
과 비슷하게 메시지를 직접적으로 전달하는 데서 오는 작가의 추상적

의식의 한계를 엿볼 수 있게 한다. 따라서 문학적으로 온전히 형상화되지 못한 생경함이 있음을 부정할 수 없다. 이는 달리 보면 신채호의 사상이 현실과는 큰 괴리가 있음을 반영하는 것이라 볼 수 있다. 신채호의 문학이 한국의 식민지 현실과 구체적 교섭을 하지 못하고 그와는 거리가 있는 망명지에서 이뤄졌기에 작가의 정치·사회적인 목적이 현실에 조응할 수 있는 부분에 대한 구체적 모색은 아무래도 부족해 보인다. 그럼에도 불구하고 신채호 문학은 이 시기 국내외 어떤 작품도 해내지 못한 비타협과 불굴의 민족주의를 특유의 환상과 풍유의 방식으로 드러내 민족문학의 한 지평을 열어 놓았다고 할 수 있다.

　신채호는 그 외에도 망명지에서 「백세노승의 미인담」, 「일목대왕의 철퇴」, 「류화전」 등의 역사소설을 창작했다. 그는 1900년대에도 「을지문덕」, 「이순신전」 등의 역사소설을 창작했으나 이 시기의 역사소설이 영웅전기소설에 머물고 있는 것에 반해 1910년대 망명지에서 발표한 역사소설들은 진정한 의미의 역사소설로의 전환을 모색하고 있다고 볼 수 있다. 그 중 「일이승」은 영웅위인이 아닌 역사상의 속물적인 인간을 그려 역사의 교훈을 보여주고자 한다. 이 작품의 주인공 정을린은 조선시대 양반의 서자로 집에서 쫓겨나게 되자, 절간에 찾아가 서자로서의 한을 풀기 위해 자기를 조선의 임금이 되게 해줄 것을 빈다. 그러던 중 일이승을 만나게 되고 그를 통해 임금이 될 꿈을 키우게 된다. 일이승은 정을린을 조선 왕조를 뒤엎으려는 홍경래 봉기군에게 안내하나 환상과 허영심에 들뜬 그는 막상 전쟁마당에서는 비굴함을 드러내며 결국에는 홍경래에게 목마저 베이게 된다. 작가는 정을린의 허영심을 신

랄하게 야유, 풍자하면서 진정한 애국자는 그 무엇보다도 자신의 개인
적인 허영심을 버리고 헌신적으로 투쟁할 수 있어야만 함을 이야기한
다. 정을린을 비판하는 일이승은 다름 아닌 곧 작가의 견해를 대변하는
인물이며 신채호 특유의 불굴의 저항 정신을 반영하는 것이라 할 수 있
다. 단지 이 작품에서 작가는 일이승이라는 인물에게 부분적으로 종교
적 색채를 부여하고 있어 사실주의 역사소설로서의 한계를 보여주기도
한다.

2. 안국선의 소설 – 현실비판에서 친일적 통속소설로의 전환

안국선이 활동하던 개화기 시대를 대표하는 소설 양식은 신소설이다.
그러나 이 시기 신소설과 같은 소설적 형상화에는 이르지 못했더라도
교술적 성격을 띤 역사전기소설, 몽유록 및 토론체 소설도 널리 유행한
다. 당시 이러한 종류의 서사물들이 유행하게 된 것은 식민지로 전락하
기 직전 우리 민족이 당면한 위기의식을 반영하는 것이라 할 수 있다.
안국선의 「금수회의록」은 몽유록과 토론체의 형식을 빌리고 있다. 소선
시대의 몽유록계소설은 비분상개형의 지사인 작가가 현실을 비판하고
이상을 토로하는 특징을 보여준다. 토론체 양식의 전통은 이미 우리 전
래 설화나 재담에서도 있었던 것으로 「금수회의록」은 이러한 전통을
이어받으면서도 한편으로는 이 시기 개화기 일본에서 유행한 토론체
소설의 영향을 받았다고도 볼 수 있다.

토론체 소설 중에는 「소경과 안즘뱅이 문답」(1905년), 「거부오해」(1906년)와 같이 대화의 형식을 취하고 있는 작품들도 있지만, 「금수회의록」 같은 경우, 대화라기보다는 연설체의 형식을 취하고 있다. 이런 점에서 「금수회의록」은 동물들이 의인화되어 연설을 하고 있지만 이해조의 「자유종」(1910년)에서 양반부인들이 등장하여 연설을 행하고 있는 것과 유사한 형태의 토론체 소설이라 할 수 있겠다. 「금수회의록」은 그 내용에 나타난 시사성 또는 현실풍자의 성격 때문에 1908년 초판이 간행된 이후 곧 바로 재판이 발행될 정도로 대중들의 큰 관심을 끌었으나 1909년 일본에 의해 발매 반포가 금지된다.

「금수회의록」은 제목 그대로 육지와 바다에 사는 여러 동물들이 모여서 회의를 하고 있는 형식을 취한 우화소설로 앞서 지적한 대로 그 시대의 사회현실에 대한 강한 풍자를 드러내 독자들의 흥미를 불러일으킨다. 까마귀, 여우, 개구리 등 이솝우화에도 자주 등장하는 동물들을 의인화하여 각각의 특징을 재미있게 묘사하고 그 동물과 관련된 고사성어를 차용하여 동물만도 못한 인간의 부정적 세태를 통렬하게 풍자할 뿐만 아니라, 당시 봉건관료의 부패상 및 사회의 부정적 세태, 그리고 일본 침략자들의 무도함에 대한 고발을 하고 있다.

예컨대 까마귀는 사람들의 불효를 꾸짖고, 여우는 외국의 세력을 빌어 제 몸 보신만 하고 무기의 힘을 빌려 남의 나라를 지배하려는 인간 족속 다시 말해 당시의 침략적인 제국주의 세력을 '호가호위'에 다를 바 없다고 꾸짖는다. 개구리를 통해서는 조금 아는 지식을 악용하여 제 동포에 해를 끼치는 덜된 개화꾼을 비난하고, 게는 사람들이 자기더러

창자 없는 동물이라 하지만 사람이야말로 남에게 욕을 보고 종노릇을
하여도 노여워할 줄 모르고 자유를 찾을 생각도 없으니 창자 없는 게만
도 못함을 풍자한다. 파리도 사람들이 자기네 파리를 더럽다고 쫓는데,
오히려 인간의 머릿속에 있는 물욕을 물리치고 조정의 간신배를 쫓아
내라고 충고한다. 원앙은 자신의 금슬 좋은 것을 자랑하면서 오히려 인
간 사회에서 문란해진 남녀들의 성적 풍속세태를 꾸짖는다.

　그런데 우화(寓話, fable)라는 서사양식은 근본적으로 이야기 속의 인
물이나 사건이 사회·역사적 배경과 유기적 관련을 맺을 수가 없다. 예
컨대 이솝 우화에 나오는 이야기들은 특정 시대의 사회·역사적 상황
을 기반으로 하지 않고 보편적 인간사에서 빚어진 도덕적 또는 윤리적
메시지를 전달한다. 그리고 토론체 소설은 일반 소설과는 달리 갈등이
나 구체적 사건이 결여되어 있기 때문에 인간 삶의 구체적 현실을 다루
고자 하는 소설 양식으로서는 본질적으로 불완전한 형태라고 볼 수밖
에 없다. 따라서 「금수회의록」에 나타난 한말의 부정적인 현실 역시 역
사적 구체성을 갖지 못하고 있다. 실제 「금수회의록」에 나타난 부정적
세태는 대체로 어느 시대 어느 사회에서도 발견할 수 있는 있는 보편적
인 세태일 수도 있다. 「금수회의록」은 당시의 국가적 위기를 극복하기
위한 궁극적인 방식 역시 지극히 추상적인 것으로 나타난다. 「금수회의
록」에서 민족적 위기를 극복할 수 있는 방식은, 국가의 비운에 통렬하
게 참회하는 기독교적 신앙뿐이다. 관리들의 부패와 제국주의적 열강의
침략을 막을 수 있는 유일한 방법은 기독교에 근거한 회개뿐으로, 국난
의 타개를 위해서는 하나님의 도움밖에는 기댈 곳이 없다는 소박한 신

앙적 태도로 귀결된다. 이는 작가 안국선 스스로가 정치적 사건에 연루되어 투옥되었을 때 아펜젤러 등의 서양 선교사의 권유로 기독교로 개종하여 이후 독실한 신자가 된 전기적 사실과도 관련된다. 안국선의, 사회정치의 복합적 문제를 종교로 해결코자 하는 태도는 식민지로 전락하기 직전의 조선의 현실을 추상적인 방식으로 이해하게 되는 결과를 낳는다.

안국선은 이후, 조선이 일본의 식민지로 전락하고 총독부의 통치가 어느 정도 안정기로 접어드는 시기라 할 수 있는 1915년에 이전의 「금수회의록」과는 성격이 다른 소설 「공진회」를 발표한다. '공진회'는 원래 이 시기 일제가 식민지 통치의 성과를 과시하기 위하여 벌였던 행사로, 지금으로 말하면 일종의 산업 박람회 같은 것이라고 할 수 있다. 작가는, 서문에서 사람들이 공진회에 가서 전시해놓은 여러 가지 물건들을 구경하듯이 자신의 책에 여러 가지 기기묘묘한 이야기들을 실어 놓았으니 모든 사람들이 즐겨 읽기를 바란다고 했다.

「공진회」는 3편의 단편(「기생」, 「인력거꾼」, 「시골노인 이야기」)으로 이뤄진 한국 근대문학사 최초의 단편집이라 할 수 있다. 이들 작품들은 단편으로서의 일정한 외형적 길이를 갖추고 있을 뿐만 아니라, 「시골노인 이야기」의 경우는 김동인의 「배따라기」에 앞서 액자소설의 꼴도 갖추고 있다. 그러나 이들 작품들에 나타난 작가의식 내지 주제의식은 「금수회의록」에 비해 현저하게 후퇴한다. 안국선이 이전 「금수회의록」에서 강하게 보여주었던 사회현실에 대한 비판 의식과 더불어 민족적 문제의식도 사라진다. 오히려 「공진회」는 식민지 통치에 대하여 긍정적이고 낙관적인 태도를 보여준다. 「기생」은 기생이 된 여자 향운개와 그녀의 애인 최유만이 헤어졌다 만나는 고소설 또는 신소설의 전형적인 남녀이합형의 통속적 플롯을 따르고 있다. 그런데 이 남녀가 어려운 환경에서 벗어나 개화의 혜택을 입게 되는데 일본군이 주요한 역할을 한다. 주인공 남녀는 일차대전 당시 중국을 침략한 일본군 소속의 간호관과 통역이 되어 감격스럽게 재회하게 되는데 이러한 사건 설정 자체가 일본의 통치를 알게 모르게 찬양하고 있는 것이라 할 수 있다. 「인력거꾼」은 인력거꾼이 큰돈을 우연히 길에서 주었으나 자기가 갖지 않고 정직하게 경찰에 신고하고 성실하게 살아 행복하게 된다는 교훈적인 이야기이다. 「시골노인 이야기」는 「기생」과 마찬가지로 어려서 혼약했던 남녀가 여러 가지 고난을 극복한 끝에 다시 결합하게 되는 통속적인 이야기이다. 그런데 주인공들이 고난을 극복하는 과정에서, 남자 주인공은 의병을 진압함으로써 공을 세우게 되고 또 이를 계기로 헤어졌던 여자와도 만나게 된다. 여기서도 작가는 일본에 극렬하게 저항했던 의병에 대하여서 부정적 태도를 보여주고 있음을 알 수 있다. 이와 같이 조선이 일본에 병합된 이후 창작된 「공진회」는, 그 이전에 발표된 「금수회의록」이 당대의 부정적인 사회현실에 대한 비판과 풍기를 드러내며 민족의식을 보여주는 데 반해, 이야기의 오락성을 추구하며 주제의 측면에서는 현실에 순응하고 일본의 식민지 통치를 간접적으로 찬양하고 있는 것으로 변질되어 나갔음을 확인할 수 있다.